ヤンデレエリートの執愛婚で懐妊させられます

沖田弥子

Yako Okita

Eternity BUNKO

目次

ヤンデレエリートの執愛婚で
懐妊させられます

「わたし、妊娠してるんですよね。隆史《たかし》さんの子です」

同じ営業部の後輩、東《あずま》まどかが勝ち誇ったように、そう告げる。

私――優木澪《ゆうきみお》は、会社の給湯室で呆然と立ち尽くしてしまった。

動揺を隠すようにボブカットの髪を耳にかけ、突然の宣言を脳内で反芻《はんすう》する。

隆史は一年ほど前から付き合っている会社の同僚だが、彼女の言う『隆史』とは、果たして私の交際相手である沼倉《ぬまくら》隆史を指しているのだろうか。

それ以前に、誰が誰と交際しているだとかそういった話題はしていないのに、なぜ『今日は暑いね』に対する返事が『妊娠してるんです』なのか、理解に苦しむ。

それゆえ、状況の整理に時間を要したのだった。

「隆史というのは……まさか、その……」

「もちろん、同じ営業部の沼倉隆史さんのことですよ。妊娠したんで、彼と結婚することになったんです」

「……」

「あ、これまでの先輩との浮気は彼に謝ってもらったので大丈夫ですよ」

なにが大丈夫なのかよくわからないが、どうやら東さんの心中ではとうに落着していることらしい。

けれど、よく考えると隆史と交際しているのは私だ。東さんが彼との子を妊娠したのだとしたら、彼女のほうが浮気相手のはずである。

それなのに浮気相手は私のほうだと、彼女は言っているのだ。

東さんは誇らしげに自らの平らなお腹をさすった。彼女が妊娠したことは吉事であるが、経緯を考えると素直に祝福できない。

いろいろと訊《たず》ねたいことが山積みだが、まず私は頭に浮かんだ言葉をそのまま口にした。

「なにを言っているの……？」

いつの間に、ふたりはそういった関係になったのか。まったく気づかず動揺はしているのだが、思い当たる節《ふし》はあった。

残念ながら、隆史と私は熱烈な恋人関係とは言いがたい。

彼から言い寄られて交際し始めたものの、近頃はまったくデートをしてくれない。たまに部屋に呼ばれても彼の部屋の掃除をするだけで、私は家政婦なのかと首を傾げることも多かった。

彼の気持ちを聞き出そうとすると面倒そうな態度で無視される。

これを正しい恋人と言うのかどうか、以前から疑問はあった。

ただ二十六歳の私はそれまで交際経験がなく、隆史が初めての恋人。だから恋人とはこんなものなのか、と恋愛がなんたるかをよくわからないまま、今に至っていた。

そんなあやふやな状態で隆史と付き合っていたのだから、彼が別の女性に目を向けるのは自然なことかもしれない。

けれど交際しているのは確かなので、東さんに詳しいことを確認しなければならない。

そんな意図を込めた私の質問を聞いて、小動物のような大きな瞳を斜め上にやった東さんは、面倒そうに唇を尖《とが》らせた。

「あとは隆史さんに聞いてくださいね」

それだけ言うと質問に何一つ答えることなく、彼女はぷいと顔を背け給湯室から出ていってしまった。

どうやら事情の説明は隆史に丸投げしたいようだ。

彼女は気まぐれで、責任感のなさを仕事でもしばしば発揮していて、ミスの尻ぬぐいに奔走《ほんそう》させられることが多々ある。

ただ、そんな頼りなさが庇護欲を掻き立てるらしく、男性社員の人気は高い。

隆史も、そんな東さんの性格に惹かれたのかもしれない……。

しかしそうなると、彼は二股をしていた、ということになる。

ざわめく胸をてのひらで押さえた私は、重い足取りで給湯室を出た。向かう先は今しがた話題に出た、隆史のところだ。

隆史から詳しく聞こう。東さんの冗談だと笑い飛ばしてくれるかもしれないから。

今は営業に出ているはずだが、そろそろ戻ってくる時刻ではないだろうか。会社で話す内容ではないので、あとで話したいことがある、とさりげなく告げるだけでいい。

心の中でそう呟きながら廊下を進み、角に差しかかったところで、ちょうど出先から戻ってくる隆史の姿が目に留まった。

しかも、ひとりだ。

私は足早に彼に駆け寄る。すると、そんな私を見つけた隆史は、なぜか嫌そうに眉根を寄せた。

胸に不穏なものが渦巻《うずま》いたけれど、言わないわけにはいかない。

「あの、沼倉さん。あとでちょっとお話があるんですけど」

社内なので遠慮がちに声をかける。あくまでも仕事の話があるといったふうに、微笑すら浮かべながら。

だが隆史は素早く周囲を見回すと私を廊下の隅に追い立て、そして迷惑そうに捲《まく》し立てる。

「話って、なに？　手短に言って」

「……東さんのことで。ここでは、ちょっと」

私たちは恋人のはずなのに、ぎくしゃくした空気が気まずい。隆史はといえば、私と目も合わせたくないようで視線を逸《そ》らしていた。

「あーあ、まどかが喋ったんだな。澪には黙ってろって言ったのに」

「えっ、じゃあ本当なの!?　東さんが隆史の子を妊娠しているって……」

つい口にしてしまった言葉を遮るように、隆史は私の肩をどんと押した。転ぶほどの衝撃ではないが、足を踏ん張り、押された肩を庇《かば》うように自分の手で守る。

隆史は廊下を振り返り、そこに誰もいないことを再度確認する。

それから彼は、いつもの面倒そうな嘆息を零した。

「しょうがないだろ。そういうことだから、もう連絡しないでくれよな」

そう吐き捨てると、私の返事すら待たず、逃げるようにその場を去った。

まったく説明になっていない言葉だけを残して。

呆然と立ちつくす私は肩の痛みを覚え、沸々《ふつふつ》と憤《いきどお》りが込み上げるのを感じた。

『そういうこと』の内容を私なりに解釈すると、こうだ。

——まどかが妊娠して、そちらと結婚しなければならなくなったから、おまえとは別れる。俺は悪くない。

そのようにハッキリ告げる勇気がないし責められたくもないので察してくれ、とでも言いたいのか。

確かに私たちは婚約していたわけではないし、将来の約束を交わしていたわけでもない。けれど、説明もせずに逃げるのはどうなのか。

謝ってほしいわけではない。ただ、事情を明確にしてもらいたいだけなのに。

「なによ……逃げるんじゃないわよ。きちんと説明するべきでしょ」

己《おのれ》の行いが招いたことなのだから、きっちり説明責任は果たすべきである。責められたくないから逃げるというのは、社会人として許容されないはずだ。

先ほどの隆史の雑な対応に、怒りとともに激しい失望を感じ、溜息を漏らす。

大切にされていないという寂しさを常日頃から感じてはいたものの、心のどこかで彼に期待していた。その思いが報《むく》われることはなかったけれど。

しばらく隆史の後ろ姿を見送っていたが、今は業務中であることに気づき、慌てて眉間に指先を当てる。

仕事に戻らないと。私情を持ち込んではいけない。

そう気持ちを切り替えた私は営業部のフロアへ戻った。

新卒から勤めている不動産会社はオフィスビル、マンション、そしてハウジングを柱とした大手デベロッパーだ。私の所属しているマンション事業・営業部は広大なフロアを有している。同じ部署とはいえ、東さんや隆史の席とは遠いことだけが救いだ。

心の底では落ち込んでいるけれど、いつも通りに仕事をこなそうと決めた私は、先ほどのショックを押し隠しいつも通りの笑みを保つ。

そろそろ先々の人生をどうするか決めておきたい二十六歳という年齢で、この転落である。まさか恋人の浮気相手が妊娠し、自分が浮気相手にされてしまうとは予想もしなかった。

また溜息を吐《つ》きそうになったが、どうにか押し込めて、自分のデスクの椅子を引く。

すると隣席から、深みのある甘い声が聞こえた。

「おかえり、優木さん。コーヒーは淹《い》れてこなかったの？」

「……あ。忘れてました。あとにします」

給湯室へ行ったのに、手ぶらで戻ってきてしまった。東さんと隆史から衝撃的なことを言われたせいで、コーヒーのことなどすっかり忘れていた。

それにしても小さなことなのに、隣の彼はよく見ている。

天王寺《てんのうじ》明夜《めいや》——

彼は半年前に他社から転職してきた営業部のエリート社員だ。

眦《まなじり》の切れ上がった顔立ちは非常に端麗で、ふわりとした焦茶色の髪は洒落《しゃれ》ている。すらりと背が高いのに華奢《きゃしゃ》ではなく、鍛《きた》え上げていると思われる体躯《たいく》を上質なスーツに包んでいた。

しかも入社してきた月から営業部トップの成績を上げていて、上司からも一目置かれていた。

二十八歳という若さながら、将来の有望株である。

さりげなく天王寺さんから目を逸《そ》らした私はパソコンに向かい、メールをチェックする。必要な返信を済ませたあとは、顧客データの見直しだ。

現在受け持つ案件は、郊外に建設予定の新規のマンション。すでに施工には入っているが、販売状況はよくなかった。それというのも、立地がよいとは言えないのが原因だ。ファミリー向けを謳《うた》うわりには近隣に公園がなく、小中学校からも少し距離がある。子どもがいる客層にアピールできるメリットが少なく、営業は苦戦を強いられていた。

悩みの種を思い浮かべた私は、溜息交じりに愚痴《ぐち》を零す。

「私がマンションを買うのなら、遊園地の近くがいいわね……」

一年ほど前に足繁《あししげ》く通ったマンション建設の候補地を思い出す。

自分が結婚してファミリー向けの物件を購入する……そんな未来が夢のまた夢となってしまって、想像するだけ虚《むな》しいのだが。

独りごちていると、偶然後ろを通りかかった吉川《よしかわ》さんが私の呟きを拾い上げた。

「あの遊園地の候補地、結局ぽしゃったんだっけ。確か、優木さんと沼倉くんが担当だったよね」

ぎくりとした私は、思わず頬を引きつらせた。

吉川さんは既婚であり、営業部ベテランの男性社員だ。彼に他意はなく、事実を述べただけである。

ただ、今は隆史の話をしてほしくない。私はとっさに表情を繕《つくろ》った。

「やだ、吉川さん。嫌なことを思い出させないでくださいよ。最高の立地だったのに、所有者を説得できなくてダメになったんですよね。あの失敗を踏まえて、小柴宮《こしばみや》マンションの販売に集中しようと思います」

「ぼくも小柴宮を売るのは苦しいね。なんで上層部はこの立地をいいと思ったのか不思議だよ。――でも、天王寺くんはもう三件も成約とってたよね？」

新規マンションの話題に移ってくれた吉川さんは、私の隣席に座るエリートに目を向ける。

話を振られた天王寺さんはキーボードを打っていた長い指を離し、さらりと微笑んだ。

「たまたまです。職場が近いから、と即決したお客様がいらっしゃったんですよ」

「また、そんなこと言って。天王寺くんの実力だよ」

謙遜《けんそん》した天王寺さんを、吉川さんは褒め称える。

「勘弁してくださいよ、吉川さん。お客様と出会うのは縁ですから、実力なんかじゃありませんよ」

多少の運が絡むとはいえ、どれだけ成約件数を上げられるかは、やはり営業の手腕によるところが大きい。天王寺さんは成績のよさを鼻にかけるわけでもなく謙虚な人柄ゆえに、周囲は彼に好感を持っていた。

朗《ほが》らかに笑いデスクに戻っていく吉川さんの後ろ姿をそっと見送り、ひと息を吐《つ》く。

そのとき、天王寺さんが声をかけてきた。

「優木さん。ちょっと付箋紙《ふせんし》を貸してもらえるかな？　俺の切れちゃったんだよね」

「あ……どうぞ」

私はデスクの端に置いてある付箋紙《ふせんし》を取り、天王寺さんに差し出す。

渡すときに、ふと指先が触れて、彼の熱い体温が伝わった。

「ありがとう。優木さんのって、可愛いよね」

「……そうですか、ありがとうございます」

彼は動物を模した付箋紙《ふせんし》が可愛いと評したわけだが、まるで私自身が褒められたように思った。

けれど地の底まで落ち込んだ私の心はまったく浮上してくれない。

天王寺さんは、私の手渡したもう残り少ない付箋紙《ふせんし》を一枚剥《は》がす。

なくなりかけの付箋紙《ふせんし》は柴犬の顔が描かれたデザインだ。今まで何度も使っていたが、もうこの付箋紙《ふせんし》を使う機会はないだろう。

「気に入ったのなら、その付箋紙《ふせんし》は差し上げます。在庫は無地のものばかりですよね」

「じゃあ、ありがたくもらっておくよ」

礼を述べた天王寺さんは、爽やかに微笑んだ。

いつでも如才《じょさい》ない人だ。彼と接していると、惹かれる気持ちがよくわかる。

当然女性社員の人気は高く、独身で恋人のいない天王寺さんに告白する人はあとを絶たないのだが、なぜか彼はすべてを断っているのだという。

ちなみにどうして天王寺さんの恋人事情を知っているのかというと、聞いてもいないのに本人が暴露するからである。

天王寺さんは、付箋紙《ふせんし》のお礼代わりなのか私の机に飴《あめ》の小袋を置き、ふとこちらを見た。

「なにかあったの？　なんだか落ち込んでるみたいだけど」

こういった気遣いができるのも、営業部トップたるゆえんなのかもしれない。

ただ、私が落胆している理由は仕事とはまったく関係ないので、彼に話せるはずもないのだが。

心配そうに囁《ささや》く彼から目を逸《そ》らし、私はパソコンに向かう。

「いえ、そんなことは」

「ふうん。優木さんの顔には『ショックなことがあったので聞いてください』って書いてあるけどな」

「大丈夫です」

平気なふりをして微笑む。

先ほどあったことを思い返すと、じわりと悔しさが胸に広がり、眦《まなじり》に涙が滲《にじ》んだ。

私は目が霞《かす》んだふりをして目元を擦《こす》ってから目薬をさし、涙とともに零れた点眼液をハンカチで拭う。

一連の動作を終えると、天王寺さんはすでに自分のパソコンと向き合っていた。私が泣いたことには気づいていないようで、ほっとする。

「……のど飴《あめ》、いただきます」

「どうぞ」

天王寺さんに一声かけ、デスクの端に置かれた飴《あめ》の小袋を手に取る。心が塩辛いので、甘いものが欲しかった。

口の中へ飴《あめ》を放り込むと、じんわりと甘い蜂蜜の味がした。

憂鬱な業務時間を終え、ようやく退勤の時刻が訪れた。

胸の中は惨めさでいっぱいで、体内に溜まった涙の貯蓄量も限界に近い。

一秒でも早く会社を出て、ひとり暮らしのアパートで泣き崩れるという予定を遂行するべく、私は鞄を掴んで席を立つ。

だが、フロアを出て廊下を歩いている最中に、頑張ってせき止めていたものが突然溢れてしまった。

「うっ……」

我慢していた涙がみるみるうちに頬を伝い、落ちていく。

慌ててひと気のない廊下の隅へ駆けると、ハンカチを取り出し目元を拭う。

深呼吸をして落ち着こうとするけれど、呼気とともにまた涙が零れ落ちた。

……私はずっと、泣きたかったんだ……

次々と零れ落ちる涙をハンカチで拭い、嗚咽《おえつ》をこらえていると、ふいに人の気配がして、背後から深みのある声がした。

「優木さん。どうかしたの？」

それは天王寺さんの声だった。

優しい声音には、微量の配慮が含まれている。

「いえ、あの……」

さすがに、なにかあったと思っているのだろう。

でもまさか「失恋したのを我慢していたけど、今になって泣いています」とは言えない。

どう答えるべきか逡巡《しゅんじゅん》しながら肩を震わせていると、天王寺さんは穏やかな声で言った。

「ここじゃ話しにくいだろうから、呑みに行かないか？　悩みがあるなら、俺でよければ話してほしい。話したくないなら、ただ一緒にビールを呑もう」

彼の言葉にそっと顔を上げると、天王寺さんは美麗に微笑んでいる。

天王寺さんとふたりきりで呑んだことはないし、彼から呑みに誘われたこともない。そもそも隆史と付き合っているのに、ほかの男性とふたりで呑むなど私の常識ではあり得なかった。

きっと、エリートで性格もいい天王寺さんは、泣いている私を放っておけなかったのだろう。私としても、今は誰かに話を聞いてもらいたい気分だった。

「そうですね……。ぜひ、ご一緒させてください」

「よかった。それじゃあ、行こうか。目が赤くなっているのが気になるなら、俺の背中に隠れていて」

泣いていたのに気づかれてしまったことが情けなくて、唇を引き結ぶ。

ぴしりと背筋を伸ばした天王寺さんの背中に隠れながら、私は彼とともに会社を出た。

天王寺さんのお勧めだという居酒屋の暖簾《のれん》をくぐると、喧噪《けんそう》が流れ込んできた。サラリーマンでごった返している店内には炭とアルコールの香りが充満している。仕事あがりの居酒屋の賑わいは特上の音楽だ。

私たちはカウンター席に腰を落ち着けた。さっそく天王寺さんは生ビールをふたつ注文する。

「ここ、焼き鳥が美味いんだ。優木さん、好き嫌いはなかったよね」

「ありません。なんでも美味しく食べられますね。……ただ今日はなにを食べても、明日には忘れてしまうかもしれませんが」

つい、酔いつぶれる予告のようなことを呟いてしまい、そんな自分にさらに落胆する。自棄《やけ》になって呑み過ぎてはいけない。そう思うのに、天王寺さんが悪魔のように囁《ささや》いてくる。

「明日は休みだから、思いきり呑みなよ。酔いつぶれたら俺が介抱するから、安心して」

「ご冗談を。――おつかれさまです」

ちょうどジョッキが届き、手に取ったそれぞれを掲げて一日の労をねぎらう。

胸に溜まりきった澱《おり》を、アルコールで浄化したかった。

喉を鳴らしてジョッキを傾け続ける私を、天王寺さんはじっと見つめているようだ。

私はようやくジョッキを下ろし、深い息を吐いた。

「焼き鳥を注文しましょうか」

「そうだね、盛り合わせにしよう。追加で砂肝と皮と……優木さんはどれが食べたい？」

メニューを吟味している彼の横顔は、神が造形したのかと思うほど端整だった。

長い睫毛《まつげ》に彩られた双眸《そうぼう》は清涼さを帯びていて、鼻筋がすっと通っている。薄い唇は綺麗に形が整い、顎《あご》のラインはシャープだった。

これほどのイケメンなら女性は放っておかないはず。独身で今は恋人はいないらしいが、もしかしてもう婚約者がいるから同僚の告白を断り続けているとか、そういうことだろうか。

「天王寺さんは、モテそうですよね。どうして恋人を作らないんですか？」

つい好奇心を覗かせてしまった私に、彼は悪戯《いたずら》めいた眼差しで答える。

「よく聞かれるんだけどね。こだわりが強いってことかな」

お通しの小鉢を出してくれた店員に三品ほど注文すると、天王寺さんは改めてこちらに顔を向けた。

「本当に好きな人としか付き合いたくないんだよね。結婚を前提に付き合いたいと考えているから、告白されて特に好きでもない人と交際するのは違うかなと思ってるんだ」

「なるほど。理想の人を追い求めているというわけですか」

わりと一般的な理由だと思う。

自分が好きになった人としか付き合いたくないし、結婚も考えられないという主張は、ままあることだ。

その意見を持つ人を否定はしないが、おしなべて理想が高い人が多い。

しかも天王寺さんくらいのイケメンでエリートなら、相手への要求も多いに違いない。

小柄だけど胸と目は大きくて、守ってあげたい系という男性が好む王道タイプであることは絶対条件だろう。そのほかにも器量がよくて料理上手、名家の出身だとかのオプションも必要なのかもしれない。

なにもかも平均的で、美人でもない私には縁がない。

誇れるのは仕事を一生懸命やっているということくらい。けれどそれが結婚の条件には値しないと知っている。なぜなら、男性が結婚で重視するのは女性の外見と年齢であると、婚活コンサルが雑誌でコメントしていたから。

自分が男性から選ばれるような特別な女ではないと理解しているので、隆史と付き合うことになったときは舞い上がったものだった。私なりに誠意を尽くして交際したつもりだったのだけれど、結末を見ると、やはり隆史にとって私は特別ではない、捨てても惜しくもなんともない程度の女だったらしい。

もし東さんのような男受けする外見だったなら、今日のような惨めな思いはしなくて済んだのかもしれない……。

頭の中でぐるぐると考え、また落ち込みかけていると、白磁の皿に載せられた焼き鳥の盛り合わせが届いた。天王寺さんはてのひらを差し出して「先に選んでいいよ」と私に勧める。ありがたく、ねぎまの串を手に取った。

「理想の人を追い求めているのとも、ちょっと違うんだ。優木さんに詳細を話したら、変人だと思われるかもな」

「それは聞いてみないとなんとも言えないですけど、私は異なった価値観を聞いても否定したり、誰かに吹聴したりはしません」

「優木さんのそういう真面目なところに、俺はとても好感を持っているよ」

真面目でつまらない、と揶揄《やゆ》されたことはあるが、彼は好感を持ってくれたようだ。

私は食べきった串を置くと、ジョッキを手にする。

「ありがとうございます。よければですけど、天王寺さんが変人たる理由をぜひ教えていただきたいです」

本人は言いにくいかもしれないが、恋愛や結婚において、他人の理解が追いつかないほどの特殊な嗜好《しこう》というものは存在しないと私は思っている。

『好きな人と恋愛して、幸せな結婚をしたい』という一点に誰もが向かっているからだ。ごく簡単なことと思えるのだが、交際して時間が経つにつれ、溝が深まるのはなぜだろうか。

また惨めな気持ちになりかけた私は、ジョッキを傾けてビールごと気持ちを飲み込んだ。

天王寺さんは存外に、淡々と語り出す。

「交際はしないで、好きな人とすぐに入籍したいんだ。授かり婚にも憧れているから、結婚と妊娠が同時でもいい。でも女性は、一年くらいの交際期間を経て相手を見極めたいという意見が多数派みたいだね。俺のようなスタンスの男は結婚相手として考えられないのかな」

淡々と話すわりには、かなりのこだわりを打ち明けられ、唖然とする。

完璧な気遣いを見せるイケメンエリートの天王寺さんだが、結婚については独特の価値観を持っているようだ。

「相手によるんじゃないですかね。いつ結婚したいと思うかは、人それぞれですし」

「優木さん自身は、どう思う？」

「交際ゼロ日での入籍に、授かり婚ですか……。私自身はそういった華やかなことに無縁なので、想像できないですね。うらやましいな、とは思いますけど」

本日、授かり婚を宣言されて失恋したばかりなのである。

瞬く間に成功を手に入れる一部の人間の犠牲に私はなったのだ。

落胆と憤《いきどお》りの両方が込み上げてきて、またジョッキを呷《あお》った。

「うらやましいということは、ありなんだね」

私は心に芽生え続ける負の感情をアルコールで忘れ去りたいのだが、天王寺さんはなぜかしつこく意見を聞きたがる。

私がすべての女性を代表しているわけでもないのに、参考になるのだろうか。結婚からもっとも遠ざかっている私に聞くより、天王寺さんの想い人に相談するべきだと思う。

少々酔いが回った私は、自棄《やけ》になりつつ言葉を綴《つづ》った。

「そうですね。ショックなことを忘れたいので、授かり婚でもなんでもいいから、明日結婚したいくらいですよ。相手がいればの話ですけど。すいませーん、もう一杯お願いします」

掲げた空のジョッキから、すうっと透明な雫《しずく》が滴《したた》り落ちる。

天王寺さんが妖《あや》しく双眸《そうぼう》を細めたのが、その硝子《ガラス》越しに見えた。それがやけに妖艶で、私の背をぞくりとしたものが伝う。

「俺も、もう一杯もらおうかな」

つと視線を外した天王寺さんは、残ったビールを呑み干して、明るい表情で店員を呼ぶ。私は夢から醒《さ》めたように目を瞬かせた。

今の奇妙な感覚は、なんだろう。いつも爽やかな天王寺さんが悪辣《あくらつ》さを覗かせたように感じたのは、気のせいだろうか。

そうだ、お酒が入ったからかもしれない。私の感覚が鈍っているのだ。

そう考えてお通しの枝豆を摘まんでいた私の手元に、黄金色の液体がなみなみと注がれたジョッキが置かれた。

お代わりの冷えたビールを、喉を鳴らして天王寺さんは呑む。

「ところで、ショックなことというのは、もしかして失恋？」

平然とした顔でジョッキを下ろした彼は、唐突に核心を突いてきた。

私の指先から、空になった枝豆のさやがぽろりと滑り落ちた。図星である。

失言だったと反省するが、やはり私は、この胸に渦巻《うずま》く苦しみを誰かに聞いてほしいのだ。

けれど天王寺さんは男性だ。もしかしたら男性目線で隆史に味方して、私の悪かったところを指摘するかもしれない。

ひどく傷ついているので、今日だけは責められたくなかった。

「……その通りですけど、どうしてわかったんですか？」

「まあ、話の流れから。優木さんは、わりと近くに恋人がいたんだよね」

ぎくりとして、唇を引き結ぶ。

交際は秘密にしていたはずだ。しかし隠しているつもりでも、周囲はなんとなく気づいていたかもしれない。

だがどちらにせよ、もう破局したのだから交際を隠す必要はなくなったのだ。私は視線を先ほど落とした枝豆のさやに移し、話しはじめた。

「同じ営業部の、沼倉さんです。ただ、交際は秘密だったんですけどね」

「へえ。沼倉さんも独身だよね。不倫でもないのに、どうして秘密にするんだい？」

「それは……彼が仕事に集中できなくなるから、と言っていたので。私も納得はしていました。恋人の邪魔になりたくはないので」

「なるほどね」

そういえば、なぜ不倫でもないのに交際を秘密にしなければならなかったのか、第三者から指摘されて今さら気づいた。

隆史は仕事への影響を口にしていたが、今になって考えると、東さんとの二股が発覚しても面倒事にならないように、としか思えない。

けれど、あれこれ考えたところで私が失恋した事実は変わらない。蒸し返しても余計に惨めになるだけだ。だから今夜だけ、天王寺さんに終わった関係を話して、気持ちを整理したのち忘れたい。

私は落下した枝豆のさやを摘まんで、小皿にそっとのせた。

「彼からきちんとした説明がなくて、追い払うようにフラれたのが、ショックでしたね……」

「それはひどいな。別れることになった原因は、わかってるのかい？」

私はゆるゆると頷く。

苦いビールを喉に流しつつ、淡々と口にした。

「浮気相手が妊娠して、そちらと結婚するから私とは終わりにしたい、ということでしたね。もしかしたら付き合っていると思っていたのは私だけで、実は私のほうが浮気相手だったのかもしれません」

「二股か。それは揉《も》めて当然だろうな。優木さんにはなにも落ち度はないよ。俺はそう思う」

「……そう言ってもらえると、救われます」

「優木さんは、未練があるの？」

ずばりと問われて、私はふと自分の心の深淵を覗いてみる。

学生時代から色恋に縁がなく、恋愛経験皆無のまま社会人になり仕事に邁進《まいしん》してきた。

そんな経歴の私は隆史と付き合うことで、ようやく人並みに結婚やその先の将来を考えられるかも、という期待を持てた。

けれどそれは始めのうちだけで、隆史の態度が冷淡になるにつれ期待は萎《しぼ》んでいった。隆史は淡泊なので、セックスは付き合い始めの頃に二回しかしたことがない。それもわずか数分で終了した。キスもしないので、物足りなくて胸が重苦しくなったのを思い出す。

そして最後には後輩に寝取られて捨てられる、という結末である。しかも私のほうが浮気相手にされた。未練などあるはずがない。

せめて詳しい事情の説明や、申し訳ないという態度は欲しかった。

「……未練はないですね。私のほうも好きという感情より、関係を維持することを優先して無理していました。そういうところに、彼はしらけたのかもしれません」

悲しい恋愛の末路を、そう締めくくる。

私には女としての魅力が欠けていたのだ。加えて恋愛経験値が低いから、もしかしたら交際の仕方が間違っていたのかもしれない。

ぐいっとジョッキを呷《あお》る。今日初めて知ったことだが、失恋した日は水のようにするするとアルコールが入ってしまう。

天王寺さんは優しい声で私を慰《なぐさ》めた。

「今はつらいかもしれないけど、未練がないなら次の恋愛を探そう」

「そう前向きになりたいところですけど……もうこの先、誰とも付き合えないかもしれません」

「どうして？」

「また二股されるのかなと、トラウマになりそうです。そしてまた『私、彼の子を妊娠してるんです』って宣言されるんですよ……」

本格的に酔いの回った私は愚痴《ぐち》を零した。

この悪夢を、せめて今夜だけは忘れたい。いつの間にかテーブルには空のジョッキが連なっていた。

天王寺さんもかなり呑んでいるようだ。

けれど彼は酒に強いのか、酔っている様子は見られない。目元のみがほんのり赤く染まっていて、端麗な顔立ちに華を添えている。

居酒屋の喧噪《けんそう》の中、彼は蠱惑的《こわくてき》に囁《ささや》く。

「見返したくないか？」

なんの話か呑み込めず、目を瞬かせた私はジョッキを下げた。

「え？」

「二股されて、浮気相手から妊娠したと言われたらショックだよな。でも優木さんは、彼らを見返すことができる。そうだろう？」

「……話がよくわかりませんが」

「彼らに『私、あなたよりももっと素敵な人と結婚したんです』と胸を張って言ったらどうかな。そうすれば溜飲が下がるだろう」

天王寺さんの言わんとするところを理解した。

それは想像するだけで痛快なのだが、唯一最大の問題点がある。

「楽しそうですね。……ただ、肝心の相手がいませんよ」

「目の前にいるじゃないか」

「……えっ？」

溜息を吐きかけた私は顔を上げた。そこには悠然と微笑む天王寺さんがいる。

「俺と、結婚しよう」

エリートの同僚が明瞭に言いきった台詞《せりふ》に、私は目を瞬かせる。

今、天王寺さんはとてつもなく重大な台詞《せりふ》を言わなかっただろうか？

周囲を気にしつつ、私は声をひそめた。

「天王寺さん、今……なんて言いました？」

「俺と結婚しよう、って言ったよ。俺じゃ、だめかな？」

「だめではないですけど……天王寺さんに私と結婚する理由がないのでは？」

「じゃあ、俺とセックスして既成事実を作ろう。授かり婚が憧れって、言っただろ？」

まるで秘密の談合のように、天王寺さんは楽しげに顔を寄せる。

あまりにも突飛なことを言われたので、理解が追いつかない。エリートで、イケメンで、誰からも好かれる天王寺さんが、私と結婚するためにセックスに誘っている……？

冗談だろうか。それとも都合のいい幻聴なのだろうか。

おそらく聞き間違いなのだろうが、念のため、私は聞き返した。

「あの……セッ……とは、私の聞き間違いかと思うのですが、それはつまり……」

「聞き間違いじゃないよ。俺とベッドで、キスしたり抱き合ったりして愛し合う行為に、きみを誘ってる」

ひそめた天王寺さんの低い声音に艶《つや》めいた色が含まれていて、私の鼓膜を甘くなぞる。

ざわめいた胸は、どきどきと高鳴っている。

どうしよう……。天王寺さんのことはもちろん嫌いではない。でも、交際してもいないのにセックスするのはどうなのか、という思いが掠《かす》める。しかもその理由は、二股された腹いせに隆史を見返すためなのだ。

結婚の話は冗談だとしても、そんな軽い理由で同僚と寝てもよいものか。

迷っている私を優しく微笑み見つめていた天王寺さんは、穏やかに囁《ささや》いた。

「俺は、今のきみと抱き合いたいな。優しくする」

彼の明確な意思を知り、すうっと懊悩《おうのう》が霧散する。

天王寺さんは、失恋して傷ついている私に同情して、一夜を誘ってくれたのだ。

私としても、誰かに慰《なぐさ》めてもらいたかった。

彼と抱き合いたいという欲求が堰《せき》を切ったように、胸のうちに溢れてくる。

「……わ、わかりました」

とても小さな声で、顔を真っ赤にしながらそう告げる。

その声を掬《すく》い上げた証に、天王寺さんは艶然《えんぜん》と微笑んだ。


スマートに会計を済ませた天王寺さんとともに、居酒屋を出た。

転んだら危ないから、という理由で天王寺さんは、私が席を立ったときから紳士的に腰を支えてくれていた。

居酒屋の前に呼んだタクシーにふたりで乗り込み、どちらかの家に帰宅するのかとも思ったけれど、天王寺さんはとあるシティホテルの名を運転手に告げる。ややあって、私たちは小洒落《こじゃれ》たシティホテルへ到着し、チェックインした。

無言でエレベーターに乗り込み、無人の廊下を通って、ホテルの一室に足を踏み入れる。

天王寺さんがドアガードをロックする硬質な音が、静かな室内にカチリと響いた。

そのときになってやっと、私の脳裏に疑問が湧いた。

——私はどうして男性とホテルに来ているのだろうか……

酔っているためか、頭がふわふわして考えがまとまらない。

天王寺さんはずっと私の腰に回していた手を下ろした。

とはいえ、触れるか触れないかのタッチだったので、不快感などはいっさいなかったけれど。

「けっこう酔いが回ったんじゃないか？　水を飲んでおこう」

「あ……はい。そうですね」

職場での物腰の柔らかさとまったく変わらない天王寺さんは、部屋の手前にあるチェストからペットボトルの水とグラスを取り出す。

ベッドが二台並んだ室内は思いのほか広く、黒鳶《くろとび》色のカーペットとチェストで纏《まと》められた落ち着きのある部屋だった。奥にはゆったりと座れるソファが向かい合っており、すぐ横の窓越しの夜景が見渡せるようだ。どうやら天王寺さんは高級な部屋をセレクトしてくれたらしい。

私は窓辺に向かい、とりあえずソファの足元にバッグを置いた。

クリームイエローのひとりがけのソファに腰を下ろすと、ふわりと体が包まれる。

グラスをふたつ持ってきた天王寺さんは、私に片方を差し出した。

「どうぞ」

「ありがとうございます」

酔っている自覚があるので、零してはいけない。私は両手で慎重にグラスを受け取る。

その瞬間、互いの指先が重なった。

天王寺さんの指は驚くほど熱い。なぜか私の胸の鼓動が、どきりと弾《はず》む。

先ほどまでお酒を呑んでいたのだから体が熱いのは当然だ。それだけのことなのに、私はどうして胸を弾《はず》ませたのだろう。これも酔いのせいなのか。

戸惑いつつも酔いを醒《さ》ますため、グラスの水を口に含む。冷たい水が心地よく喉を流れていった。

向かいのソファに腰かけた天王寺さんも、グラスを傾けて水を飲んでいる。

曝《さら》された喉仏が上下するのを目にして、どきどきと胸が高鳴ってしまう。さらにグラスを持っている骨張ったてのひらや、スラックスに包まれた長い脚までが目に留まり、随所から滲《にじ》む雄の色気に鼓動が鳴りやまない。

どうしてこんなに意識してしまうのだろう……

きっと、先ほど天王寺さんがあんなことを言ったからだ。

『俺とセックスして既成事実を作ろう』なんて、やはり酒の席の冗談だったのではないだろうか。現実になってしまうなんて、あのときの私は考えていなかった気がする。

「シャワー、先に使う？　それとも一緒に入ろうか」

「……え、えっ？」

急に問いかけられて動揺してしまう。

天王寺さんには緊張が見られない。彼がどういうつもりなのか、わからない。

困惑した私はうろうろと視線をさまよわせた。

「あの……どうぞ、お先に……」

意識しすぎるのも、かえっておかしいかもしれない。ふたりでホテルの部屋に入ったからといって、なにかあるとは限らないのだから。

こんなにもイケメンの天王寺さんが、平凡な私に手を出すなんて考えられない。結婚に対するこだわりは強いようだが、彼くらいの美丈夫《びじょうふ》なら、喜んでベッドをともにする女性はたくさんいるだろう。

私の反応をじっくり眺めていた天王寺さんは、ふたりを隔てる丸いテーブルに、手にしていたグラスを置いた。

彼は酔っているとは思えない俊敏さで立ち上がると、テーブルを回り込んでくる。

え、え、なに？ どうして近づいてくるの？

うろたえている私の手から、そっと飲みかけのグラスを奪うと、彼はそれをテーブルに置く。

「俺がシャワーに入っている間に、逃げられる可能性があるよな」

そう呟きながらジャケットを脱ぎ、ソファの背もたれにかけた。強靭《きょうじん》な胸板がシャツ越しにも見て取れる。

次にネクタイのノットに手をかけ、するりと外す。

「だから一緒に入ろう。俺が体を洗ってあげる」

爽やかな笑顔が、淫靡《いんび》な色を帯びている。

ジャケットの上に、濃紺のネクタイをぱさりと放る。一連の動作を見守っていた私の思考は鈍くなり、状況の整理が追いつかない。

天王寺さんはどこまで冗談を言うのだろう。男性と一緒にバスルームに入ったことなどないので、なにをどうするのかわからない。なぜ彼が私の体を洗うのか不思議に思い、小首を傾げた。

「一緒に……入るんですか？」

「優木さんはかなり酔っているみたいだし、ひとりにしたら心配だからね。シャワーを浴びながら倒れたら大変だろう？」

「そうですけど……」

「足元がふらついていないか、見てあげるよ。ゆっくり立ってみて」

シャワーを浴びながら気分が悪くなった経験はないので、平気なはずだ。問題ないことを証明するため、私は勢いよくソファから立ち上がる。

「平気で……きゃ……！」

平気だと思っていたのに、足元がふらついて体が傾《かし》いだ。

そこへ素早く逞《たくま》しい腕が伸びてきて、しっかりと体を支える。

「おっと、危ない。酔っ払い姫は抱っこして攫《さら》わないとな」

軽々と横抱きにされてバスルームに連れ去られてしまう。逞《たくま》しい腕に包まれて、またどきんと鼓動が跳ねる。

「あ、あの、ひとりで歩けます」

「だめだよ。俺の腕の中にいるんだ」

私が酔っ払いだから、介抱されているのだ。決してお姫様扱いされているわけではない。

白亜の脱衣所に下ろされて、どうしてここにいるのかと、また首を捻《ひね》る。酔いが回った頭では思考するのがひどく億劫《おっくう》になる。移動するたびに初めから思い返すのが面倒になった私は、理由を考えることを放棄した。

ぼんやりしている私のスーツを、天王寺さんは黙々と脱がせた。

どうして……と、また理由を考えそうになり、やめた。

ブラウスの釦《ボタン》をひとつひとつ外していく天王寺さんの眼差しは真剣で、その端麗さに見惚れてしまう。

さらりと肩からブラウスを脱がされた。

私が纏《まと》うものはキャミソールとブラジャーにショーツ、それにストッキングのみになる。

一瞬、肉食獣のような獰猛《どうもう》な視線で私の下着をなぞった天王寺さんだったが、すぐに逸《そ》らして自らのシャツとスラックスを脱いでいた。

私も脱がなければ……。だって、今からシャワーを浴びるのだから。

霞《かすみ》がかった頭でそう思い、ストッキングを腿《もも》まで下ろす。

すると、下穿《したば》きを脱ぎ捨てて全裸を曝《さら》した天王寺さんが言った。

「優木さんはなにもしなくていいから。全部、俺にやらせて」

「え……どうしてですか？」

そう言われて、ストッキングを下ろそうとした手を止め、顔を上げる。

初めて目にする天王寺さんの裸体は、名匠が造り上げた彫像のごとく美麗だった。強《きょう》靭《じん》な胸板と剛健そうな肩は程よい筋肉を纏《まと》っている。腰はきゅっと引きしまり、すらりと脚が長い。

「酔っているのに動き回ったら、気分が悪くなるだろう？　俺に身を任せるんだ」

「でも……天王寺さんも酔っているんじゃないれすか……？」

「ほら、呂律《ろれつ》があやしい。可愛いな」

微笑んだ彼は、チュッと頬にくちづけてきた。

そのまま私の腰を引き寄せ、強靱《きょうじん》な腕の中に抱き込む。

体を搦《から》め捕られて、どきんと鼓動が弾《はず》んだ。

すると、熱い指に頤《おとがい》を掬《すく》い上げられ、天王寺さんの精悍《せいかん》な顔が迫ってくる。

え、キス、される……？

動揺しているうちに、そっと唇が重なった。初めて触れる彼の唇は、熱くて柔らかい。

私は目を閉じるのも忘れて、ぱちぱちと瞬きをしながらくちづけを受け入れた。

いつも隣のデスクにいて、横顔を目にしていた天王寺さんとこうしてキスしているなんて、なんだか不思議な感じがする。しかも雄々しい唇は押し当てられたまま、離れていかない。キスというものは、ちょんと唇を合わせるだけかと思っていたのに、彼の接《せっ》吻《ぷん》はそうではないようだ。

しっとりと合わせられた唇を、ぬるりとした濡れたものが辿る。

その感触に驚いた私は、びくりとして肩を跳ねさせた。

天王寺さんは少し顔を離すと、私の顔をうかがってきた。

やっと気づいたけれど、濡れた感触のものは彼の舌だ。

「急にキスしたから驚かせたね。次からできるだけ、前もって言うね」

「あ……はい。お願いします」

「それじゃあ、まずはストッキングを脱がせるよ。優木さんは立ったままでいいから」

「はい。わかりました」

まるで業務の指導のようで、素直に従ってしまう。私の足元に屈んだ天王寺さんは、腿《もも》に引っかかっているストッキングに手をかけた。

キスは終わりなんだな……と、なぜか残念な気持ちになる。

脱衣所で同僚の男にストッキングを脱がされながらそんな感想を抱く私は、ひどく酔っているのかもしれない。

言われた通りに佇《たたず》んでいたが、天王寺さんの荒い呼気を感じて、ふと下を向く。

なぜか時間がかかったようだけれど、ストッキングは足首まで下ろされていた。

「次は……ショーツを脱がせるよ」

顔を上げた彼の低い声は、切羽詰まっているようだ。

跪《ひざまず》いている男の股間が目に飛び込み、はっとした。

猛々《たけだけ》しい雄芯が獰猛《どうもう》に反り返っている。

とてつもない大きさに、戸惑った私は目を逸《そ》らす。

どうして天王寺さんは興奮しているの……？

まさか、私の下着を脱がせる行為で昂《たかぶ》ったというのだろうか。

「あ、あの、天王寺さん……」

「ふたりのときは名前で呼んでほしいな。俺の名前、知ってる?」

「ええと……明夜さん」

「そう。俺も『澪』って呼んでいい? 苗字で呼び合うと、仕事みたいだから」

立ち上がって確認する彼に、こくりと頷く。

いつものように苗字で呼ぶと、仕事の延長のように感じてしまうという気持ちは理解できる。今だけの恋人ごっこということだ。

嬉しそうに笑う天王寺さん——明夜さんは、私のキャミソールの肩紐を外した。すると床に落ちたキャミソールに続き、長い腕が背に回され、ブラジャーのホックを外される。

このままブラジャーを外されたら、裸の胸が見えてしまう。

どうしよう……でも、今だけは恋人なんだし……。

そう迷っている間に、ふと明夜さんは声をかけてきた。

「ところで、ショーツを脱がせることについての返事を聞いていないな」

「……あ、それは……」

もはや私の返答は必要なのだろうか、という疑問が生じる。だめと言ったら、やめてくれるのか。本音を言うと、恥ずかしくてたまらないので自分で脱ぎたい。

けれど明夜さんに少しずつ体を暴かれるのは、決して悪い気分ではなかった。相反する想いを抱えて、どう答えたらよいのかわからず、口ごもってしまう。

その間にブラジャーが外され、ふたつの乳房がまろびでる。

ごくりと喉仏を上下させた明夜さんは、射貫《いぬ》くような双眸《そうぼう》で私の胸を見つめていた。

彼の手先から、レースに縁取られたブラジャーがはらりと落ちる。

どうやら凝視するのに夢中で、手から力が抜けたらしい。そんなに立派な胸ではないと思うのだけれど。

「あの……そんなに見ないでください。恥ずかしいから……」

思わず両手で胸を覆い隠すと、明夜さんは乾いた瞳を潤《うるお》すように何度も長い睫毛《まつげ》を瞬かせた。

「不躾《ぶしつけ》に見て悪かった。あまりにも綺麗だったから、つい」

「綺麗……？」

そうなのだろうか。そんなふうに褒められたことは一度もない。

けれど彼がそう感じてくれたのなら、嬉しかった。

彼は両手で私の二の腕をゆっくりと撫《な》で下ろし、先ほどと同じように身を屈めて跪《ひざまず》く。

私と目を合わせながら。

「そうだよ。澪の肌は真珠のように光り輝いている。手の甲を眺めていたときから、きっと素肌も美しいんだろうなと思っていたけど、想像以上で驚いたよ」

その台詞《せりふ》を聞いて、ふと首を捻《ひね》った。

彼は以前から私の手を観察し、そして裸を想像していた。つまり性的な対象として見ていたということになる。

涼やかな表情のイケメンがそんなことを妄想していたなんて信じられない。なにより彼はこれまで多くの女性に告白されてきたのだから、ただ裸が見たいだけなら、誰かにイエスと言うだけで済む話なのに。

「わ、私の手を見て、裸を想像していたの？」

「想像するよ。澪は俺を見て、なにも想像しなかった？」

あっさり肯定されたので、案外ふつうのことなのかもしれない。ほかの男の頭の中で勝手に裸にされるのは嫌だけれど、明夜さんならいいかなと、なぜか許せた。

「少なくとも、手を見て裸を想像するなんて、しません……」

「それだけでなくてもいいんだ。たとえば俺と恋人になったら、とか考えたことはない？」

「だって沼倉さんと付き合っていたし、ほかの人とのことなんて考えないですよ」

そのとき、私の足元に跪《ひざまず》いていた明夜さんは突然、眼前のショーツに顔を埋《うず》めた。

「ひゃあっ」

股に鼻先を押しつけられる感触に、驚いて頓狂《とんきょう》な声が上がる。

「俺といるときは、ほかの男の名前を出さないこと。いいね？」

「わ、わかりましたから……そ、そこで喋るのはやめてもらえます!?」

顔を埋《うず》めたまま唇を動かすので、まるで食《は》まれるような感触が伝わり、腰がむず痒《がゆ》くなる。

ところがどのように誤解したのか、明夜さんはつうっと私のショーツに指をかけて引き下ろすと、茂みに直接鼻先を擦《こす》りつけた。茂みを通して感じた男の熱い吐息に、ざわりと肌が粟立《あわだ》つ。

「ちょ、ちょっと……明夜さん、恥ずかしい……っ」

「これからもっと恥ずかしいことをするんだ。ほら、こんなふうに」

ぬろりと舌を挿し入れられているのか、閉じた脚の狭間に生温かな感触が伝わる。

ほんの少しだけ花芽に舌先が触れた。びくん、と体が跳ね上がる。

え、なに……すごく感じたの？

そこが性感帯なのは知っているけれど、少し舌が触れただけで、甘い快感が走った気がする。

けれど明夜さんは無理にこじ入れることはせず、すぐに舌を引いた。

「照れている澪も可愛いけど、このまま脱衣所で最後までしたら嫌われるだろうな。この辺でやめておくか」

そんな言葉とともに悪戯《いたずら》めいた目で見上げられ、かぁっと頬が朱に染まる。

茶目っ気のある一面を見せられ、さらに官能を煽《あお》るような台詞《せりふ》を言われて、彼の男としての魅力に絆《ほだ》されそうだ。

いつの間にかショーツは足首まで下ろされていて、明夜さんがショーツを脱がすのに協力するかのように、片方ずつ足を上げた。

その行為から、私は彼に抱かれることを望んでいるのだと自覚する。

どきどきと鼓動が高鳴るのは、期待しているからだろうか。舌での愛撫をやめないでほしかったという思いが胸のうちに湧いて、戸惑いが生じる。私はそんなことを望むような淫らな女だったのか。

ついになにも身につけるものがなくなり裸になった私は、隣で下着をまとめて籠《かご》に入れる明夜さんを見遣る。手早く作業を終えた彼は立ち上がると、大きなてのひらを私の背に添え、バスルームに導いた。

シティホテルのバスルームは豪華な造りで、大きな白磁のバスタブが鎮座している。

ただ、お湯はまだはっておらず空だった。

ということは、ふたりでシャワーを浴びるのだろうか。それとも、明夜さんがシャワーを使っている間、私はここに立って待っていればいいのか。

どうしたらいいのかわからず、うろうろと視線をさまよわせる。

銀色のシャワーヘッドを手にした明夜さんは、困惑している私の視線を辿り、口角を引き上げた。

「澪は湯船にゆったり浸かるのが好きなのかい？」

「え、ええ。いつもは湯船に入って疲れを取ります」

「俺も普段は湯船派なんだ。でもさっきお酒を呑んだし、湯船に浸かって澪の気分が悪くなると大変だからね。今日はシャワーだけでもいい？」

「ええ、もちろん」

明夜さんが気さくに話しかけてくれたことで、緊張がやや解ける。

シャワーヘッドから降り注ぐお湯の温度を、自らのてのひらで確認した明夜さんは、私の足元からお湯をかけた。

「温度はどうかな」

「ちょうどいいです」

彼は手にしたシャワーヘッドを足から腰、そして胸まで掲げて、私の体を濡らしていく。

無数の雨粒のように、温かな湯が心地よく体を撫《な》でていき、バスルームはたちまち湯気で満たされていった。

そして当然、明夜さんの視線もシャワーヘッドの高さとともに移動する。まるで、視線で炙《あぶ》るかのように、彼の眼差しが肌に絡みついた。

緊張と仄《ほの》かな快感が混じり合い、ぞくぞくと肌に纏《まと》わりつく。

「敬語は使わなくていいよ。なんだか仕事みたいだろ」

「そ、そう？　急に友達みたいに砕けるのも、慣れないから」

だが明夜さんはバスルームに入ってからはいっさい色気のある発言をしていない。もしかしたら私が意識しすぎているだけなのかもしれない。

かけた湯を馴染ませるように、明夜さんはそっと私の肩に触れる。

「友達か……まあ、澪の好きなようにしていいけどね。すぐにそんな距離、飛ばしてしまうから」

「……え？」

意味がわからず首を捻《ひね》ると、シャワーヘッドを預けられた。

「ちょっと、これ持ってね」

「あ、はい」

身を屈めた彼は、手にしたスポンジにボディソープを垂らす。ホテルのアメニティからは、ふわりとした清潔な香りが舞い、鼻腔《びこう》をくすぐった。

明夜さんは泡立てたスポンジを遠慮がちに、私の肩に這《は》わせる。

どうすればいいのかわからず、私はただ彼の行為をじっと享受する。

そんな戸惑いをよそに、柔らかなスポンジは肩から腕を伝う。彼はまるで壊れ物を扱うかのように優しく撫《な》でるので、もどかしいほどだ。

両腕を終えると、次は胸元に移動したスポンジが、円を描いて鎖骨を辿った。

正面に立った明夜さんの眼差しが、私の胸に注がれている……

体を洗う彼にじっくりと眺められ、羞恥に見舞われる。けれど恥ずかしいと感じるほど、胸の奥に喜悦《きえつ》のようなものが沸々《ふつふつ》と湧いた。

ふいに端麗な彼の顔に、笑みが浮かんだ。

「乳首が勃《た》ってきたね。感じた？」

「え」

思わず自らの胸を見下ろす。すると、淡い色をした胸の突起が、つんと勃《た》ち上がっていた。

と同時に、目線を下げたせいで、きつく反り返っている彼の雄芯まで直視することになり、慌てて顔を背ける。

「こ、これは……いやらしいことを想像したわけではなくて、その、肌に触れられた刺激でこうなっただけで……」

言い訳していると、そっと頬に手を添えられる。背けた顔を戻されて、目を合わせた。私を見つめる明夜さんの双眸《そうぼう》は情欲に滾《たぎ》っていた。

「想像じゃなく、今から俺と、いやらしいことをするんだ」

喰われる――

予感が走ったときには、口を開いた彼が迫ってきていた。

ちゅ、と淡い水音が鳴り、啄《ついば》まれた唇が深く合わされる。

雄々しい唇の感触、そして匂い立つ彼の香りに陶然とした。

私は瞼《まぶた》を閉じて、情熱的なキスを受け入れる。

「んっ……」

ぬるりと、獰猛《どうもう》な舌が口腔《こうこう》に押し入る。

濃厚なディープキスに、ぞくんと甘い悦びが湧いた。

舌根を掬《すく》い上げられ、濡れた舌を搦《から》め捕られる。濃密に絡め合わせると、敏感な粘膜が擦《こす》られる刺激に、ぞくぞくと体の芯が疼《うず》く。

深いくちづけを交わしていると、明夜さんの大きなてのひらが乳房を包み込む。スポンジの感触ではなく、熱い手が直接触れていることに、かすかに動揺した。

「あ、ん……めい……」

声を出そうとするけれど、それすらもチュク……とキスに呑み込まれていく。

唇を貪《むさぼ》る淫靡《いんび》な音色が、シャワーの水音と混じり合う。

彼の両手は大胆に乳房を揉《も》みしだいた。円を描いて丹念に揉《も》み込まれ、広げられる快感に胸を喘がせる。硬いてのひらに乳首が擦《こす》れるたびに、鋭い官能が突き抜けた。たちまち乳首は硬く張り詰める。

「ん、ふ……ふ、ぅん……」

シャワーヘッドを持っている私の手では、満足に抵抗すらできない。

ただ明夜さんから与えられる濃厚な愛撫を受け入れるしかなかった。

彼は唇を塞ぎながら、延々と胸を揉《も》み続ける。時折、乳首を指先で優しく摘まむので、きゅんとした甘い快感が貫いた。その官能が、じわりと体中に浸透する。

ようやく明夜さんが唇を離すと、交換した銀糸が互いの唇をつなぐ。それは濃密なキスを交わした証だった。

立ち上《のぼ》る湯気に紛れ、明夜さんは雄の色香を滴《したた》らせた顔でこちらを見る。

「下……さわっていいかな？」

「え……」

一瞬、なにを指しているのかわからなかった。

けれどセックスの流れとして、前戯で女性の胸をさわったら、次は下半身の局部だろう。まともな前戯を施された経験がないためか、明夜さんが断りを入れたことに感銘を覚えた。

「お、お願いします」

緊張しつつ、ごく真面目に答えると、ふっ、と彼は軽く噴き出した。

「な、なに？　なにかヘンだった？」

妙な返答だったろうか。経験の少なさが露呈してしまったのだろうか。

焦った私は両手でシャワーヘッドを、ぎゅっと握りしめる。

すっかり濡れた明夜さんの肉体は、水滴を弾《はじ》いて輝くように光っていた。

「ヘンじゃないよ。イヤって言われたらどうしようかと思っていたから、予想外だったんだ。積極的で嬉しいな」

ぐっと身を寄せられ、獰猛《どうもう》な楔《くさび》が私の腰に押し当てられる。その熱さに、どきんと鼓動が跳ね上がった。

積極的……なのだろうか。明夜さんの巧みな性戯に翻弄《ほんろう》され、困惑してばかりだけれど、嫌ではなかった。

そっと私の股に片手を差し入れた明夜さんは、指先で秘所をまさぐる。

クチュ……と濡れた音が響き、はっとした。

まだ触れられてもいないのに、花襞は愛液を纏《まと》わせている。

「濡れてる……。俺のキスで感じた？」

甘くて低い声音が耳元に吹き込まれ、それだけで快楽の息吹となる。

顔を真っ赤に染めた私はかろうじて、こくりと頷いた。

するとご褒美のように、耳朶《じだ》を甘噛みされる。

ぞくりとした官能が走ったとき、明夜さんの指は優しく花びらをかき分けた。

そっと蜜口を撫《な》でられる。愛蜜が男の指を濡らし、くちゅりと啼《な》いた。

少しずつ官能を高めていく淫靡《いんび》な行為により、体は雄を迎える準備を始めている。

けれど明夜さんは無理やり指を突き立てることはしない。むしろ蜜口をなぞり上げるばかりで、まだ触れられていない蜜洞は咥《くわ》えるものを欲しがり切なく疼《うず》く。とろとろと滴《したた》る淫液が、逞《たくま》しい楔《くさび》を渇望するかのように、愛撫する指をしとどに濡らした。

「ん、んっ……」

もどかしくなり、思わず膝を擦《す》り合わせる。すると股に差し入れられた彼の手を、いっそう挟む格好になった。

「こら。手が動かせないんだけど？」

耳元に響く低い笑い声にすら雄の色気を感じ、きゅんと腰が甘く疼《うず》く。下半身に力が入り、緩めることができなくなる。

「なんだか、体がヘンになりそう……」

「すごく力が入ってるね。緊張してる？」

「そうかも……。息が、苦しくて」

明夜さんは浅く息を継ぐ私の顔を見つめ、蜜口をなぞっていた指を引いた。

途端に私の胸は、満たされていたものを失ったかのように、空虚になる。

どうしてこんな気持ちになるの……？

まるで愛撫がなくなったことに、がっかりしているみたいだ。

「湯気の籠《こ》もったバスルームは、酔いの回った体に負担がかかる。軽く洗って、ここから出ようか」

「う、うん……」

そう、私は酔っているのだ。

だから明夜さんの愛撫に感じて、淫らに濡れてしまうのだ。与えられた免罪符に縋《すが》りついて、安堵した。

再びスポンジを手にした明夜さんは、それを私の体に滑らせる。そこに淫蕩《いんとう》さはなく、体を洗う行為を手早く終わらせようという意図が感じられた。

酔いの回った私が失神でもしたら危ない、と案じてくれたのだろう。

ところが彼は腿《もも》にスポンジを滑らせながら、空いた片手で尻を撫《な》でてくる。掴まるところを求めているのかもしれないが、そこに手を回さなくてもいいのではないか。

「あの……明夜さん」

「さん付けじゃなくていいよ」

まるで「さん」をつけたことを咎《とが》めるかのように、てのひらに包んだ尻肉を、むにっと揉《も》まれる。

明夜さんでなければ振り払っているところだ。無心で体を洗っている彼に、一見して悪戯心《いたずらごころ》は感じない。本当に無意識に掴んでしまったのかもしれない。

「それじゃあ……明夜」

「そうそう。素直な澪は可愛いな」

今度は褒美のように、また掴んだ尻をむにむにと揉《も》まれる。

もはやこれは無意識などではない。たまりかねた私は、眉をひそめて指摘した。

「明夜……どこをさわってるの？」

「さわり心地が素晴らしい、澪のお尻だよ。もっと揉《も》んでいたいけど、このあとはベッドで続きをしよう」

「続き？」

思わず聞き返した私に、明夜は妖艶な笑みを返す。

「俺と、セックスするんだ。もう逃がさないよ」

直截《ちょくせつ》な台詞《せりふ》に、どきんと胸が弾《はず》む。

彼は本気なのだ。

私は今までどこか夢心地で、居酒屋での話や今しがたの戯《たわむ》れは、明夜の冗談なのではと頭の隅で考えていたけれど。

思い出してみると、バスルームでの行為はすでにセックスの前戯だった。私の体は明夜の愛撫で充分に濡れていて、腰の奥が疼《うず》いている。彼の楔《くさび》を受け入れる雌の体に整えられたのだ。

目の端に見た明夜の雄芯は、とてつもなく長くて太い。

これを、お腹に入れるなんて……

動揺なのか期待なのか、鼓動は早鐘《はやがね》のように鳴り響いた。

「それじゃあ、泡を流そうか。シャワーヘッドを持っていてくれて、ありがとう」

「あ……どういたしまして」

明夜にシャワーヘッドを返した私は気がついた。これを持っているから愛撫に抵抗できなかったのではない。本当に嫌ならシャワーヘッドを落とし、彼を突き飛ばせばいいだけだ。そうしなかったのは、私が彼とのセックスを望んでいるからにほかならない。

認めてしまうと、どきどきして、さらに息苦しくなってくる。

温かな湯がかけられ、流される泡を見ていると、ふいに明夜が顔を寄せてきた。

チュッと唇を啄《ついば》んだので、驚いて目を瞬かせる。

すると彼は何度も軽いバードキスを繰り返した。まるで小鳥が交わすようなキスに夢中になっていると、先ほどさわられた股の間に指が入り込む。

「あっ……」

「ここも、軽く洗い流しておこう」

指先を前後されると、湯とともに零れた愛液も洗い流される。いつまでもぬるぬるとした感触は消えず、明夜は延々と花襞を指先で舐《ねぶ》り続けた。

それほど淫液が滴《したた》っているのだということがわかり、羞恥に塗《まみ》れる。

ようやく手を離した明夜は最後に、優しく私の下唇を吸った。

彼は自らの首筋にシャワーの湯をかけて、素早く体を洗い流す。

「さあ、出よう。風邪を引くといけない」

湯を止めてシャワーヘッドを戻すと、彼は私の腰に手を添えた。

シャワーを終えてみると、明夜は私の体を熱心に洗ってくれたのに、彼自身が湯を使ったのは一分程度である。彼が風邪を引きそうだ。

私もあなたの体を洗ってあげる……なんて、気を遣えればよかったのかもしれないが、とてもそのような余裕はなかった。彼の愛撫をどう受け止めればいいのか戸惑うばかりだ。私の性的な経験の許容量を超えている。

あれこれ思い悩むものの、明夜はといえばまったく気にするそぶりはない。脱衣所に上がった彼は楽しげな笑みを浮かべて、バスタオルを手にした。

それを私の肩にかけて、丁寧に雫《しずく》を拭う。体を洗うばかりか拭いてくれるだなんて、まるで貴族に仕える召使いのような世話焼きぶりに、かなり驚いた。

「自分で拭けるから大丈夫です。明夜のほうが風邪を引いてしまいそうだから……あ、あの、私が拭いてあげる」

バスタオルに手を伸ばすと、なぜかその腕を制される。

明夜は正面から私に顔を近づけ、真剣な表情でじっと私を見つめた。

「なにもしなくて大丈夫。むしろ俺はしてもらうのはあまり好きじゃなくて、してあげたいんだ」

「で、でも」

「でも澪がどうしても俺になにかしてあげたいというのなら、ぜひお願いしたいことがある」

熱の籠《こ》もった双眸《そうぼう》で見つめられ、明夜の甘い声が頭の中を占める。

お願いしたいこととは、なんだろう？

ぼうっとした私は思わず頷いた。

「え、ええ……。私からも、なにかしてあげたいです」

「そうか。それじゃあ……」

私の体を丁寧に拭き終えた明夜は、もうひとつのバスタオルで自らの体を素早く拭いた。

言葉をためている彼の答えを聞きたくて、じっと待ち受ける。

すると身を屈めた明夜は、私の膝裏を掬《すく》い上げた。軽々と横抱きにして、ベッドへ連れていく。

清潔なリネンにそっと下ろされたと思ったときにはもう、逞《たくま》しい体が覆い被さっていた。

逆光になった彼の精悍《せいかん》な面差しが、真摯《しんし》な色を帯びている。

今から、この男に抱かれる――

湧き上がった思いは期待と、かすかな恐れを含んでいた。

ごくりと息を呑んだとき、明夜は唇に弧を描く。

「俺のお願いは、セックスしているときは遠慮なく声を上げてほしいということ。気持ちよくなってくれてるのがわかると、俺も嬉しいから」

「それは……感じるふりをしたほうがいいということ？」

「いや、演技はしてほしくない。感じないのなら、無理に声は出さなくていいよ」

無理に声を出さなくてもいいと言われ、私は少しだけ安心した。

というのも、私はセックスで感じたことがない。

前戯もなく挿入のみで終わってしまうセックスしか経験がないので、気持ちが盛り上がらず、濡れる時間すらなかった。すべてが終わってから体が疼《うず》いてくる始末で、熱を持て余し、ひどく惨めな気持ちになっていたが、セックスなんてこんなものかもしれないと諦めていたのだ。

当然、喘ぎ声なんて出たことがない。

けれど、先ほどのバスルームでの淫戯では、少しだけ濡れた声が出た。明夜の前戯が気持ちがよくて、快感を得られたからだ。明夜の手が触れることに興奮して、蜜液を滴《したた》らせた。

彼とのセックスなら、喘ぎ声を出せるかもしれない。

私はこくりと頷いた。

すると明夜の唇が、瞼《まぶた》に押し当てられる。薄い瞼《まぶた》越しに感じる温かな感触が、安堵をもたらす。

雄々しい唇は、もう片方の瞼《まぶた》にもくちづける。それから、こめかみを辿り、頬へ伝い下りた。

ちゅ、と唇を啄《ついば》む。

唇に到達したので一旦の落着を感じた私の予想を覆《くつがえ》し、明夜は鼻先にキスをした。

「ひゃ……」

「どうした？」

うかがいながらも、彼は額《ひたい》に接吻《せっぷん》する。

唇で確かめるかのように顔中にキスを与えられて、くすぐったいけれど、嬉しくて胸が弾《はず》む。

明夜のキスは、とても心地よかった。まるで甘いミルクティーを金のスプーンで掻き混ぜたら、真珠が出てきたみたいな幸福感に心を躍らせる。

「ちょっと……びっくりして」

「驚くのは、これからかもしれないよ。澪の体中にキスするからね」

「えっ……そんなに？」

驚いて目を見開くが、声が弾《はず》んでしまったのは気のせいだろうか。

すると明夜は唇を首筋に滑らせて、きつく吸いついた。

「あ、んっ」

「可愛い声が出たね。痕《あと》をつけたいな」

「あ……もう……」

今のキスで、すでに痕《あと》がついてしまったかもしれない。それくらい、きつく吸われた感覚がした。

征服欲を滲《にじ》ませた明夜は反対側の首筋も同じように吸い上げる。

ぴりっとした痛みに、眉根が寄ってしまう。

「う……いたい……」

痛みを訴えると、すぐに熱烈な唇は離れた。明夜は吸ったところを宥《なだ》めるように、舌で舐め上げる。

「悪かった。痛い思いをさせるつもりはないんだ。優しくなら、吸ってもいいかな」

「優しくなら……吸って、ください」

おずおずと承諾すると、微笑んだ明夜は優しく鎖骨を吸い上げる。

ちゅ、ちゅ、と音を立てて彼の唇が胸元を這《は》い回り、淡いキスを落としていった。

そうして淫猥な唇は、胸の尖《とが》りに吸いつく。

チュウッ……と吸い上げられて、鋭い悦楽が胸から背筋を貫いた。

「あっ！」

「痛い？」

「ううん……痛くはないけど……」

「それじゃあ……感じた？」

薄い笑みを浮かべた明夜には、すでに悟られている。

私は無言で頷いたが、いっそう快感を煽《あお》るかのように大きく胸を揉《も》み込まれる。

「あっ……あ……」

「感じた、って言わせたいな」

「んっ、よくわからないの。あまり感じたことがないっていうか……」

「ふうん。じゃあ、オーガズムに達したこともないのかな」

もちろん私は、いわゆる『イク』という感覚がどんなものか知らない。

それでも認めるのは恥ずかしくて、返事ができない。

私の返答をじっくり待つつもりなのか、明夜は両のてのひらで乳房を揉《も》みながら、口を開けて乳輪ごと突起を含んだ。口中で飴《あめ》を転がすように、ねっとりと乳首を舐《ねぶ》られる。

「あ……はぁ……ん」

鼻にかかった甘い喘ぎが漏れた。さわられてこんな声が出るなんて信じられない。

尖《とが》った乳首を舌先で突かれ、また舐め上げられては、唇で吸われる。もう片方の乳首も指の腹でこりこりと捏《こ》ね回された。

「あぁ……あ……はっ……んん……」

明夜の唇と指が織り成す愛戯に、甘い疼《うず》きが湧き上がる。それは肌を這《は》っているようで、じわりと体の芯まで染み込んでいった。

これが、感じている、ということなのだろうか……

ぼんやりと私がそんなことを考えている間も、執拗《しつよう》な愛撫は延々と続けられた。

明夜は左右の胸を交互に唇と指で愛でる。右の乳首をじっくりと舐め、次は左に。左の突起を、ちゅうと吸い上げてから、また右に戻る。しかも彼の両手は乳房を揉《も》みしだき、口腔《こうこう》に含まれていないほうの乳首は指先で育て上げるように摘まむ。

乳暈《にゅううん》はぬらぬらといやらしく輝いた。ぴんと張り詰めた突起が痛いほどの快楽を全身に伝える。

胸を弄《いじ》られているのに、腰の奥が疼《うず》いてたまらない。

もどかしく身を捻《よじ》り、凝《こご》った快感を散らそうとした。

「あ、んん……もう、いや……」

そう言うと、ようやく明夜は顔を上げた。だが彼は、まだ乳房から手を離さない。まるで仕上げのように、やんわりと乳房全体をてのひらで包んだ。

「胸ばかりだと、つらくなってきたかな。次は脚にしよう。冷えたら可哀想だからね」

ちゅ、ちゅとお腹にくちづけを落としていった明夜の両手は乳房から離れ、胴を撫《な》で下ろす。腰をさすり、ここにも唇で吸いつくと、太股から膝にかけて手を滑らせていった。

そのとき、膝裏に手がかけられ、ぐいっと大きく膝を割られる。

「あっ……」

明夜は開いた脚の間に強靱《きょうじん》な腰を割り込ませた。これでは脚が閉じられない。秘所を曝《さら》す格好になり、羞恥に見舞われた。

けれど彼はすぐに挿入するわけではなく、抱えた私の脚を優しく撫《な》でる。足首を優しく掴むと、内側の皮膚にチュッとくちづけた。

「ここにもたくさんキスしよう。脚ならキスマークがついても、見えないから平気だろう？」

「あ、そんな……」

彼の唇は足首から脛《すね》へ細やかにキスを刻んでいく。

ほう、と吐息を零し、甘い水が全身を満たすような心地よさに酔いしれる。

体をずらした明夜は頭を下げ、内股の柔らかい皮膚をチュッチュッと何度も啄《ついば》む。そのたびに淡い痛みがじわりと滲《にじ》んだ。

けれどその疼痛《とうつう》はすぐに快感に変わっていく。大きく脚を開き、その狭間に男の頭を受け入れるという淫らな視界にも官能が掻き立てられる。

「すごいな。とろとろに溢れてくる」

「……え？」

チュウッと、ふいに秘所を吸われた。ぴくりと脚が反応したけれど、それは快感ゆえであることを体は理解していた。

濡れた花襞を大きく舌で舐め上げた明夜は、淫芽を口に含む。チュプ、チュク……と舌で舐《ねぶ》られ、淫靡《いんび》な音色が鳴り響いた。

ぞくぞくと焦燥めいた快感が迫《せ》り上がり、もどかしく踵《かかと》でシーツを蹴る。

たっぷり花芽を濡らすと、さらに蜜口から零れた愛蜜を啜《すす》られる。

あまりの淫猥な行為に臆《おく》した私は、避けようと腰をずり上がらせた。

「や、やだ……汚いから……」

「汚くないよ。ほら、逃げない。嫌がるならこうするぞ」

明夜は悠々と、私の膝裏を抱え上げる。ぐっと膝が胸につくほど脚を持ち上げられた。足が宙に浮いた状態なので、まったく身動きが取れなくなる。両手をさまよわせ、シーツを掴むことしかできない。

身を乗り出した明夜は掲げられた私の秘所を、双眸《そうぼう》を細めて見つめている。獰猛《どうもう》な眼差しは、獲物を押さえつけた猛獣のようだった。

「綺麗だよ。最高の眺めだ」

「いや、こんな格好……」

「ここをたっぷり舐めたら、脚を下ろしてあげる。俺の太いのを挿入するんだ。ちゃんと濡らさないといけないだろう?」

「あ……」

そう言われて、先ほどバスルームで見た楔《くさび》を思い浮かべる。

きつく反り返った肉棒は極太で、とてつもない巨根と言えた。彼の爽やかな外見からは想像もできない凶悪な一物だ。

「あんなに大きいもの、お腹に入らないわ」

「濡らせば入るよ。まずは舌で慣らそうか」

そう言って明夜は頭を沈め、ぬくっと、蜜口に舌先を押し当てる。

とろとろに濡れた壺口は獰猛《どうもう》な舌を迎え入れるかのように、淫らにひくついてしまう。

ヌチュ……と淫靡《いんび》な音を上げながら、蜜口をくぐり抜けた舌が奥へと吸い込まれる。

「んっ、あんん……」

柔らかくて熱いものが胎内に挿し入れられる感覚に、うっとりして甘い声が漏れる。

濡れた粘膜を触れ合わせるのは、こんなに気持ちのいいものなのか。

浅いところを優しく舐《ねぶ》られると、きゅんとした官能を覚えて全身が震える。

「入り口が感じる？　すごく締まってるよ」

「う、んっ……感じる、でも……」

ぬくぬくと舌を出し挿れされる。執拗《しつよう》に蜜口を舐《ねぶ》られるほど、奥が切なく疼《うず》いてしまう。

掻きむしりたい衝動を覚えて身を捩《よじ》らせるけれど、明夜が脚を持っているので満足に身動きができず、凝《こご》った疼《うず》きを散らせない。

「でも、なにかな？」

明夜は意地悪そうに笑いを含めて問いかける。そうして私の返事を待たず、音を立てて蜜壺の奥から滴《したた》る愛液を啜《すす》った。

「はぁっ、んぁ……っ」

体を折り曲げた状態なのであまり声が出せないが、潤沢な愛蜜は、もう充分に体が快楽に染め上げられていることを証明していた。

再び蜜を啜《すす》られた刺激にいっそう切ない疼《うず》きは蓄積されて、さらに奥から新たな蜜を生み出す。

彼にわかってもらうため、私は浅く息を継ぎながら言葉を紡いだ。

「奥が、うずうずして、痒《かゆ》いというか、切ない感じがするの……」

「そうか。それじゃあ、もっと太くて長いもので、奥を擦《こす》ってあげないと、その切なさは治まらないな」

私は夢中で頷いた。

この身をひどく焦がすもどかしさをどうにかしたい。

しかし、それを解消するためには、明夜の極太の雄芯を挿入するしかない。

かすかな迷いが胸をよぎるが、ひりつく疼痛《とうつう》はじんじんと体の奥を疼《うず》かせている。

「挿れるよ。俺のものにするから」

私の脚を掲げたまま、明夜は腰を宛がう。

ずぶ濡れの蜜口に、熱い先端が押し当てられる感触がした。

ぐちっ……と極太の切っ先が柔らかい襞を掻き分けて挿入される。

濡れているとはいえ、獰猛《どうもう》な雄芯の侵入に、蜜口は軋《きし》んだ。

「んっ……くぅ……っ」

「息を詰めないで。ゆっくり脚を下ろすから、深呼吸するんだ」

胸につくほど掲げられていた脚が下ろされる。彼の体を挟む格好で、強靱《きょうじん》な腿《もも》の上に膝をのせる。

そうするとだいぶ体勢が楽になり、彼の言う通りに深呼吸する余裕もできた。

息を吐くと、緩んだ体に逞《たくま》しい腰を押しつけられる。

ずぷ……と太いものを呑み込まされた衝撃で、背がしなった。

「あぁっ、はぁ、あぅ」

「すごく上手だ。先の太いところを呑み込んだよ」

「え……まだ、先だけなの？」

雄芯を咥《くわ》え込んだ蜜口は、いっぱいに開かれている。まさか、まだ先端だけだというのか。

「そうだよ。これからゆっくり、奥まで舐めていくよ……」

妖《あや》しく呟いた明夜は腰を進めた。じっくりと舐《ねぶ》るように、太い幹が胎内に挿し入れられていく。

彼の巨根が濡れた肉襞を擦《こす》り上げながら、奥へと埋《うず》め込まれた。腰が小刻みに震え、雄芯を呑み込まされた壺口は淫らにひくつく。

「あっ……あ……はぁ……あぁ、ん……」

背を反らした私は、まっすぐに身を貫く肉槍を受け止める。灼熱の杭が胎内をみっちりと塞いでいく感覚は凄絶で、胸を喘がせた。

「吸い込まれていくね……一番奥に、キスするよ」

「あ、あ……して……キスして……」

男の低い声音が響き、官能に支配された脳は朦朧《もうろう》としたまま返事をする。

ずくりずくりと、ひと突きごとに獰猛《どうもう》な楔《くさび》が蜜筒を満たしていく。

媚肉を丹念に舐め上げられる壮絶な快感に、身を震わせることしかできない。

ずん、とした重い衝撃が奥に響いて、腰が跳ね上がった。

「あっ、あぅん」

「俺を全部、呑み込んでくれたね。ほら、奥にキスしてるの、わかるかい？」

彼が逞《たくま》しい腰を蠢《うごめ》かせると、ずくずくと最奥が抉《えぐ》られて鋭い快感が走る。

「ひっ、あっ、あぁんっ」

これまでに溜め込んだ快楽の塊《かたまり》を突かれるかのような切迫感に襲われ、身悶《みもだ》える。

上半身を捻《ひね》らせて思わずその切迫感から逃れようとすると、彼の手に暴れる両手を捕らえられた。ぎゅっと指を絡め合わせた両手がシーツに縫い止められ、標本の蝶のごとく体を割り開かれる。

「あまり感じたことなさそうだったから心配したけど、このままいけそうだな」

「え……」

覆い被さってきた明夜に舌を突き入れられ、唇を割られる。ぬるぬると濡れた舌を絡め合わせながら、彼は小刻みに腰を前後させて奥の感じるところを巧みに穿《うが》った。

「あ、ふ、んんっ、あふ……んくぅ」

淫らなキスを上と下の両方の唇で行い、体が明夜でいっぱいに満たされる。溜め込まれた快楽が破裂しそうなほどに膨れ上がっていく。

獰猛《どうもう》な雄芯はヌチュヌチュといやらしく蜜口を出入りして、切っ先が執拗《しつよう》な接吻《せっぷん》を子宮口に与えた。

抗いがたい愉悦の波に攫《さら》われて、きつく搦《から》めた手を、ぎゅっと握り返す。

出口を求めて体中を駆け巡る快感が、腰から脳天まで突き抜けていく。

「ん、んくっ、んふぅう――……っ」

全身が甘く引き絞られて、爪先まで痺れさせ、思わず目をつむる。

真っ白な恍惚《こうこつ》に呑み込まれ、絡められた男の舌を甘噛みした。

がくがくと腰が跳ね上がり、蜜壺は咥《くわ》え込んだ熱杭を、きゅうと食い締めた。

体のすべてから力が抜けると、ちゅ、と最後にひとつキスをされて唇が解放される。

うっすらと瞼《まぶた》を開くと、霞《かす》む視界の向こうに明夜の艶《つや》めいた表情があった。とくりとくりと甘く鼓動が鳴り続ける。

「上手にいけたね。俺たち、相性がいいんだな」

「……あ、私、いって……」

「そう。俺とのセックスでオーガズムに達したんだ。ほら、こんなに締まってる」

ヌチュ……と明夜が腰を引くと、楔《くさび》に追い縋《すが》るように肉襞が絡みつく。

達したばかりの敏感な体は、たちまち快楽の熾火《おきび》を燃え上がらせた。

「あぁっ、あぅ」

「気持ちいいだろう？　今度は入り口から奥まで、たっぷり舐めてあげるよ」

「あぁ……そんなことしたら……また……」

快楽を知った体は容易に達してしまうと思えた。しかし彼は私の制止など聞きもせず再び腰を動かし始めた。

明夜は雄芯のすべてを引き抜かず、先端を蜜口に引っかける。グチュグチュと壺口を舐《ねぶ》られて、敏感な粘膜は愛蜜を垂らしながら甘く疼《うず》いた。

極太の先端で隘路《あいろ》の入り口を擦《こす》られて、とてつもない快感が湧き上がる。だが同時に、咥《くわ》えるものを失った蜜洞の空虚さをも明確に意識させられた。

感じているのに、花筒は満たされずに切なくうねる。

しかもオーガズムに達した快楽は冷めておらず、体は熱を帯びたままなのだ。極限状態で焦らすようにいたぶられては、たまらない。

私は淫らに腰をくねらせ、甘い喘ぎ声を上げた。

「あぁん……明夜ぁ……もう、だめ……」

「また、いきそうかな。いっていいんだよ」

彼は私の胸に手を伸ばし、切なく揺れていた両の乳首を、きゅうと摘まみ上げた。

ぬぷぬぷと極太の切っ先で蜜口を舐《ねぶ》られながら、忘れかけていた乳首への甘い刺激を与えられる。極上の愛撫に、快感に浸った体はひとたまりもない。一気に背筋を鋭い悦楽が突き抜けていった。

「ひぁっ、あっ、あ、あ――……」

達している最中なのに、ずぷ……と濡れた蜜洞に獰猛《どうもう》な楔《くさび》が突き入れられる。求めていた男根に歓喜した襞が絡みつき、ぎゅうっと花筒は収斂《しゅうれん》する。

さらに高みへ押し上げられ、嬌声が迸《ほとばし》る。

「あっ、ひぁ、あぁ――っ、あうぅ……」

奥深くまで肉棒をずっぷりと呑み込んだ私は、快楽の極致に達した。

きつく背をしならせ、まっすぐに胎内を貫いた熱杭を抱き込みながら、指先まで甘く痺れる。

恍惚《こうこつ》の海にどっぷり沈んでいると、ちゅっと不意打ちのキスで引き上げられた。

戦慄《おのの》く唇に接吻《せっぷん》され、睫毛《まつげ》を震わせる。

「最高だ。こんなに感じてくれるなんて嬉しいよ」

嬉々《きき》とした明夜は逞《たくま》しい腰を蠢《うごめ》かせて抽挿する。

ねっとりと執拗《しつよう》に雄芯を往復させて、媚肉が舐《ねぶ》られた。蜜口から、最奥の子宮口まで。

「あぁん、あぁ、いってる……あっ、あ、あん、いく……」

彼の濃厚なセックスにずぶ濡れになったまま、達したところから下りてこられない。

こんなに感じてしまうなんて私自身が信じられないが、それ以上に明夜の愛戯はあまりにも卓越している。

「ずっと達していていいんだよ。……俺も、いっても、いい？」

「いって……あ、ぁ、いって……」

明夜は強靱《きょうじん》な腰を前後させて、激しく律動を刻んだ。きゅうきゅうに引き絞られた蜜筒を幾度も擦《こす》り上げられ、快楽を送り込まれる。

ふたりの混じり合う体液が、グッチュグチュと淫らな音色を奏でる。

快楽の渦《うず》に身を投じた私は本能の赴《おもむ》くままに手足を伸ばし、それぞれ強靱《きょうじん》な背と腰に絡みついた。まるで、雄を抱き込むように。

「奥で出していい？」

「だめ、あっ、あ……いって……」

もはや自分がなにを口走っているのかわからない。ただ甘く身を焦がし続ける雄芯と、男の吐息だけを感じた。

「でも、ホールドされて動けないんだけどな。体は、俺の精子を、欲しがってるみたいだよ。――ほら、ここ」

ぐっと、最奥を硬い切っ先で抉《えぐ》られる。

それだけでもう全身は甘い痺れに満たされ、手足に力が籠《こ》もった。明夜の体にしがみつきながら、何度目かわからない絶頂に達する。

「あっ、あぅ、あぁ――……っ、出して……あん……あぁうん」

もう、この快楽の檻《おり》から出してほしい。

頂点に達して腰を揺らめかせながら、雄芯をきつく絞り上げて放出を促す。

ずくずくと濡れた蜜洞を擦《こす》り上げた楔《くさび》が、子宮口に接吻《せっぷん》する。

「……っく」

胴震いをした明夜が、私の体をきつく抱きしめる。

同時に、爆《は》ぜた先端から迸《ほとばし》った子種が、たっぷりと奥深くまで注ぎ込まれた。

朦朧《もうろう》とした私はしっとりと濡れた蜜洞で楔《くさび》を咥《くわ》えながら、息を継いだ。抱き合っている明夜の荒い呼気を頬に感じる。

彼の精を、呑んでしまった……。

妊娠するかも、という考えが脳裏を掠《かす》めたとき、明夜が顔を上げた。

チュ、と唇を啄《ついば》んだ彼は、蕩《とろ》けるような笑みを見せる。

「俺と結婚しよう」

突然の台詞《せりふ》が脳内で処理できず、私は目を瞬かせる。

獰猛《どうもう》な雄芯はまったく力を失っておらず、彼は再びゆるりと律動して媚肉を舐《ねぶ》った。

「あぁっ……あ、あん……」

甘い喘ぎがとまらない。

プロポーズの意味を考える余裕もなく、明夜から与えられる甘く狂おしい情熱を享受した。


深い眠りから、まどろみへと意識が浮上する。

薄く瞼《まぶた》を開けると、カーテンの隙間から漏れる眩《まばゆ》い陽射しが室内に零れていた。

ここはどこだろう……

ぼんやりした頭で考えていると、体を抱き込む熱い体温の存在に気づき、はっとした。

首を巡らせると、隣には端麗な寝顔の明夜がいた。ブランケットが剥《は》がれて、強靱《きょうじん》な肩を曝《さら》け出している。そして彼の長い腕は、私の胴を搦《から》め捕っていた。

途端に昨夜の情交が脳裏によみがえる。

失恋したことや結婚観などを居酒屋で話しているうちに、酔った勢いで明夜とセックスしてしまったのだ。今ではもうすっかり酔いは醒《さ》めて、なんという失態を犯してしまったのかと落ち込む。

体に巻きついた明夜の腕を退《ど》かして身を起こし、深い溜息を吐《つ》く。

すると、再び男の腕が絡みついてきた。

「おはよう。澪」

甘く掠《かす》れた声で名前を呼ばれ、困惑する。身を寄せてくる彼は、まるで私を恋人のように扱った。すでに夜は明けて、恋人ごっこの時間は終わったというのに。

「おはようございます……天王寺さん」

「浴槽にお湯を入れておいたよ。一緒に風呂に入ろう。また俺が体を洗ってあげる」

なんの話かと首を捻《ひね》る。そういえば昨夜、湯船に浸かるのが好きだとか、そんな会話をしたかもしれない。

職場と同じようにビジネスライクに挨拶したのに、彼との温度差を感じてさらに当惑した。

「あの……昨夜のことなんですけど……」

言いにくくて口ごもると、明夜は私の腰に抱きついたまま顔を上げる。

「なにかな？」

「失恋したショックで冷静な判断を失っていたといいますか、酔っていたのでまともに考えられなかったというか、とにかく天王寺さんにご迷惑をおかけして申し訳ありませんでした」

「全然迷惑じゃないよ。謝らなくていい。俺とセックスしてるときの澪はすごく可愛かったな。ホテルに来てからのことは、どれくらい覚えてる？」

明夜は満ち足りたような笑みを浮かべていた。

その笑顔に、奇妙な感覚を味わう。

私の勝手な見解かもしれないが、男女が勢いで一夜を過ごした場合、それはなかったことにするのではないか。

だけど明夜はあえて昨晩のことを確認する。なぜだろう。

「……ほぼ、覚えてます」

「よかった。はっきり言うけど、中で出したから妊娠するかもしれないな」

その言葉に青ざめた私は下腹に手を当て、たった数時間前の情事に考えを巡らせる。

昨夜、明夜と情熱的に抱き合った。

彼のセックスは濃厚で、あんなに快感を得られたのは初めてだった。夢中になった私は淫らな喘ぎ声を上げて、自ら腰を振り、そして……最後には奥で精を出されることを望んでしまった。

無理やりではない。完全に合意の上の行為だった。

私たちは恋人ではないので、昨夜のことは酔った勢いによる過ちといえる。つまりただ遊んだだけなのだから、妊娠しても責任は取らなくてもよいと、明夜は念を押したいのだろう。

「あの……もし、妊娠したら、中絶を――」

不穏な台詞《せりふ》を震える声で口にのせる。

ところが素早く体を起こした明夜に、人差し指を唇に押し当てられ、続く言葉を塞がれた。

彼は私の憂慮を、ひとことで吹き飛ばす。

「結婚しよう」

「……はい？」

突然の台詞《せりふ》に目を瞬かせる。

それは今の私から、もっとも遠い言葉だったから。

失恋した勢いで同僚と一夜を過ごしてしまった迂闊《うかつ》な私がなぜ、結婚できるというのか。

「昨日もそんなことを言ってましたけど……あれは冗談なのでは？」

瞠目《どうもく》した明夜は、かなり驚いているようだ。乱れた前髪を掻き上げつつ、苦渋の表情を浮かべていた。

どうやら私の言い方が悪かったようだ。

けれどベッドでの『結婚しよう』なんて甘い台詞《せりふ》は、その場限りの睦言《むつごと》ではないだろうか。まさか恋人でもない相手から言われて、さらにはどちらも酔っていた状況下で、本気にするほど愚かではない。もっとも、恋人だったはずの相手からそんな甘い言葉をかけてもらったことは一度もないけれど。

だからこそ、夜が明けた今はひどく冷めていた。

このあとは、そそくさと服を着て帰宅し、月曜日はお互いに何事もなかった顔をして出勤するだけでは、と。

私の失言に呆れたのか、深い溜息を吐《つ》いた明夜はベッドから下りた。

純白のバスローブを纏《まと》う彼の背を、寂しい思いで目の端にとめる。

でも仕方ない。彼とはこれ以上、なにもないのだから。昨夜の情熱は泡となって消えたのだ。

ところがこちらを振り向いた明夜は、手にしたもう一枚のバスローブを私の肩にふわりとかけた。

肩に両手をのせた彼は、真摯《しんし》な双眸《そうぼう》で私を射貫《いぬ》く。

「澪と俺の認識は大きく食い違っているようだ。もしかして、俺とは一晩だけの遊びだと思ってる?」

「……そうじゃないんですか?」

バスローブの前をかき寄せながら問い返す。

明夜は私のバスローブの襟を合わせ、紐をしっかりと結んだ。

「それについて、ここではっきりさせておく必要がある。ちょっとこっちに座って。体は大丈夫?」

「はい。平気です」

手を取られてベッドサイドにあるソファに導かれ、腰を下ろす。ここは昨夜、水を飲んだ場所だ。

明夜は鞄から一枚の用紙を取り出し、ソファの中央に鎮座する小さな円卓に置いた。

ごく薄い用紙は履歴書に似た書式で、文字が焦茶色で印刷されている。

だが、左上に記された堂々たるゴシック文字が目に飛び込み、ごくりと唾を呑んだ。

「婚姻届……」

実物は初めて見た。

婚姻届というのは、結婚を決めたふたりがサインして役所に届け出る書類なので、今の私にはもちろん縁のないものである。

驚きを隠せないまま、私は婚姻届に視線を落とす。氏名を記入する欄には、左側から

『夫になる人』『妻になる人』と並んで枠がある。そこから下段に向かって、生年月日、住所、本籍……

なんと夫となる人の項目すべてに、天王寺明夜の個人情報が記載されていた。証人欄も、彼の親族なのか親友なのか、二名分が埋《う》められている。

妻の欄を記せば、この婚姻届はすぐにでも提出できる状態だ。

独特の結婚観を持っていることは居酒屋で聞いたけれど、まさか記入済みの婚姻届を所持しているとは思わなかった。

戸惑いつつ顔を上げた私に、ソファに座った明夜は正面から向き合う。

「責任を取ってほしい」

「えっ？」

「遊びで寝るなんて考えられない。子どもができたらどうするんだ。俺と関係を持ったからには、きちんと責任を取って結婚してくれ」

「…………」

絶句した。

確かに彼は、授かり婚にも憧れていると語っていた。だがその相手がまさか私だと思うはずがない。

困惑する私の手元に、明夜はご丁寧にボールペンの柄のほうを向けて差し出す。

「ちょっと待ってください！　関係を持ったからといって、翌朝に婚姻届を書くのは急すぎませんか!?」

「俺は昨日、自分の考えを話したはずだ。結婚するつもりだったからプロポーズして、途中で出した。授かり婚でもまったく問題ない。時間を置いたところで俺がきみを抱いたという事実は消えないし、俺の考えは変わらないよ」

堂々とした発言はとても頼もしい。

これが会議でなら、彼を尊敬の眼差しで見ただろう。だが今は猛獣に追いつめられる獲物の気分で、冷や汗が滲《にじ》んだ。

どうにかこの切羽詰まった状況に突破口は見出せないのだろうか。

「あのう……聞きたいことがあるんですけど」

「なんでもどうぞ」

「天王寺さんは、いつ結婚を決めたんですか？　そのタイミングがどこだったのか、わからないので教えてほしいです」

私は酒の勢いでベッドインしたのだと思っていたが、彼としてはそういうわけではないようだ。彼には『遊びで寝る』という価値観は存在せず、結婚しない相手とは寝ないというポリシーを感じる。ということは居酒屋で私をベッドへ誘ったときには、すでに私と本気で結婚するつもりだったということになる。

失恋したばかりの惨めな私のどこに、結婚したいと思うような要素があったのか疑問だ。

明夜はそんな私の質問に、ごく真面目な顔で答えた。

「澪と初めて会ったときだね」

「えっ⁉　そんなに前から……。初めてというと、天王寺さんが入社してきた日ですか？」

「さあ、どうだろう。そのうち話すよ。同居したら、いつでもふたりの時間が取れるわけだからね」

「同居……」

考えてもいなかった言葉に、ごくりと息を呑む。結婚したなら、ともに暮らすのが通常の夫婦だろう。

先々の具体的な人生を提示され、覚悟がつかない私は婚姻届を前に臆《おく》した。

向かいの席にいる明夜を見ると、彼は責任を取ってほしいと宣言したときから微動だにせず、ボールペンを差し出したポーズのままだ。引く様子のない彼は穏やかに語り出す。

「それじゃあ、こう考えようか。結婚したからといって、離婚できないわけじゃない。俺はきみを妻という名の家政婦として縛りつけたりしないし、もちろん仕事を辞めろだなんて言わないよ。でももし今後、結婚生活に問題が生じ、別れたいと澪が思うのなら離婚に踏み切ったらいい」

「確かに、離婚できないわけではないですね。でもそんな簡単に戸籍を汚すのもどうかと思います。せめて妊娠したかどうか判明してから婚姻届を書くのはどうでしょう」

　私の言い分に、明夜は不服げに眉を跳ね上げる。

「つまり、妊娠していなかったら、結婚しなくていいだろうと言いたいのか？」

「ええ、まあ……その通りです」

　答えてから、この提案は彼のポリシーに著《いちじる》しく反するのだと気づいた。

　明夜は結婚を決めた相手としか体を重ねないのだ。一度彼と寝たら、責任を取って結婚するしかないので、妊娠したかどうかは関係ない。驚くべき価値観だが、それもひとつの考え方なのかもしれない。

「妊娠していなかったとしても、俺との間になにもなかった、なんてことにはならないよ。古風なことを言うけど、俺を傷ものにすると言うのかい」

「……同じく古風な言い方をさせてもらうと、それは私の台詞《せりふ》ではないですかと言いたいです」

　昔のドラマなどで見た男女の立場と逆転している気がする。ふつうは責任を取ってもらうために、女性が結婚を迫るものではないだろうか。そして責任を取りたくない男が逃げるという展開だ。

　そんなことを考えている間も、明夜はボールペンを差し出した手を下ろそうとはしない。

　悩み続ける私を見て、くすりと笑んだ明夜は説得の角度を変えてきた。

「俺のこと、嫌いか？」

「……嫌いではないです。ただ、天王寺さんのことをよく知らないので、そう簡単に結婚に踏み切れません」

「これから知ればいい。俺も、もっときみを知りたい。妊娠したかどうかも含めて、夫婦としていろいろと話そうじゃないか。同居すれば広いマンションに住めるし、病気だとかの不測の事態でもサポートできる。俺は料理が好きだから、ぜひ手料理を食べてほしいな」

　どうやら明夜はすでに結婚生活のビジョンを明確に持っているようだ。

　要するに彼にとっての結婚とは、交際と結婚と子を授かるのを、順番通りにこなすのではなく、すべてワンセットなのだ。

　私は、家庭環境に問題があったためか、それとも相手に恵まれないためか、結婚なんて縁遠いと思っていた。憧れるにも遠すぎて、このまま独身で過ごすのかなという寂しさすらあった。

それほど結婚とは遠い存在にいる私のことだ。この先、運命的な出会いをして結婚するなんて機会は訪れないだろう。

明夜のことを嫌いではないし、むしろ好意を抱いている。なぜならば、彼は傷ついている私を見捨てなかった。昨夜から、ずっと傍にいてくれた。せっかくだから、この縁を結んでもいいんじゃないか、という気持ちも心のどこかに出てきていた。

それにやはり責任を取るのは大切である。彼に対しても、妊娠していたとしたら、子どもに対しても。

私は差し出されたボールペンを、ついに手にした。

「わかったわ。結婚しましょう」

明夜の内に潜む執念の片鱗《へんりん》をわずかながら感じたのだが、婚姻届に目を落とした瞬間に緊張して、もはや文字列しか追えなくなる。

名前から記入を始める私がちらりと明夜を盗み見ると、彼は妖艶な笑みを浮かべてじっと私を眺めていた。


週末が明けて月曜日の朝——

私は懊悩《おうのう》を抱えて出勤していた。

人生が急に激動のごとき流れになり、週末はひとり暮らしのアパートで大いに頭を抱えて過ごした。

自室に戻るとすべて夢だったのではという思いもよぎったが、明夜から何度も『ちゃんと家に帰れた？』『体は大丈夫？』など私を気遣うメッセージの通知がスマホにあり、そのたびに彼との一夜や震える手で婚姻届に記入したことが明確によみがえる。

ホテルで婚姻届を書き終えたあと、一緒に風呂に入ろうと主張する明夜を押し切り、ひとりでシャワーを浴びた。それからチェックアウトをして、ふたりで向かった先は役所だった。

完成したばかりの婚姻届を提出すると、窓口の職員から「おめでとうございます」と儀礼的な祝福の言葉を受けた。

土曜日だから役所は休みでは、と思ったけれど、庁舎の建物脇にある臨時の窓口で婚姻届を受けつけてもらえるのだと、明夜に教わり初めて知る。

そのあと家まで送るという彼の申し出を断り、逃げるように帰宅したのだった。

本当に結婚してしまったのか。

迂闊《うかつ》なことをしてしまったのではないか。

そもそもとして、酒の勢いで男と寝るという行為事体が迂闊《うかつ》であるし、失恋の愚痴《ぐち》なんてぶちまけるべきではなかった。

婚姻届はすでに受理されてしまったので、もう撤回できないのだが、今になって迷いが生じてしまう。

まさか明夜があんなに特殊な価値観の持ち主で、一夜の過ちだけで結婚を迫ってくるとは思いもしなかったのだ。

「どうしよう……どうしようもないよね」

小さく呟きながらボブカットの髪を掻き上げる。陽に煌《きら》めく社屋を見上げて、硝子《ガラス》張りの玄関をくぐり、エレベーターホールへ向かう。

隣席の明夜がどんな態度で接してくるのか、知るのが怖い。

やっぱり冗談だった、なんて言われたりして……？

あれこれと考えながら複数の社員たちとエレベーターを待っていたとき、背後から甲高い声が聞こえた。

「おはようございまぁす、優木先輩」

振り向くと、そこには勝ち誇った顔をした東さんがいた。

「……おはよう」

私は複雑な思いで挨拶を返した。

あんなことがあったあとで、ふつうに挨拶できる神経が理解に苦しむ。

もしかしたら、失恋した私を笑いたいのかもしれない。ただ明夜との結婚のほうが衝撃が強く、フラれたショックは軽減していた。

私だって妊娠しているかもしれない。今後の人生を揺るがす大事が控えていると、過去の失恋など些細なことに思えた。

ちなみに妊娠しているかどうかは、今のところはわからない。妊娠検査薬で確かめられるのは、月経予定日の約一週間後からだと週末に情報を入手した。

ただ前回の月経が始まった日から数えると、明夜と体を重ねた日は危険日ではないはずなので、妊娠はしていないと思うけれど……

とはいえ、すでに婚姻届を出したふたりに子どもができて、なんの問題があるというのだろう。結婚していない男女に子どもができるのならいざ知らず、私たちは結婚しているのだ。言ってみれば、授かり予定婚だ。

そして私の人生は本当にこれでいいのだろうか、という懊悩《おうのう》のスタート地点に戻る。

堂々巡りを続けていると、エレベーターが到着したので機械的に足を進めて乗り込む。営業部のフロアがある階に到着すると、先に降りた東さんは営業部のフロアには入らず、スマホを操作しながら廊下の隅に向かった。これ以上、彼女になにか話しかけられることはないようだと、ほっとした私は営業部のフロアに入った。

始業時刻にはまだ早いので、フロアには誰もいない。明夜もまだ来ていないようで、彼のデスクも無人だ。

「なあ、澪」

「ひっ！　あっ、お、おは……」

誰もいないと思っていたところに突然背後から声がして、心臓が跳ねる。

全身から緊張を漲《みなぎ》らせて振り向くと、そこにいたのは隆史だった。

「なんだ……。沼倉さん、なにかご用ですか」

心底落胆して、椅子に座る。明夜かと思ったのに肩すかしを食わされた。

隆史は私の態度に眉根を寄せると、不機嫌な声を出した。

「なんだとは、なんだ。俺はおまえのためを思って声をかけてやったんだぞ」

「はあ。先週末のことはもう心の区切りがついています」

私が失恋のショックを引きずっているのではと心配してくれたようだが、それを超える出来事に見舞われたことで、隆史にされたことはもはや彼方《かなた》に飛んでいた。

ところが隆史は周囲に誰もいないことを確認すると、声をひそめてきた。

「なんだよ。俺と別れるって言うんじゃないだろうな」

その問いかけに、一気に覚醒した私は目を見開いた。

なんだか認識が食い違っている。

隆史は東さんを妊娠させたのだから、責任を取らないといけないわけで、すなわち私と別れるしかない。だからこそ、説明を求める私を邪険に追い払ったのではないか。

まるで週末のことなどなかったかのような口ぶりの隆史とは、きちんと話しておくべきだった。

「こんなところで話すのはやめましょう。会議室に行きませんか」

このあとほかの社員が出社してくることを考えると、この場で込み入った話を続けるのはよくない。私は場所を変えることを提案し、隆史とともに近くの会議室に入った。

扉が閉まるや否や、私は先週末から抱え続けている隆史の行いについての解釈を述べる。

「どういうこと？　東さんが妊娠したんだから、あなたは彼女と結婚するんでしょう？　だから私とは別れるのよね。あなたは『そういうことだから連絡しないでくれ』と先週末に廊下で言ったじゃない」

私のほうが浮気相手にされるのは不服だが、明確にしたいのはそこではない。

これまでの言動からも、すでに彼に私への気持ちがないのは明らかだった。それなのに今さらそれを覆《くつがえ》すような発言をするのは、なぜなのか。別れることは確実であり、そもそもすべては隆史の行動が生み出した結果なのだ。

隆史は不満げに顔をしかめる。

「まどかのことはいいんだよ。あいつ、ごちゃごちゃ言うから面倒なんだ。それより俺はおまえと別れるなんて言ってないから、勝手に別れたことにするな」

「え？　まさか二股を続けるつもり？」

「そういうことじゃないんだよ。おまえが可哀想だから言ってるんだ」

なにを主張したいのか理解に苦しむ。

別れると発言していないから別れたことにはならない、という身勝手な言い分が通ると思っているのか。彼は私の気持ちをまったく考えていないのだ。

「私は可哀想じゃないわ。そもそも、隆史はどうして二股をしたの？　私に興味がなくなったから、東さんと浮気したのだと解釈したんだけど。別れないと言うのなら、あなたがどう考えているのか話してちょうだい」

「おまえが間違ってるんだ。俺が悪いみたいに言うなよ」

子どものようなことを言う隆史とは話が通じず、私は重い溜息を吐《つ》いた。

彼には状況を整理することも、自分の気持ちを相手に伝えることもできないようである。これではパートナーへの配慮など期待できるはずもない。

思えば、隆史は私の話をきちんと聞いてくれたことがなかった。

察するに、彼は私を保険として確保しておきたいのだ。その証拠に『澪が好きだから別れたくない』とは決して口にしない。明言を避けて保身を図りつつ、相手が忖度《そんたく》してくれるのを待つ、という狡《ずる》さが透けて見える。

どうしてこんな男と交際しようと思ったのか、過去の自分への落胆を禁じ得ない。

それに、突然の結婚とはいえ、今の私のパートナーは明夜である。隆史とよりを戻す気など微塵《みじん》もない。

　事をこじらせないため、私は毅然《きぜん》として告げた。

「あなたとは、すでに別れているわ。私はもう、隆史を好きじゃないの。あなたも私を好きなわけではないんでしょう。東さんが妊娠したことがその証明よね」

「なんてこと言うんだ！　おまえは俺を全然わかってない！」

　突然声を荒らげた隆史に、眉をひそめる。

　わかってほしいのならば、先週末の時点できちんと私と話し合うべきだったわけで、その機会を放棄したのは隆史である。それに彼には東さんがいるのだから、私に追い縋《すが》るのは間違いだ。

　怒りを見せた隆史は私の肩を掴み乱暴に揺さぶった。激しく揺さぶられたことで、腰が長机にぶつかり鈍い痛みが襲う。

「きゃ……なにするの、やめて！」

　そのとき、後ろから伸びてきた手が、隆史の手首を鷲掴《わしづか》みにした。

　突然の闖入者《ちんにゅうしゃ》に驚きつつも、私は解放された肩を押さえながら背後を振り向く。

「沼倉さん。社内で暴行するのは見過ごせないな」

　そこには鋭い目つきの明夜が立っていた。デスクにいない私を会議室まで探しに来てくれたのだろうか。

彼が響かせる低音に臆《おく》した隆史は、掴まれた手首を振りほどいて身を引く。

「これは、俺と澪の問題だ。部外者の天王寺さんは口を出さないでくれ」

双眸《そうぼう》を細めた明夜の端麗な顔に、静かな怒りが滾《たぎ》る。

彼は明瞭に言い放った。

「澪は俺の妻になった。俺たちは入籍を済ませた、夫婦だ」

「……は？」

ぽかんと口を開けた隆史は言われたことが呑み込めないようで、唖然としている。

明夜は私を守るように、つい今まで隆史に掴まれていた肩に大きなてのひらを添えた。

「俺の妻に手出しをする沼倉さんこそ部外者だろう。もう澪に近づかないでくれ」

「な、な……本当なのか!?　だったら、おまえこそ二股じゃないか！」

隆史がそれを指摘するのは非常に滑稽《こっけい》なのだが、誤解のないよう私は説明する。

「二股じゃないわ。隆史と別れた金曜の夜に話し合って、結婚を決めたの」

「その通り。澪から大体の事情は聞いたよ。俺たちは納得した上で婚姻届を提出した。沼倉さんこそ二股だろうと言いたいところだが、まずは澪への謝罪が必要なんじゃないか？」

気まずそうに視線を横に投げた隆史はそそくさと背を向けて、会議室を出ていった。

最後まで彼は説明を放棄した。彼が逃げたことは残念だが、やはりという思いだけで、ショックは覚えなかった。私には隆史にまったく未練がないのだと再確認する。

「ありがとう、天王寺さん。あなたのおかげで、隆史とこじれずに済んだわ」

爽快な気分だった。

明夜が結婚を持ちかけてくれなかったら、きっと私は失恋の痛手を抱えたまま再び隆史に振り回され、さらに泥沼に陥《おちい》っていたかもしれない。自らの気持ちを見直して、隆史にはっきり別れを告げることができたのも、婚姻届を提出し、結婚という新たなステージに上がっていたからだ。

これで私も前へ歩み出せる。

すっきりした私は笑って明夜に礼を述べた。

「どういたしまして。これで俺も間男の存在を気にせずに、澪と結婚生活を送れるよ」

だが、関係を継続するかのような明夜の言い分を聞き、ふと不思議に思う。

そうだった。この婚姻は過去の恋愛への報復ではないのだった。隆史を見返したからといって終わりにならない。

結婚とは、パートナーと一生を添い遂げるための契約である。改めて、軽はずみだったのでは、という思いが胸のうちに湧いてきた。

「あの……事は終わったから、結婚はなかったことに……してもいいんじゃない？」

籍を入れてまで私の味方をしてくれた明夜には感謝するが、果たしてこの婚姻を継続する意義はあるのだろうか。

戸惑う私を両腕の檻《おり》に閉じ込めた明夜は、鼻先を近づける。

「澪は妊娠しているかもしれないだろう？　子どもはどうする、責任はちゃんととるんだろう？」

「あ……そうね。じゃあ結果が判明してから、りこ――」

離婚を考える、と言いかけた口を封じるかのように、チュッと唇を啄《ついば》む。

瞠目《どうもく》した私を間近で見据える明夜の精悍《せいかん》な顔には、悪辣《あくらつ》な男が醸《かも》し出す危険な官能が滲《にじ》んでいた。

「俺たちの赤ちゃん、欲しくないか？」

「え……」

「俺は子どもが好きだから、早く欲しいな。妊娠しているといいね」

「……そんなにすぐには妊娠しないんじゃない？」

「どうだろうな。でも、もちろん可能性はあるわけだ。俺とセックスして、中で出したからね」

情事があったことを明瞭に口にする彼に、頬を引きつらせる。

どうやったら彼に諦めてもらえるのか、私は必死に考えを巡らせた。

「でも、一晩で妊娠することは考えにくいから、とりあえず今まで通り生活して様子を見たらどうかしら？」

「きみは俺の妻なんだから、放っておけない。すぐにふたりで暮らし始めよう」

「えっ⁉　本当に同居するの？」

通い婚のようなスタイルにして、ほとぼりが冷めたら籍を抜くという流れなら穏便に済むのでは、と思ったのだが、明夜はすぐさま同居を持ちかけてきた。

「当然だよ。俺たちは夫婦なんだから。夫婦が一緒に住むことに、なにか問題が？」

「ないけど……。それじゃあ、妊娠していなかったら、りこ——」

チュッ、とリップ音が鳴り、唇に柔らかな感触があった。またもや私は目を見開くことになる。

明夜は『離婚』と言わせないつもりだ。結婚したなら離婚の可能性も生じ、彼はそれも許容すると婚姻届を記入するときに話したのだが、私を逃がすつもりがないらしい。

爽やかなイケメンエリートの天王寺明夜が、まさかこんなに強引で執着の強い男だとは思わなかった。やはり深く付き合ってみないと、人の本性はわからないものである。

こうなったら少なくとも、妊娠がはっきりするまでは婚姻を継続させるべきだろう。

同居してみたら、明夜の考えも変わるかもしれないのだから。

何度もキスした私の唇を指先で辿った明夜は、妖艶な笑みを湛《たた》える。

「よろしくな。俺の奥さん」

「……よろしく、お願いします」

頬を引きつらせ、結婚したばかりの夫を見上げる。

こうして私は新婚生活を始めることになった。

◆

いつだったろう。付箋紙《ふせんし》の謎に気がついたのは――

数か月前によく見た光景を、俺は脳裏によみがえらせた。

隣席の澪の手が、デスク上の定位置に置いてある付箋紙《ふせんし》に伸びる。きめの細かい、綺麗な手の甲だ。その手を握りしめたい衝動に駆られるが、涼しい顔をして抑え込む。

なぜなら俺たちは、ただの同僚に過ぎないからだ。

今は、まだ。

彼女がいつも使う付箋紙《ふせんし》は動物の顔が描かれたもので、台紙に三つ並んでいた。

俺はパソコンを見つめているふりをして、目の端で注意深く彼女を観察した。

期待を滲《にじ》ませた澪は、台紙のひとつから犬の付箋紙《ふせんし》を剥《は》がして書類につける。そうするとすぐに席を立ち、フロアの向こうへ書類を持っていった。

凝《こ》った首を回すふりをして、彼女の行方を確認する。

ないが。

——やはり、沼倉か。

同じ営業部の沼倉隆史は何気なく書類を受け取っていた。

デスクに戻ってきた澪は着席するなり、大切そうに台紙をてのひらで包み込む。

それを見るといつも付箋紙《ふせんし》を燃やしたくなる衝動に駆られる。無論、おくびにも出さないが。

俺がこの会社に転職してきてそろそろ半年になるが、澪と交わしたのは挨拶と事務連絡のみ。彼女が俺と出会ったあの日のことを覚えていないと知ったときは衝撃が走ったものだ。平然と『初めまして』と挨拶されたのだから。

詳細を伝えれば思い出すかもしれないが、沼倉と交際している状態では、彼女の心には響かないだろう。今のところ澪にとって、俺は路傍《ろぼう》の石も同然だ。そして沼倉は、彼女の大切な恋人。

あんな男が澪の恋人を名乗るとは……許しがたい。

営業部の男たちの間で、沼倉は軽い男として通っていた。俺が入社したときに行われた歓迎会では、『部屋を掃除させたり買い出しさせたりするのに使える便利な女がいる。ヤリ捨てればいいだけ』などと話していた。しかもそれを男性のみがいるときに誇らしげに語り、女性には紳士面で接している。

恋人を道具代わりにしている典型的なクズだ。こんな男と交際したら、振り回されて不幸になるだけだろう。

　澪のことを思い、なにもできないことにやるせなさを感じていたとき、澪が付箋紙《ふせんし》をつけて沼倉に書類を渡すのを目にして、俺は気づいた。

　犬の付箋紙《ふせんし》は、デートの誘いだ。

　ベージュの柴犬がそのまま書類につけられて返ってくれば了解のしるし。黒猫のときは、今日はダメという合図。そしてピンクの兎は部屋で会う約束。

　澪が沼倉宛の書類に貼る付箋紙《ふせんし》は、圧倒的に柴犬が多い。

　その頻度は、ほぼ毎日といっていいほどだ。

　だが返ってくるのは黒猫や兎ばかりで、そのたびに澪は肩を落としている。二度ほど柴犬が返ってきたのを見かけたときは、椅子から飛び上がりそうなほど喜んでいた。

　おそらく付箋紙《ふせんし》を使用した連絡手段は、澪の発案ではないだろうか。

　不倫でもないのに、なぜかふたりは交際を明らかにしていない。社内での沼倉は澪に見向きもせず、冷淡ですらあった。健気な彼女が不憫《ふびん》で仕方ない。

　俺の推測だが、交際を明らかにすると周囲から結婚をほのめかされることが多いため、沼倉がそれを避けたいのではないだろうか。それとも、ほかの女性社員に手を出して二股をしてるからか……。

　ぎりっと奥歯を噛みしめると、ふいに澪がこちらを向く。どきりとする俺に、彼女は書類を差し出した。

「天王寺さん。こちら、お願いします」

「ありがとう」

微笑を浮かべて澪を見つめるが、彼女は俺の熱量に気づかず、書類を手渡しただけですぐにパソコンに向き直った。

もちろん俺宛の書類には付箋《ふせん》など貼られていない。それを確認しただけで、どうしようもない寂寥感《せきりょうかん》に襲われた。

しばらくすると彼女は席を立ち、沼倉のデスクへ赴《おもむ》いた。先ほど渡した書類を回収するためだ。すなわち、デートの可否を確かめるためである。

がっかりした顔の澪が持つ書類には、ピンクの兎の付箋紙《ふせんし》が貼られている。

「また掃除なのかな……」

小さく漏らした呟きに、憤《いきどお》りを覚えた俺はさらに強く奥歯を噛みしめた。

ふたりの関係は傍《はた》から見ると恋愛というより、澪が一方的にもてあそばれているようである。

おそらく純情な澪は沼倉の言いなりになり、部屋に行けば家事ばかりさせられているのではないか。恋人の部屋へ行くのに落胆するということは、なにも楽しみがないことを示している。

だから澪としては外でデートしたいわけだが、沼倉は釣った魚に餌《えさ》を与えたくないのか、滅多に柴犬の付箋紙《ふせんし》は返してこない。

――俺と付き合えばいいのに。

俺なら彼女を家政婦代わりに使ったりしない。彼女からデートに誘わせておいて、それを断り、落胆させたりしない。

燃えたぎる熱意を抑えきれず、俺は澪に声をかけた。

「そういえば、優木さんは恋人いるの？」

唐突に訊《たず》ねられた澪は瞠目《どうもく》している。

あくまでも仕事の合間の雑談として聞いたまで、という軽い調子だ。首を揉《も》んで、ちょっとした休憩を装った俺は微笑を浮かべた。

「えっと……ど、どうでしょうね……」

視線をさまよわせた澪の顔は困惑の色が濃い。

交際を秘密にしているので答えられないのは当然かもしれない。だが彼女の表情からは羞恥や興奮などではなく、沼倉との関係への疑念が滲《にじ》んでいた。沼倉とは恋人同士と言えるのか、やつの部屋を掃除している最中に疑問を覚えるのはもっともだ。

だが、ここは知らないふりをして、本心を聞き出すことにする。

「それじゃあ、もし恋人ができたとしたら、優木さんはどんな男と付き合いたい？　女性がどんな男性を好むのか、参考までに聞かせてほしいな」

まさか掃除を頼む男とは答えないだろう。きみには、ほかに似合いの男がいる。たとえば隣の席に座っている、俺だとか。

そこへ誘導するための問いだったが、ふと澪は真顔になった。

「そうですね……。私を大切にしてくれる人と、付き合いたいです」

やりきれない切なさを滲《にじ》ませる彼女を今すぐに抱きしめたい。

つまり彼女は大切にされたことがないのだ。

喉元まで「俺と付き合おう」という台詞《せりふ》が込み上げたが、かろうじてこらえる。

まだだ。物事を成就させるには、タイミングというものがある。

代わりに『きみを大切にしてくれる人が、きっといる』と答えようとしたとき、澪のデスクの電話が鳴った。

受話器を手にした澪は得意先と会話を始めてしまい、俺たちの雑談は中断してしまった。

彼女が受話器をおろしたあともこの話を続けると、なにか意図でもあるのかと不審に思うかもしれない。

諦めた俺はやるせなさを抱えたままデスクを離れた。

今の電話に邪魔されたこともそうだが、つくづく世の中はままならないものである。

転職してきた俺が澪と仲良くなり、告白して恋人になるという未来を世間が認めないとでもいうのか。

「いや、違うな。欲しいものは己《おのれ》の手で掴まなければならないんだ……」

フロアを出て、廊下の端にある資料室へ向かう。

さほど広くないそこには、文房具やコピー用紙などを保管しておく棚が壁際に並んでいた。

その中からテープやクリップといった細々《こまごま》としたものが入っているケースを探り、目的の付箋紙《ふせんし》を取り出す。澪が連絡用に使用している動物柄の付箋紙《ふせんし》は、残りひとつだった。

こんなものがあるからいけない。

それを手にした俺は資料室を出ると、近くの給湯室に入る。

シンクのレバーを操作すると、勢いよく水が流れた。

無造作にパッケージから取り出した付箋紙《ふせんし》を、蛇口から流れる水に捧げる。水に浸されたそれは、みるみるうちに濡れて使い物にならなくなっていく。憎たらしい柴犬の出番は、これで終わりだ。

そのとき、給湯室の扉が開く音がした。

「あれぇ、天王寺さん。なにしてるんですかぁ？」

鼻にかかった甘ったるい声を出したのは、東まどかだ。この喋り方で男性社員に仕事を押しつけている姿をよく見かける。女という武器を活かした世渡り上手な女はどこにでもいるので、特に珍しいわけではないが。

俺は付箋紙《ふせんし》を水に浸し続けながら、微苦笑した。

「付箋紙《ふせんし》を落としてしまってね。雑菌がついているといけないから、水に浸して捨てるよ。この付箋紙《ふせんし》は使いにくいから、発注するのはもうやめたほうがいいかもな」

「発注したの、わたしじゃないです。優木先輩じゃないですかぁ？」

「なるほど。今度、俺のほうから新しいものを発注しておくよ」

もっともらしい理屈を捏《こ》ねて、憎い付箋紙《ふせんし》を完全に葬《ほうむ》り去る。

無地の付箋紙《ふせんし》でも代用は可能といえばそうなのだが、情熱のない恋人の関係が途切れるきっかけとしては充分すぎるだろう。

ずぶ濡れになった付箋紙《ふせんし》をゴミ箱に放る。それを見ていた東は愉快そうに言った。

「この付箋紙《ふせんし》がなくなったら、優木先輩が困るかもしれませんね」

「優木さんが？　どうしてかな」

「ふふっ。先輩は犬ばかり使うんですよねぇ」

察しのいい女だ。付箋紙《ふせんし》のからくりに気づいている。

しかし、澪が困るのを期待するとは、恩を仇《あだ》で返したいのだろうか。

澪が東の先輩として彼女の仕事を丁寧にサポートし、失態を尻ぬぐいする姿を見かける。親切にしてくれる人を貶《おとし》めて楽しみたいとは、なかなかのクズである。

沼倉とお似合いじゃないか。

そう思った瞬間、東は衝撃的なことを匂わせてきた。

「わたしは兎が大好きなんです。兎は部屋が綺麗になりますから」

目を見開きかけたが、平静を装う。

ということは、東はすでに沼倉と関係を持っているのか。

兎は部屋で掃除、猫は会えないという合図だ。なにも知らない澪が掃除した部屋に、東が上がり込んで沼倉と楽しんでいるという構図が透けて見えた。

あまりの所業に面食らったが、俺の思い過ごしを考えて念のため確認をとる。

「ペットがいるなら、部屋を綺麗にしないといけないからね。東さんはペットと楽しく過ごしているのかな」

「たいしたペットじゃないので、べつに楽しくはないんですけど。でも達成感が味わえるので、やめられないですね」

沼倉を愛しているわけではないが、略奪する達成感がたまらないらしい。二股なのを知らないのは澪だけで、それを東は陰でほくそ笑んでいるのだ。どちらから誘ったのかは知らないが、いずれにせよ恥ずべき行いである。

だが人を踏みにじって得られる愉悦は、いずれ身を滅ぼすと俺は思う。

なぜなら人を陥《おとしい》れるとき、その悪意の渦中に己《おのれ》も身を投じているからだ。大火事を起こそうと躍起《やっき》になっていると、いつの間にか自分の背中に炎が移っているのは至極当然の道理である。そして事態を見学していた者に、自業自得と評される。

東もそうなるであろうことは容易に想像できるが、忠告するつもりはない。火遊びを楽しんでいる連中は、他人がなにを言おうと聞き入れないから無駄だ。

むしろ、澪から沼倉を引き剥《は》がす絶好の機会を与えてくれたのだから、心の中で感謝しよう。

そう考えると、俺も他人をクズと批評できる聖人などではない。

「達成感があるのは、いいことだね」

「ですよねぇ。今日はお掃除だろうから、あとでまた気分よくなれます」

上機嫌で鼻歌を歌いながら、東は給湯室を出ていった。

「俺も準備しておくか」

帰りに役所で婚姻届をもらっておこう。

澪がふたりに裏切られたと知ったとき、傷ついた彼女を受け止める皿が必要だ。

あとはどうやってサインさせるか……。

あれこれと考察しながら、俺は颯爽とした足取りで給湯室を出た。

◆

真新しいマンションのリビングに足を踏み入れた私は、感嘆の息を吐《つ》く。

3LDKの新築マンションは明るく広々としていて、リビングの窓からは街を一望することができた。

室内にはすでに純白で統一された家具が設置されており、ゆったりしたソファにラウンドテーブル、カーペットとカーテンもすべて真っ白で、心が洗われるようだ。

「気に入ってくれた？」

窓の外を眺めていた私に、明夜が声をかける。

彼の纏《まと》っているシャツも純白で、眩しく目に映った。

「もちろん。でもここ、すごい高級物件よね……。本当に契約して大丈夫だった？」

「澪はなにも心配しなくていい。新婚生活にふさわしい部屋が見つかってよかった」

明夜と結婚して同居しようと話してから、このマンションに引っ越してくるまで、わずか半月ほど。

その間にマンションを内覧して、新居用の家具を購入し、もとの部屋の解約や引っ越しなど、とても慌ただしい日々を過ごしたものだ。

トラブルや意見の衝突などもなく引っ越しを終えた私たちは、無事に本日から一緒に暮らすこととなったのだ。

「新婚……そ、そうね」

これから新婚生活が始まるのだと改めて意識し、どきりと胸が弾《はず》んでしまう。

幸せな新婚生活を送れるなんて、夢のようだ。

明夜と結婚した経緯を考えると浮かれてばかりもいられないけれど、一緒に暮らすからには仲良くやっていこう。

「笑顔になってくれて、よかった」

私の肩を抱いた明夜の精悍《せいかん》な顔が近づいてくる。

キスされる――

その予感に胸が跳ねたとき。

無機質な電子音が、私のジャケットから鳴り響いた。

「あ。ちょっとごめんね」

メッセージの通知にキスを阻まれた明夜は小さな嘆息を漏らした。

ポケットからスマホを取り出した私は、メッセージの内容を確認する。

学生時代の親友に結婚したことを報告したので、それについての返事かもしれない。

だが、メッセージを目にした私は凍りついた。

『なにしてんの？　部屋に来てよ』

差出人は隆史だ。

彼の文章は交際していたときとまるで同じだった。掃除をさせられたときの嫌な思い出がよみがえる。

明夜を交えて結婚を宣言したときから、隆史とは一言も話していない。連絡をしないでくれと言ったのはあちらのほうなのに、今さらメッセージを送ってくるなんて矛盾している。

怒りを覚えた私は返信を打とうとして、横から伸びてきた手にスマホを奪われた。

「ふうん、沼倉か。返事するのか？」

「一応するけど、『ふざけないで、二度と連絡しないで』と、送るつもりよ」

すでに明夜と結婚しているので、これ以上隆史と連絡を取るつもりはない。

けれど、私がこのメッセージを無視したら、今も関係が続いていると勘違いさせてしまうだろう。だから私の意思を、はっきり示したいだけだ。

「そうやって返信させて、ラリーに持ち込む手口なんだよ。俺が打ってやる」

慣れた手つきでスマホを操作した明夜は、瞬く間にメッセージを作成して送信した。

その画面を私に提示する。

「ほら。これで沼倉は俺たちの邪魔をしなくなる」

明夜が送ったメッセージを読んで、息を呑む。そこには衝撃的な内容が書かれていた。

『いしゃりょうとるぞ・めーや』

私たちは結婚しているので、不貞行為をされたら慰謝料を請求する権利がある。

それを夫である明夜から示唆《しさ》されたら、さすがに隆史はもう私に連絡しないだろう。

満足げに口端を引き上げた明夜は、さらにスマホを操作した。

「ついでに、沼倉のアドレス自体を消しておこう。ほかに男の登録は……『堀越《ほりこし》セナ』というのは、男？」

「女性よ。大学の同級生なの。彼女はアパレル関係だから基本的に休みは合わないんだけど、たまにお茶してる。結婚のこともメッセージを送っておいたから知ってるわ」

「具体性があるな。信用する。それじゃあ、これは残しておこう」

さっそく明夜は私の浮気を疑っているらしい。

だが私と連絡を取り合うような男性は、隆史のほかに誰もいない。夫が妻の浮気を心配する気持ちもわからなくはないが、それにしても勝手にスマホを見るのはどうなのか。

夫婦であってもプライバシーは守るべきだと思う。

ようやく私にスマホを返した明夜に、微苦笑を見せる。

「浮気するつもりはないし、今後ほかの男性と連絡を取らないと約束はするけど、勝手に私のスマホをさわるのはやめてね」

夫だからといってすべてを管理されるのは心地のよいものではない。

社内では爽やかで気遣いに溢れるイケメンの明夜だが、仄《ほの》暗い執着心も持ち合わせているという意外な一面を知る。そういえば婚姻届を提出した経緯も、かなり強引だった。

とはいえ、パートナーのスマホは勝手に見ない、というのは当たり前のルールだと思う。

肩を竦《すく》めた明夜は軽い口調で述べた。

「わかったよ。でも俺たちは夫婦になったんだ。新婚だから、ふたりきりの時間を大切にしたい」

「そうね。スマホばかり見ないよう気をつけるわ。私も明夜と会話したいから」

明夜が案じているのは、私が誰かと連絡を取るということより、自分を蔑《ないがし》ろにして画面越しの人物とばかり会話するところにあるのかもしれない。夫婦なのだから、目の前の彼を一番大切にするのは当然のことだ。

「澪と同じ気持ちで嬉しいよ。もちろん俺は、澪を縛りつけて自分は自由に過ごすなんていう身勝手な夫じゃない。だから俺の連絡先もチェックしていいよ」

自らのスマホを取り出した明夜は、私の手に持たせる。

だが操作すると、連絡先の登録は、会社と『澪』の二件しかなかった。

「……すごく少ないのね。実家の連絡先がないようだけど……明夜のご両親は、お元気なの？」

彼にスマホを返しつつ、それとなく訊《たず》ねる。私も『実家の連絡先』というものがないので、明夜にもなにか事情があるのかと気になった。

神妙な顔つきになった明夜は、スマホの電源を落とした。真っ暗な画面の向こうにある遠くのなにかを、彼は見ていた。

「……元気だけどね。両親とは、あることで仲違いしていて、最近は連絡を取っていないんだ。まだ澪と結婚したことも話してない。いずれ必ず実家に連れていくから、少し待ってほしい」

「そうなのね。私はいつでもいいから」

もしかしたら明夜が結婚を急いだ理由も、両親との確執が関係しているのかもしれないが、言及することは避けた。家族との溝は話し合いですぐに解決するものではないと、私自身が身をもって知っているからだ。

私のことも、この場で話したほうがいいだろうかと悩む。

けれど、私の両親から受けたトラウマを曝《さら》すのは少しばかり抵抗があるのだ。

親の離婚で家庭によいイメージを持てないまま大人になってしまって、その価値観を拭うことができていない。このままでは今後の明夜との結婚生活に影響を及ぼしかねない懸念があった。

明夜から聞かれたなら正直に話そうと心に決めたが、彼は「ところで、気になったんだけど」と話題を変えた。明夜は今までのどこか陰のある表情から一転して、期待に満ちた微笑みを浮かべていた。

彼に手を引かれてソファに導かれ、腰を下ろす。

新品の真っ白なソファは極上の座り心地で、柔らかく体を包んでくれる。

私の肩を抱いて、ぴたりと身を寄せた明夜は問いかけた。

「もう妊娠の判定ができる時期じゃないか？」

はっとした私は、そのことを話さなければならなかったのを思い出した。

明夜と一夜を過ごしたときから、すでに半月ほどが経過していて、結果はもう判明している。話すしかない、と私は重い口を開く。

「実は……妊娠していなかったの。予定通りに月経がきて……一応、妊娠検査薬も使ってみたんだけど、陰性だったわ」

検査薬の結果を見て、妊娠していなかったとわかったとき、なぜか私は落胆してしまった。それとも、これで婚姻関係を解消できるかもと喜ぶべきなのか。複雑な心境で、すぐに明夜に報告できなかったのだった。

「そうか。あの一晩で妊娠するほうが難しいだろうな。排卵日の前後にセックスしないと、妊娠する確率は高くないからね。澪の排卵日や月経の周期を知らなかったから、あまり期待しすぎないようにとは考えていたんだ」

男性の明夜から堂々と『排卵日』や『月経の周期』という言葉が出て、内心で驚く。明夜自身はもちろん未体験のことなのに、やたらと詳しい。まるで私の月経スケジュールを把握していたなら、排卵日を狙っていたとでも言いたげだ。

「詳しいのね。女性の体のことに」

「ふたりで子どもを作るんだから、大事な奥さんの体を旦那が知るのは当然だろ？」

「……念のため聞くけど、妊娠していなかったから、別れるということには……ならないわよね」

婚姻届にサインする前に、妊娠がわかるまで待ってほしいと私は提案した。責任を取るだとか、隆史を見返すための結婚だとか、色々なことを考えてはいたけれど、最終的には妊娠の判明が、この結婚の区切りとも思っていた。

けれど、いざそのときになると、引き返せないことに気づく。新居のマンションに引っ越したばかりで、すぐに同居を解消するわけにもいかない。以前の住まいは解約してしまった。今さら明夜に結婚生活をやめようと言われても、私のほうが困りそうだった。

問いかけると、彼は獲物を狙う猛禽類《もうきんるい》のごとく双眸《そうぼう》を細める。

「俺と寝た時点で、きみはもう逃げられないんだ。それに、今は妊娠していなくとも、すぐに赤ちゃんができるかもしれない」

「えっ……？」

ひとまず明夜に前言を撤回する気はないようだった。かすかな安堵を覚えていると、ふいに立ち上がった明夜は窓際のレースカーテンを閉めた。純白のカーテンから陽射しが零れ、室内のカーペットに精緻《せいち》な模様が描かれる。

再びソファに座った明夜は、私の肩を引き寄せた。逞《たくま》しい胸板に肩先が触れて、どきりとする。

「セックスしよう。今ここで、愛し合いたい」

熱を帯びた眼差しを向けられ、明夜の言動の意味を知った。

私たちは夫婦なのだ。同居して、これからは毎晩でも夫婦の営みを行える環境が整った。

でも、まさか、ここで……？

戸惑う私の頬に、明夜はくちづけを落とす。自然な仕草で襟に手をかけられて、器用にジャケットを脱がされた。ジャケットの下は薄手のワンピースを纏《まと》っている。

「あの……そんなにすぐ妊娠するとは思えないけれど……だって、月経が終わったばかりなのよ。まだ排卵日じゃないと思うわ」

大きなてのひらが意図を持って、私の膝頭から太股を撫《な》で上げる。

薄い素材のワンピースが、淫靡《いんび》な皺《しわ》を描いて捲《めく》れた。

耳朶《じだ》をちろりと舌先で舐めた明夜は、甘い呼気を吹き込む。

「子作りのためだけにセックスするわけじゃない。今日は俺たちが同居した記念日だろう？　いわば初夜だ。じっくり澪の体を愛したい」

情熱的な台詞《せりふ》に、初めて体を重ねた夜のことを思い出し、じわりと体温が上昇した。

あのときも明夜に濃厚な愛撫を施されて、何度も雄々しいもので貫かれた。

またあのようなセックスを望んでいると証明するかのように頬が熱くなってしまう。

そんな私をよそに、明夜はすでにワンピースを太股までたくし上げていた。露わになった膝頭を大きなてのひらで撫《な》で回した明夜はソファの座面を下りると、私の前に跪《ひざまず》く。

頬を染める私を熱の籠《こ》もった双眸《そうぼう》で見上げると、彼は両手を伸ばしてショーツを脱がせていく。

「あ……」

スカートに覆われているので見えないけれど、明夜が触れた熱い体温が伝わる。彼は薄い布地の下に手を差し入れて、するりとショーツを腰から引き下ろした。

足首に絡まったショーツを取り去ると、満足そうに微笑む。

「これで、澪はどこにも逃げられないな。さすがにノーパンで外に出られないだろう？」

どこに逃げるというのだろう。

私はもう明夜の妻で、このマンションで同居するというのに。

彼の独占欲は歪んでいる気がして、心の中で首を捻《ひね》る。

きっと、ほかの男と連絡を取ろうとしたから怒っているのだ。その仕置きとしてなのか、今から恥ずかしいセックスをされる予感が胸に渦巻《うずま》く。

すると、いっそう体が熱く昂《たかぶ》り、鼓動は早鐘《はやがね》のごとく鳴り響いた。どんな淫らなことをされるのだろうと、期待している自分がいた。

ゆっくりと閉じていた両膝が割り開かれる。

ショーツを穿《は》いていないので、秘部のすべてが曝《さら》されてしまう。

膝裏を持ち上げられて、踵《かかと》を座面につけた。私はソファの背もたれに背を預け、大きく開脚した格好になる。

明夜の鋭い視線が、じっくりと秘部に注がれている。

緊張と期待が綯《な》い交《ま》ぜになり、ひくりと蜜口が蠢《うごめ》いた。

レースカーテンを閉めているとはいえ、昼間なので部屋の中は明るい。明夜からは秘部がよく見えているだろう。淫核も花襞も、その奥の蜜口すらも。

男の熱い眼差しに舐《ねぶ》られて、じわりと腰の奥から濡れていく。

「ひくついてる。俺に見られて、感じた？」

「あ……やだ……」

低い声音で囁《ささや》かれ、かぁっと体が熱くなる。

思わず脚を閉じようとしたけれど、大きな手で両腿《もも》をがっちりと押さえられた。

大きく開かれた脚の狭間に、明夜はためらいもなく顔を埋《うず》める。

ぬろりと蜜口に舌を挿し入れられた感触がして、その生々しさに息を呑む。

「ひっ……」

「ん？　痛い？」

「う、ううん。痛くはないけど、驚いて……」

「指だと硬いだろ？　こんなに柔らかいところを傷つけたくないんだ。先に舌でたっぷりほぐして濡らしてから、指を挿れてあげよう」

なんだか私が指での愛撫を望んでいるかのような形になってしまった。こうしてほしいなんていう要望はないが、明夜の舌があまりにも淫靡《いんび》に蠢《うごめ》くことを思い出して、どきどきと胸が高鳴ってしまう。

「もうちょっと、腰をずらして……そう。奥まで舐められるようにね」

両手で腰を引かれ、彼の顔に秘部を突き出すような格好になる。浮いた踵《かかと》が宙を掻いた。

この体勢だと私の体はソファに沈み込み、まったく身動きがとれない。羞恥ゆえに、ひどく淫靡《いんび》な気分になった。

膝裏を抱え上げた明夜は搦《から》め捕った獲物を見るような、凶悪な笑みを浮かべる。

「これから滴《な》は俺の愛撫で啼くんだ。『孕《はら》ませてください』と言うまで、このソファから出さないぞ」

「そ、そんな恥ずかしいこと言えるわけ……あっ……」

言い終えないうちに、ぬるりと壺口を獰猛《どうもう》な舌が犯す。

ぬくっ……と確かめるように奥まで挿し入れられ、引き抜かれる。それから入り口の襞をねっとりと舐《ねぶ》ると、また舌先が蜜口をくぐり抜けた。

今度は花筒をほぐすように、舌は卑猥に蠢《うごめ》く。

「あ……ん……ぁ……」

生温かくて濡れた舌が隘路《あいろ》を探る感触を、粘膜を通して快感とともに伝えてくる。

狭い蜜洞は明夜の舌を咥《くわ》え込むように、きゅんと収斂《しゅうれん》した。彼の舌だけでいっぱいになった蜜口からは、しっとりと濡れた愛蜜が滴《したた》る。

ぬぷぬぷと幾度も舌を出し挿れされた。そのたびに壺口は甘く舐《ねぶ》られ、蜜洞はいっそう愛液を滲《にじ》ませる。まるで雄芯を抽挿するような律動に、甘い痺れが秘所から全身へ広がっていく。

「ふ……あぁ……あ、そんなに、したら……」

「たくさん蜜が溢れてくるよ。気持ちいい？」

甘い痺れを助長させるかのように、じゅるりと淫猥な音色を奏でて溢れた蜜液を啜《すす》られる。

その卑猥な感触に、びくんと浮かせた踵《かかと》が跳ね上がった。

「あぁっ……吸っちゃ……いや……」

「そのお願いは聞けないな。もっと蜜を零すといい。全部、啜《すす》り取ってあげるよ」

傲慢《ごうまん》に囁《ささや》いた明夜はまた、ぬくぬくと蜜口を舌で舐《ねぶ》り、甘く淫らに愛蜜の分泌を促す。

レースカーテンから零れる陽射しの中、大きく脚を開いて秘所を晒し、夫に犬のように舐めさせるという淫猥な秘戯に鼓動が逸《はや》る。

やがて舌を引き抜いた明夜は、濡れた舌で自らの唇を舐めた。

艶《つや》めいた仕草には、獰猛《どうもう》な雄の性が見え隠れしている。

「こっちも育ててあげないとな。ちょっと、自分で脚を持っていてくれ」

「え……？」

ソファの座面に投げ出していた手を取られ、自らの脚に導かれる。

彼がなにをするつもりなのかよくわからないけれど、素直に私は自分の膝裏を持った。

顔を上げた明夜はそんな私の姿を見下ろし、双眸《そうぼう》を細める。

「すごくエロいね。雄をそそる格好だ」

「やっ……やだ、こんな……！」

自分がどんなふうに見えているのか気づかされ、かぁっと頬が火照《ほて》る。

けれど身を乗り出した明夜に唇を塞がれてしまう。割り開いた脚の間に彼の体躯《たいく》があるので閉じることは叶わない。しかも、ぐいと逞《たくま》しい腕で両足を抱えられていた。

チュッと下唇を食《は》んで意地悪なキスをした明夜は、間近で欲の色に染まった目を向ける。

「俺しか見てないよ。きみは俺の妻だから、俺だけがいやらしい姿を見られるんだ」

独占欲の滲《にじ》む台詞《せりふ》に、ざわりと官能を掻き立てられる。

きゅんと花筒が甘く引き絞られて、しとどに濡れた蜜口から、また新たな淫液が零れた。

「明夜ったら……恥ずかしい」

照れ隠しに言うものの、私の声は恥じらいながらも躍っていた。

羞恥に塗《まみ》れた格好など深い関係でなければできない淫靡《いんび》な行為だと、心の奥では喜んでいることを自覚する。本当に嫌なら、拒絶の言葉をぶつけてソファを下りれば済むのだから。

そうしないのは、明夜の甘い罠に搦《から》め捕られることが心地よいから。

「最高に可愛いよ。そのまま脚を持っていて。俺の手はちょっと忙しくなるから」

「ん……うん」

どういう意味だろうと小首を傾げる。

体をずらした明夜は再び跪《ひざまず》いて、私の脚の狭間に柔らかい髪を滑らせる。

ちゅ、ちゅっと断続的なキスの音色が鳴り、内股に仄《ほの》かな痛みを感じた。

「あ、ぁ……また、キスマークをつけるの……？」

「そうだよ。俺のものだっていう証があると、ぞくぞくするんだ」

「前のも隠すの大変だったんだから……」

初めて体を重ねた夜には首筋にもつけられて、翌日以降はスカーフを巻いて隠したのだ。キスマークの痣《あざ》は一週間ほど消えなくて、困ったことを思い出す。

でも、心から迷惑というわけではなくて、愛されている証のようで嬉しくもあるのだけれど。

「ここならいいだろ？　ま、このくらいにしておくか。またあとでたくさんつけてあげるよ」

またあとで――と、夜も淫らなことをすると仄《ほの》めかされ、私の胸は戸惑いつつも弾《はず》んでいた。

そして明夜が濡れた舌を差し出したのを目にし、どきんと鼓動は最高潮に達した。

「あっ……」

そのとき明夜の指先が、そっと淫芽に触れた。

「こうしてクリトリスの皮を剥いて、丁寧に舐めると気持ちいいんだよ。俺がじっくり育てるからな」

指先が器用に包皮を剥き、小さな淫核を露わにする。

ねっとりと舌を這《は》わせられると、それだけで体の中心を貫くかのような鮮烈な快感が走った。

「ひぁっ！　あぁっ……だ、だめ、感じすぎて……あ、やぁ……っ」

「クリトリスで、いっていいよ」

明夜の口から卑猥な言葉が出るたびに体が熱く昂《たかぶ》り、快楽に押し流されそうになる。

彼は舌の広い部分で丹念に花芯を舐め上げていく。

「だめ……あ、ん、いきたく、ないの……」

悦楽に浸った体は今にも絶頂へ駆け上がりそうになるが、空虚な蜜洞を自覚して踏み留まる。なにも咥《くわ》えていない蜜口は切なく疼《うず》いていた。

明夜に貫かれて達したい。ひとりで極めるのは寂しい。

そう言いたいのに、忙《せわ》しない息継ぎの合間には喘ぎ声ばかりが漏れてしまい、説明できない。

私の否定をどう取ったのか、明夜は低い嗤《わら》いを響かせた。

「だめだめって言われたら、余計にいかせてみたくなるな」

くちゅ……と、いやらしい音が鳴り、肉芽が温かな口中に含まれる。飴《あめ》をしゃぶるように舌で転がされた淫核は痺れるような快楽を生み出した。

「はぁ、ん……あぁ……あっ、ふ……ま、まって……」

自らの手で支えている両脚が小刻みに震える。身を捩《よじ》り、快感を散らそうとするけれど、うまくいかない。肉体は極めたがっていることを、体の中心に凝《こご》った熱が証明していた。

もう……いきたい……でも……

心と体がせめぎ合い、愛撫を与えられ続けながら切ない疼《うず》きを持て余す。

そのとき、ヌチュ……と蜜口に指が挿入された。

「あんっ……あ、ぁ……んぁあ……っ」

予期せぬ刺激に、ひくんと壺口が震えたが、それも一時のことだった。

咥《くわ》えるものを与えられた蜜洞は男の指を美味そうに呑み込む。濡れた媚肉が蠕動《ぜんどう》して、さらに奥へと導いた。

意思を持った指が、すっかり濡れそぼった内襞の感じるところを擦《こす》り上げる。

クチュクチュと敏感な淫芽を舌で舐《ねぶ》られながら、指で蜜壺を擦《こす》られて、巧みな愛戯に煽《あお》られた体はひと息に悦楽の階《きざはし》を駆け上がる。

「あぁっ、あっ、い……く……、あぁんぁ――……っ……」

真っ白な恍惚《こうこつ》に呑み込まれながら、がくがくと腰を震わせる。

舌と指で愛でられている秘所から、甘くて鈍い快感がぶわりと広がっていく。

すでに達しているのに、明夜の淫戯は終わらなかった。

彼は動きを止めることなく、甘く痺れている愛芽をねっとりと舐《ねぶ》っている。きゅうと引き絞られた花筒を、挿入されている指がゆっくりと抽挿した。

「あ……ん、もう、いってるの……あぁ……明夜……」

まるで男の指を逃すまいとするかのように、濡れた媚肉が絡みついている。長くて節《ふし》くれ立った指の感触を鋭敏に掬《すく》い上げた粘膜が、ぶるりと身震いを起こさせた。

明夜はようやく顔を上げたが、指を引き抜こうとはしない。

愛撫が終わらないといつまでも体の熱が冷めず、また極めようとして燻《くすぶ》ってしまう。

「もう一回、達したらいいんじゃないか？」

ところが明夜は悪魔のような誘いをする。

彼の巧みな性戯に身を任せていたら、失神するまで達し続けてしまうだろう。

はっとして、私は気づいた。

私自身が、明夜の中心が欲しいと望まなくては終わらないのだと。

彼は先ほど、『孕《はら》ませてください』と言うまでソファから出さないと宣告していた。あれは睦言《むつごと》のうちだと思っていたけれど、明夜が本気なのだとしたら――

でも、そんな恥ずかしい台詞《せりふ》を言えるわけがない。それに口先だけの演技をするのも憚《はばか》られた。

私は自分の思いを必死に口にした。

「ま、待って。あなたは気持ちよくならなくていいの？」

「俺のことはいいから。まずは澪に気持ちよくなってほしいんだ」

明夜は嬉しそうに頬を緩める。

セックスをして、ふたりで気持ちよくなりたいと願うのは私の望みだった。一方的に愛撫されるだけというのは、肉体の快楽だけが先走ってしまい、心が置いていかれる気がする。

「一緒に気持ちよくなりたいの。それと……この格好は脚が、つらくて」

気持ちの面だけでなく、体が限界なのも確かだ。ずっと開脚した脚を掲げている格好なので、かなり両脚と、それを持つ手が痺れている。

ぶるぶると脚を震わせ、眉根を寄せる私を目にした明夜は、すぐに蜜壺から指を引き抜く。そして私の膝を撫《な》でるようにして下ろした。

「もう、下ろしていいよ。体勢がきつかったね。少し休もうか」

ようやく足を下ろせて、ほっとしたのも束の間、私の背中に手を差し入れた明夜は、ワンピースのジッパーを下ろしていく。

肩からワンピースを脱がし、キャミソールの紐を外した明夜は、着々と私が纏《まと》うものを剥《は》がしていった。ついにはブラジャーを外され、私はソファの上で裸に剥かれてしまう。

「澪が俺のことを気遣ってくれるのは、とても嬉しいよ。でも俺たちは夫婦だから、気持ちよくなる順番はあまり気にしなくていい。俺と一緒にいるときは、いつもセックスしている状態なんだから、俺はすでに気分がいいんだ」

脱がせた服を手早く脇に置き、満足げな顔で話す明夜の台詞《せりふ》に衝撃を受け、思わず聞き返してしまう。

「……え？　いつもセックスしている状態って……」

「いつも愛し合っていようということだ。いってらっしゃいと、おかえりのキスをして、食事をするときもお互いの目を見て会話する。家の中でも手をつなぐとか、具体的にはそういうことだね」

それこそ新婚夫婦の理想の形だろうと思う。けれど、これまで私が見聞きした夫婦像とはかけ離れていて、すぐには受け入れられなかった。

頷くことができないでいる私に、明夜は覆い被さってきた。

彼は双丘を揉《も》みしだきながら、獰猛《どうもう》な雄の双眸《そうぼう》を向けてくる。そこには先ほどよりも強くなった欲の色が滾《たぎ》っていた。

「もちろん、セックスも毎日するよ。これから朝も夜も、俺に抱かれるんだ」

「ああ……そんな、毎日だなんて……」

秘所への愛撫により、とうに勃《た》ち上がった乳首は痛いほどに張り詰めている。明夜のてのひらに包まれて乳房ごと揉《も》み込まれ、冷めかけていた快楽が、ぞくぞくと湧き上がってきた。

きゅっと赤い尖《とが》りを指先で摘まれ、鋭い快感が体の中心を突き抜ける。

「あぁっ……ん、あっ……」

じゅわりと蜜口から、淫液が漏れた感覚がした。私からは見えないけれど、秘所が濡れている自覚はある。

笑みを浮かべた明夜は下肢をくつろげると、私の両脚を抱えて膝を跨がせた。

「キスしながら挿れようか」

「え……？」

クチュ……と硬い先端が濡れた蜜口に宛がわれる水音が鳴り、戸惑いは霧散した。

「んっ……あんん……」

ずぶ濡れの蜜口は、ぬるりと極太の切っ先を呑み込んだ。

咥《くわ》えるものを求めて切なくひくついていた蜜洞が歓喜し、さらに奥へ導くため蠕動《ぜんどう》する。

ぐっと腰を押し進められると、媚肉が雄芯に絡みつく。

極太の楔《くさび》を挿入される快感に身を震わせていた、そのとき。

覆い被さってきた明夜に唇を塞がれる。

「ん、ふ……」

しっとりと唇を合わせると、淫猥な舌に歯列をなぞられる。

薄く口を開きかけたとき、ずくんと蜜洞に熱杭が押し込まれた。

「あっ、んくぅ……」

その衝撃で開いた口に、獰猛《どうもう》な舌が挿し入れられる。

熱い舌は淫靡《いんび》に蠢《うごめ》いて、口内を掻き回す。明夜は逞《たくま》しい腰使いで媚肉をも舐《ねぶ》り上げた。

上と下の口を同時に犯され、極上の快楽に浸りきる。

たまらず強靭《きょうじん》な肩にしがみつくと、明夜は私の背を抱えて腕の中に閉じ込め、悠々と腰を揺する。

「あ、ふ、んん……んぅ、ん——……」

舌を搦《から》め捕られているので、声がくぐもる。

下半身では激しい抽挿で、濡れた蜜壺が擦《こす》り上げられている。

グチュグチュと、耳に届く淫靡《いんび》な音色にすら鼓膜を犯される。

私は明夜の仕掛けた快楽の檻《おり》から抜け出すことができなくなっていた。

極太の雄芯で媚肉を舐《ねぶ》られ、舌を擦《こす》り合わせながら、恍惚《こうこつ》の頂点へ駆け上がった。

「んっ、んっ、い、く……ふ、んんぅ――……っ」

ぐりゅっと、硬い切っ先で最奥を穿《うが》たれる。最高の悦楽が腰の奥から脳天まで突き抜けた。

弓なりに背をしならせ、きゅうと引きしまった花筒で愛しい肉棒を抱き込む。

すると、明夜が低く呻いた。きつく腕に抱かれたまま、濃厚な精を体の奥で受け止める。

――赤ちゃん、できちゃう……

その可能性を、仄《ほの》かな期待感を持って迎えられた。

息を整えた明夜が、こめかみにくちづける。

「最高だよ。もう一回しよう。両方でつながるのは、すごく気持ちいいだろう？」

「うん……」

朦朧《もうろう》としたまま答えると、明夜は嬉々《きき》として私の腰を抱え直す。

もう二度も達しているので体は気怠《けだる》く、腕が動かせない。

だらりと座面から垂れた私の腕を、明夜は掬《すく》い上げた。指と指を絡ませて手をつなぎ、頭上に縫い止める。もう片方の手も同じようにつながれる。私は明夜の言う通り、ソファから出られない。キスされるので、『孕《はら》ませてください』という台詞《せりふ》を言うこともできない。

明夜の与える快楽に浸り、孕《はら》むまで貫かれ続ける。

まったく力を失っていない剛直が、まだ甘い快感に戦慄《おのの》いている蜜洞を擦《こす》り上げた。

ジュプジュプと淫猥な音色が響いて、たちまち喜悦《きえつ》に身悶《みもだ》える。

「あ、あぁん……あっ……はぁ……っ」

「さあ、キスしよう。体のすべてで、つながるんだ」

そうして舌を捩《ね》じ込まれ、ゆさゆさと淫らに揺さぶられる。

濃密なセックスに溺れた私は感じるままに腰を揺らし、つながれた明夜の手を握りしめた。

「それって、ヤンデレじゃない？」

同級生で友人の堀越セナは、軽やかに跳ねたショートカットの髪を揺らしてそう訊《たず》ねる。

ストローを口から離した私は、その単語に目を瞬かせた。

「ヤンデレ……？」

セナに結婚の報告を行うため連絡を取り、カフェのテラスで久しぶりに楽しくお茶をしていた。初めは祝福の言葉を送ってくれたセナだったが、事の詳細を話すうち、次第に眉をひそめた。

新緑から零れた陽射しが、アイスティーのグラスを伝う雫《しずく》を煌《きら》めかせている。セナはカモミールティーのカップを傾けると、悠々と説明した。

「そうそう。勝手にスマホを見るとか、前の彼氏と別れた直後に婚姻届にサインさせるとか、ふつうの感覚じゃないでしょ。病的なほどの恋愛感情は独占型ヤンデレの特徴よ」

「まさか。前の彼のことでいろいろあっただけよ。彼はヤンデレとか、そんな陰湿なタイプじゃないわ」

「澪ってば、わかってないわね。ヤンデレだから陰湿ってわけじゃないの！　たとえ外面が良くて明るい性格だったとしても中身がヤンデレだったとか、よくあるんだから」

セナはカップを手にしたまま力説した。

ただそれを聞いても、明夜がヤンデレという属性なのか今ひとつわからず、首を傾げる。

新婚生活を始めてから、一か月ほどが経過していた。

明夜は私に優しく接して、家事なども積極的にこなしてくれる。夫婦の営みはほぼ毎日求められるので大変だけれど、濃密な淫事のおかげで心と体は満ち足りていた。

なにより、愛されているという実感が持てた。それまで恋人のような存在がいても寂しい暮らしを送っていた日々とは雲泥の差だった。

ただ、曇《くも》りのない自信を持とうとする私の心に囁《ささや》きかけるものがある。

――この幸せには、なにか裏があるのでは？

私は明夜のことをよく知らない。特に彼が転職してくる前のことはさっぱりだ。

かといって、好奇心で無理に聞き出すのはよくない。彼も両親との確執があるようだから、話すのにもタイミングというものが必要だろう。なにより私も育った家庭に問題があって紹介できる親などいないし、明夜から昔のことを質問されて困るのは私のほうだった。

せめて親友のセナには祝福してほしくて、結婚を報告したのだが、もとから幸せに対してトラウマがあるのに、ヤンデレというマイナスの要因を知ってしまったことにより、さらに疑念が深まってしまった。

「ヤンデレの人は相手を好きすぎて独占したいと思っているから、ほかの人と接触するのを嫌うし、相手の行動を常に把握していたいんだって。もしかして旦那さんが決めた独特のルールとか、あるんじゃない？」

「ルール……。そういえば、朝起きたらおはようのキスをするとか、出かけるときはいってらっしゃいのキス、それにおかえりのキスは必ずしてるわ」

「はあ？　どうして会社でも顔を合わせるのに、いってらっしゃいとおかえりのキスをするの？」

「さあ……。玄関でキスをしないと、彼が離してくれないのよ。遅刻しそうなときは焦るんだけど、押し問答するよりキスしたほうが早いから毎日してるわ」

額《ひたい》に手を当てたセナは、眉根を寄せている。ごくふつうの日常を語っているだけなのだが、彼女には頭痛を引き起こさせる話だったようだ。

「余計なことかもしれないけど、おやすみのキスがないのはどうしてなの？」

「それは……彼はしてると思う。私は最中に疲れて寝てしまうことも多いから……」

絶倫の明夜は一度放出しただけでは満足せず、甘い言葉を囁《ささや》きながら何度もセックスをする。私は毎晩絶頂して意識を飛ばし、失神するように眠りに就いているのだ。いつだったか意識を手放す寸前に、「おやすみ」と告げた明夜にキスされたのを覚えている。

火照《ほて》った顔でぼそぼそと打ち明けると、口端を引きつらせたセナはカモミールティーを飲み干した。

「ごちそうさま。聞かなきゃよかった」

「確かに独占欲が強すぎるとは思うから、ふつうと違うのかなってこともあるんだけど、ふつうがわからないの。前の人とは落差がありすぎて」

「あー。掃除だけさせる前カレね。それは二股だったから別れたんでしょ？」

私は頷いた。隆史との関係が適切な交際なのかどうか、セナに相談したことがあり、そのときは『その男はダメ。早く別れないと痛い目を見る』と言われた。結局のところ、二股という最悪の結果に至ってしまったわけだが。

そのとき、私のスマホの通知音が鳴った。

バッグから取り出してチェックするとメッセージが来ていて、差出人は明夜だった。

『二時間が経ったけど、まだカフェにいるの？』

今日は駅前のカフェでセナに会うと、出かける前に明夜に報告している。休日なので、彼もひとりで有意義な時間を過ごすだろうと思っていたけれど、まさか二時間程度で心配されるとは予想外だ。

そろそろ帰るね――と文章を打ち込んでいる間に、次のメッセージを受信する。

『心配だから迎えに行く』

画面を見た私は唖然とした。子どもではないのだから、迎えに来る必要はないと思う。それにひとりではなくセナと一緒にいるのだから、危険なことなんてなにもない。

「どうしよう、セナ。今から彼が迎えに来るって」

「はいはい。それね、あたしが本当に女かどうか確かめたいんじゃない？　よく名前だけ見て男性と間違われるから。旦那さんは浮気じゃないかと疑って──」

ふと街路に目を向けたセナは言葉を切った。

どうしたのだろうと彼女の視線を追って、振り返る。

するとそこには、こちらに向かってまっすぐ歩いてくる明夜の姿があった。

「えっ、もう……!?」

メッセージを受信してからほんの少ししか経っていない。つまり明夜は家ではなく、メッセージを送る時点ですでにカフェの近くにいたのだ。

明夜の纏《まと》っているスノーホワイトのシャツが目に眩しい。彼が街路を通ると、すれ違った女性が華やいだ笑顔を浮かべて振り返っていた。高身長で手足が長く、顔立ちが端麗なので、よく目立つ。

テラスにやってきた明夜は私の傍に立つと、セナに営業用の微笑を向けた。

「こんにちは。天王寺澪の夫です。妻を迎えに来ました」

完璧な旦那様の挨拶である。営業先でも、明夜が麗しい声で挨拶しただけで、ほとんどの相手は好感を持つ。

だが詳細を聞いていたセナは、明夜の外見に騙されないようで、引きつった笑みを浮かべた。

「は、初めまして。堀越セナです。澪とは学生時代の同級生です。見ての通り、あたしは女性ですから」

「そうですね。見ての通りです」

奇妙な牽制《けんせい》が交わされる。明夜をヤンデレだと言うセナは、自分は無害だと訴えたいらしかった。

セナからすぐに視線を外した明夜は、籐椅子《とういす》に腰かけながら固まっている私の肩に手を置く。

「澪。友達とのおしゃべりは楽しかったかい？　じゃあ次は俺との時間を過ごしてほしい。なにしろ新婚だからな。いつもきみと一緒にいたいんだ」

甘い声音で囁《ささや》かれ、きゅんと胸が弾《はず》んでしまう。

向かいのセナはバッグと伝票を手にすると、そそくさと立ち上がった。

「それじゃ、あたしはこれで。またね、澪」

気まずそうに目を逸《そ》らすセナを追いかけ、レジで私の分の料金を支払う。後ろをうかがうと、明夜はカフェの外で待っていた。

「ごめんね、セナ。今日はいろいろ聞いてくれてありがとう」

「どういたしまして。――ねえ、澪。今、幸せ？」

「え……？　ええと……うん。幸せよ」

「それならいいけどね。やっぱり澪の気持ち次第だと思うから。あたしの言ったことは気にしないで」

結婚しているのだから、幸せなのだろうと思う。明夜はいつも優しくて、私を気遣ってくれる。そんな彼と一緒にいると安心できる。

ふとしたときに不安になるのは、明夜がヤンデレかもしれない、というわけではなく、私の過去のトラウマによるものなのだ。

今日、セナと話すうちに、自分の考えを整理できた。

カフェを出ると、扉のすぐ先で待っていた明夜が微笑を浮かべて私の肩に腕を回した。強靱《きょうじん》な腕に引き寄せられ、彼の胸の中に収まる。

「心配したよ、澪。きみが傍にいない。家にいると寂しい」

「もう。二時間だけじゃない。近くに来ていたの？」

「俺にとっては永遠のようだったからね。デートできないかなと思って、迎えに来たんだ」

明夜の提案に、私は顔を綻ばせる。私と目を合わせた明夜は、精悍《せいかん》な顔に浮かべた笑みを濃くした。

「映画を見に行かないか？　そのあとは海へドライブしよう」

「素敵ね。まるで恋人のデートみたい」

「恋人らしいことを、まだしていなかったからね。今日の俺はきみの恋人だよ」

私の手を恋人のようにしっかりつないだ明夜とともに、街路を歩く。

近くの映画館に入り、上映されている映画をチェックする。切符売り場のディスプレイには、もうすぐ上映が始まりそうな作品タイトルが、いくつか並んでいた。

ヒューマンドラマやアニメなど様々なジャンルがあるようだが、普段映画をあまり見ない私にとって、タイトルからはどのような内容なのか見当がつかなかった。

「澪はどれが見たい？」

「どれがいいかな……。ジャンルすらわからないわ。明夜は見たいのある？」

「うーん。澪の顔をずっと見ていたいから、一番時間が長いものがいいね」

明夜は悪戯《いたずら》めいた笑みを浮かべた。

業務では真面目なのに、プライベートのときは冗談を飛ばすのだから困ってしまう。

でもそんな茶目っ気のある彼と過ごしていると、心が浮き立った。

「じゃあ、これがいいわ」

ずっと私の顔を眺められるのは恥ずかしいので、できるだけ明夜が夢中になれるよう、話題になっているアクション映画を指差す。

うん、と明夜は頷くと窓口に向かい、私が選んだ映画のチケットを二枚購入してくれる。

それからポップコーンとウーロン茶をふたつ注文して、トレイを持った明夜は二枚のチケットを私に預けた。

「俺はこっちを持つから。チケットはよろしく」

「うん。……ええと、六番シアターだから、あちらのほうね」

係員にチケットを手渡し、ふたり分のチケットをもぎってもらうと、上映されるシアターへ向かった。

ほんの小さな分担作業や相談だが、私の胸には喜びが生まれていた。初めて恋人とデートしているという実感が湧いたからだろう。

見る作品を選ぶ相談をするのも、持ち物を持ってあげるのも、すべてひとりではできない。

それは今までの私の人生が寂しいものであったことを浮き彫りにすることでもあって、切なくなった。

だからこそ、これからの結婚生活を幸せなものにするために、まずは明夜とこうして過ごす時間を大切にしようという思いを噛みしめる。

そんなことを考えながらシアターに入り座席を探す。

購入した座席の番号に辿り着くと、そこはスクリーンからもっとも遠い二階席のカップルシートだった。

「え……カップルシートなの？」

「そうだよ。恋人なんだから、いちゃいちゃするためにね」

「……いちゃいちゃ……」

思わず横にいる明夜を見ると、満足げな顔で私のことを見つめていた。

ゆったりとしたカップルシートは、スクリーンとほかの一般席を見下ろす形に設置されている。

二席の間に肘掛けはなく、巨大なソファといったスタイルの座席だ。しかもシートには両側に衝立のようなカバーがついているので、座ってしまうと隣の座席は見えないという仕様になる。

これなら恋人同士のふたりは、上映中に周囲を気にせず手をつないだりキスしたりできる、ということらしい。

臆《おく》していると、小さな丸テーブルにトレイを置いた明夜がソファに腰を下ろす。

そうして彼は私に向かって両腕を広げた。

「おいで」

堂々と私を誘う明夜に、思わず苦笑が零れる。

まさか彼の膝に座るわけにはいかないので、そっと隣に腰かけた。

明夜はすぐさま私の肩に長い腕を回し、ぐっと引き寄せて顔を近づける。

「捕まえた。上映が終わるまで離さないからな」

「もう……。キスするのは、だめ、だからね」

先手を打った私に、明夜は驚いたような表情を見せた。

さては、上映中にいけないことをする気でいたのか。

「だめ、なのか……。ほ、頬にキスするのも？」

「全部、だめよ。映画に集中できないもの」

頬なら、と譲歩したところで、唇にキスするつもりでいたのだろう。明夜のことだから、平然とディープキスを仕掛けてきそうだ。

絶望の気配を滲《にじ》ませた彼は、天を仰ぎながら問いかけた。

「ちなみにだけど、それを破った場合のペナルティはなにかな？」

「……そうね」

私は明夜の耳元に唇を寄せ、彼にしか聞こえないように囁《ささや》いた。

「一か月の、セックス禁止かしら」

ぶるりと明夜が身を震わせる。彼は心から恐れるように、きつく眉根を寄せた。

「それは死を宣告するのと同じだ。仕方ない、キスは諦めよう……」

少し意地悪をしすぎただろうか。

と思ったが、明夜はすぐに微笑みを浮かべ、目の前のポップコーンをひとつ摘まむと、私の唇に寄せた。

「でも、澪を甘やかすのはいいだろう？」

「……うん」

小さく頷いた私は口を開ける。そっと口の中に入ったポップコーンは塩味なのに、なぜかやたらと甘いような気がした。

咀嚼《そしゃく》する私を、双眸《そうぼう》を細めて眺める明夜は、つうっと指先で唇をなぞる。

キスしたいという欲求が滲《にじ》み出た仕草に、とくんと鼓動が跳ねた。

「美味しい？」

「……うん」

「じゃあ、もう一個」

雛に餌付《えづ》けするように、明夜はまたひとつポップコーンを口に入れる。

口に含み、再び塩味と甘味を味わったところで、シアターは暗くなった。スクリーンから上映中の注意事項を伝えるアナウンスが流れる。

アナウンスが流れ始めても明夜は私の肩を抱いたままだった。声をひそめた明夜が、そっと私の耳元で囁《ささや》く。

「澪。喉、渇いただろう？」

そう言って、ウーロン茶の入ったドリンクカップを手に取り、ストローの先端を私の唇に持ってくる。

ポップコーンのせいなのか、かなり喉が渇いていて、私はストローを咥《くわ》えて、ウーロン茶を飲んだ。

ドリンクカップに添えた手が、彼の熱くて硬い手に触れる。

それだけで私の鼓動は、とくりとくりと甘く刻んだ。

私たちは微笑みを交わしながら、映画の本編が始まるまでそうして戯《たわむ》れた。

上映中も明夜は私の肩を抱いて離さず、ふたりの体温を共有し合いながら映画を見終えた。

強靱《きょうじん》な肩に頭を預けていた私は、シアターに照明が戻ったことで、ふと夢から醒《さ》めたように頭を起こす。

「面白かったね」

「ええ……そうね」

映画の内容はとても面白く、夢中になって鑑賞した。明夜も楽しめたようで、満足げな笑みを浮かべている。

明夜は初めに交わした約束通り、私にキスをしなかった。

ずっと寄り添っていたおかげで寂しくはなかったけれど、なぜか物足りなかったなんて、とても言えない。なにしろキスはダメと、私自身が言ったのだから。

気を取り直して席を立つ。すっかり空になったドリンクカップとポップコーンのカップは、明夜がトレイごと片付けてくれた。

映画館を出ると、明夜はまた私の手を取り、指を絡ませてぎゅっと握った。

私たちは近くのパーキングまで歩くと、停めていた車に乗り込む。

シートベルトを着けようとしていたとき、運転席から明夜が身を乗り出してきた。

ふと顔を上げると、チュッと唇に温かなキスが降る。

「あっ……」

完全に不意打ちだった。

油断していた私は、まさかこのタイミングでキスされるとは思いもよらず、顔が熱くなってしまう。

艶《つや》めいた笑みを浮かべた明夜は、長い腕を伸ばして私のシートベルトを持つと、かちりとバックルに差し入れた。

「ずっと我慢してた。キスしたかったんだ」

「もう……びっくりした」

朗《ほが》らかに笑った明夜は自らもシートベルトを着けると、車のエンジンをかける。飴色《あめいろ》のギアを操作し、大きな手でハンドルを回した。

「映画は終わったから、キスしてもいいだろう？」

「……そうね」

駐車場を出て、車は通りを抜ける。目的地である海を目指し、明夜はまず郊外へ向かって車を走らせた。

今頃になって、私の心臓はどきどきと痛いほどに脈打った。

どうしようもなく、明夜に心惹かれてしまう。

婚姻届を出したときから彼に好意を抱いてはいたけれど、まさか一緒に生活してからもこんなに胸を掻き乱されるなんて思わなかった。

明夜と触れ合うのも、キスも、とても心がときめく。毎晩のように情熱的に抱き合うとき、私を求める彼が煌《きら》めいて見えた。そのとき、鼓動はどうしようもなく強く脈打つ。

明夜は私の体だけが目的でないのは、彼が私を随所で気遣ってくれることで感じていた。それは先ほど映画館で、私の言い分を無視して無理やりキスしてこなかったことからもうかがえる。

――大切に思ってくれている。

セナに話した通り、今、私は幸せだ。誰かと一緒にいるとき、こんなふうに幸福感を得られたのは初めてだった。明夜が与えてくれた分の幸福感を、彼に返したいという思いが湧いてくる。

そして彼がしてくれるように、私も明夜を大切にしたい。夫婦として、この関係を大事に育《はぐく》んでいきたかった。

けれどどうしても、セナに指摘された『ヤンデレ』という属性が頭を掠《かす》める。

セナは気にしないでと言っていたし、人の性質を型に嵌《は》めてしまうなんてどうかと思うけれど、セナの話を聞いていると、なぜか不安になるのだ。

それはやはり、ヤンデレの特徴が明夜に当てはまっていたから。

エリートで、優しくて、私を大事にしてくれる天王寺明夜という人間は、本当はどういう人なのだろう。

両親との確執のためか、明夜の子ども時代が話題に上《のぼ》ったことはなかった。私もこれまではあまり深く聞こうとは思っていなかった。

しかし明夜のことを本当に知りたいのであれば、彼が隠している子ども時代のことも聞いたほうがいいだろう。

「そういえば、明夜の子どもの頃は、どんな感じだったの？　学生時代のこととか、知りたいな」

ふたりしかいない今この状況は聞くのに絶好の機会だろう、とハンドルを操作して前を見る明夜に、私はそれとなく話しかけた。

もしかしたら言いたくないかとも思ったが、明夜は嫌がることなく、前を見据えながら何気なく語り出す。

「そうだな……。小学生のときはバイオリンのレッスンが嫌で、どうやってサボるか、それはかり考えていたかな。嫌々やっても上達するわけないから、思い返すと無駄な青春を送ったね」

「えっ。バイオリン⁉」

「ほかにも英会話とピアノ。それから勉強は専属の家庭教師がついていたよ。友達と遊ぶ時間はなかったな。窮屈だったけど、いい子でいたかったから、どうにかこなしたな」

バイオリンを習った上に、専属の家庭教師が勉強を教えてくれるなんて、もしかすると明夜はとてつもなく裕福な家庭の御曹司ではないだろうか。

「明夜はすごいお坊ちゃまなのね……」

「そんなことないよ。周囲が教育熱心な親ばかりだと、染まってしまうというかね。俺自身は少年野球チームに入りたかったんだけど、親が許可しなかったんだ。だから俺の子どもには好きなことをやらせてあげたいと思ってる」

「……そうね。私は習い事をした経験がないけど、本人の気持ちを尊重するのは大切だと思うわ」

少し沈黙した明夜は、ふっと頬を緩めた。

「俺は今、すごく幸せを感じたよ」

その台詞《せりふ》に、私は目を瞬かせる。

なんでもない日常会話をしていただけと思うが、どこに幸せを感じる要素があったのだろうか。

「どうして？」

「澪が、俺の意見を尊重してくれたから。きみは習い事にうんざりしていた俺に共感できないけれど、俺の考えをしっかり聞いて、認めてくれた。それがたまらなく嬉しい」

私は明夜の過去を思い、彼が気の毒になった。

おそらく明夜は野球をやりたいと希望して、両親にすげなく却下されたとき、たまらない憤《いきどお》りと寂しさを覚えたのではないだろうか。

自分の意見を尊重してほしい、と少年だった明夜は強く思ったに違いない。

それを時を経て認めたのが、私だったのだ。

私にとっては相手の意見を尊重するのは当たり前のことだ。それはとても小さなことなのに、明夜が指摘したものが大きな真理のような気がしてきて、じわりと胸に染みた。

「もし……子どもが生まれたら、野球をやってみようと提案したらどうかしら。そうしたら明夜も子どもとキャッチボールができるし、試合を見学という形で少年野球に参加できると思うの。もちろん、子どもがやりたいと言うなら、だけど」

過去を取り戻すことはできないけれど、少し違った形で明夜の希望を叶えてあげたい。

私の提案に瞠目《どうもく》した明夜は息を呑んだ。

「それだ！　そうなったらなんて素敵なんだ。子どもとのキャッチボールを想像するだけで幸せな気分になれるよ」

「もしもの話よ」

ふとした思いつきだったけれど、こんなにも喜んでもらえるなんて思わなかった。

やがて車窓から、紺碧《こんぺき》の海が見えてくる。窓を開けると、風にのった潮風が鼻腔《びこう》をくすぐり、ふわりと髪をなびかせた。

「ありがとう……。きみといると、幸せな気持ちになれる」

噛みしめるように呟いた明夜は、海を目にして双眸《そうぼう》を細める。

「……私もよ」

私の脳裏には、子どもとキャッチボールをして満面の笑みを浮かべる明夜の姿が浮かんだ。そのとき私は、『パパのほうが楽しんでいるじゃない』と笑いながら傍で見守っている。

実現するかもわからない、もしもの話だけれど、幸せな家庭を思い描くのはなんて心躍るのだろう。

今の明夜と私は、同じ未来を目指しているのだと実感できた。彼との絆が結ばれていく感覚が、胸に湧いてくる。

明夜には少し強引で束縛が激しい一面があるけれど、それも彼の魅力だ。

本当は、彼が寂しがりゆえに私を求めているのではないか。明夜の昔の話を聞いて、私は彼を包み込んであげたいと思い始めていた。

これが恋なのか、それとも夫婦としての情愛なのかはわからない。名前なんてつけなくていいのかもしれない。

ただ、明夜の傍にいたい。ふたりで幸せな気持ちを共有したいと心から願った。


夕暮れの海は穏やかな時間が流れていた。

車から降りた私たちは、ゆるりと砂浜を散策する。

静かな浜辺はサーフボードを抱えた人や、恋人たちがまばらにいるくらい。

明夜と手をつないでいると、彼のてのひらから伝わる熱い体温が愛しい。まるで赤々とした夕陽のように、彼は熱くて激しく、そして優しく包み込んでくれる。

「明夜は温かいから、夕陽みたいね……」

ぽつりと呟くと、明夜は微笑みを浮かべた。

「じゃあ澪は、あの星だな」

彼が指差した方向には、宵の明星《みょうじょう》が光り輝いていた。どの星よりも明るい金星は、まだ夕焼けの橙色《だいだいいろ》の空が消えない中でも存在感を示している。

私はあんなに煌《きら》めくような女ではない。凡庸《ぼんよう》で、仕事を頑張っていることしか取り柄がないのに、明夜はどうしてそんなふうに思うのだろう。

「そうかしら？　私はあの星のように目立つ女じゃないのに」

「俺にとって、きみは誰よりも綺麗で、一番に目に飛び込むよ。澪を含めてみんなは、きみの真の輝きに気づかないだけじゃないかな。何億年かけて届く大きな星の光が、たった今生まれた星の光と思い違いをしてしまうようにね」

何億光年も離れた宇宙から光を発している星は、膨大な時間をかけてその輝きを地球に届ける。今こうして目にしている星の光は、見る人が生まれる遥か昔に発せられた輝きなのだ。

ゆえに、この星の今の姿を見ているわけではない。

澪の真の価値を知っているのは自分だけ……と、暗に明夜は言いたいのだろう。それに気づいた私は面映《おもは》ゆくてたまらなくなった。

「明夜に褒められると、なんだかじんわり染みるわ」

「それは嬉しいほうかな？」

「もちろんよ。雄大な星にたとえられるなんてスケールが大きすぎて、あとから嬉しさが込み上げてくるの」

「それじゃあ、今夜はベッドで『俺の綺羅星《きらぼし》』と呼ぼうかな」

「やだ、もう」

私たちは笑い合いながら、水平線に沈みかけた太陽を眺めた。

波の音と、柔らかな潮風、そして愛しい人の温かさだけの世界で、私は幸福な気持ちに浸った。

滲《にじ》む夕陽を黙って見ていると、ふいに頬にくちづけられる。

驚いて目を向けると、明夜は嬉しそうに笑っていた。

「やっとこっちを見た。夕陽ばかり見ているから嫉妬してしまうな」

「明夜ったら、もう！」

怒ったふりをして軽く肩を叩くけれど、頑健な肩はびくともしない。満面の笑みを見せた彼は私の体を抱き込む。

いつでも私を慈《いつく》しむ明夜は、夕陽よりも眩しい。

初恋のような甘酸っぱい想いが沸き上がる。

ふざけ合う私たちの横で、太陽はそっと海に溶けていった。

充実したデートの翌朝――
私はベッドで気怠《けだる》げに身じろぎをした。海から帰ってきたあと、明夜にたっぷり愛されてセックスしたので、心身ともに満たされていた。

瞼《まぶた》を開けてぼんやりしていると、艶《なま》めかしい笑みを浮かべた明夜が、こめかみと唇にキスを落とす。

朝はキスで起こされるのが日課になった。

「澪、おはよう。朝のセックスをしてもいいか？」

「んん……ううん、シャワーを浴びるわ」

昨夜も何度もセックスしたので、体は疲労感を訴えている。

ブランケットを剥《は》いで身を起こすと、私の腰をなぞりながら明夜は不満げな顔をした。

「ふうん。俺と愛し合った痕跡を消したいのか？」

「そういうわけじゃないけど……きゃ……！」

腕を引かれて体勢を崩した隙に、ベッドに押し倒される。

覆い被さって見下ろしてきた明夜は、淫蕩《いんとう》な笑みを湛《たた》えていた。

「もっと愛したい。セックスしよう。眠いなら、寝ていていいよ」

「だめ、朝なのに……」

「朝のきみも味わいたい。ディープキス、したいな」

侵入してきた獰猛《どうもう》な舌に、私は自ら舌を絡ませる。

膝裏を抱えられると抵抗もなく、するりと足が上がる。

寝起きで体の動きは鈍いはずだが、すぐに足が上がるあたり、明夜に求められただけですぐに応える雌の体に作り変えられていた。

そっと男の硬い指先が花襞をなぞる。するとそこは、クチュ……と淫靡《いんび》な音色を鳴らした。執拗《しつよう》な愛撫で濡れた体は何度も達した昨晩の余韻を色濃く残している。

唇を離した明夜が嬉しそうに囁《ささや》く。

「ずぶ濡れのままだな」

口端を引き上げて、明夜は悪い男の笑みを見せた。猛《たけ》った男根の先端を蜜口に含ませる。

快楽に染まった壺口は、クチュリと音を鳴らして、切っ先を美味しそうに呑み込む。

「あっ……あぁ……ん」

「たっぷりと俺の精を注ぎ込んで孕《はら》ませようとしたから、濡れているんだよな。体が乾く前に、また新しい子種を呑ませてやるからな」

征服欲を滲《にじ》ませた明夜は逞《たくま》しい腰を押し進め、ずっぷりと肉棒を咥《くわ》え込ませる。媚肉を擦《こす》り上げられる感触に、陶然として胸を喘がせる。

「はぁ……あっ、んっ、ふ……ぅ」

またくちづけられて、濃密に舌を絡め合う。

嬌声すらも深いキスに呑み込まれた。上の口が塞がれると、楔《くさび》を咥《くわ》えた蜜壺がいっそう快感を得て、腰が淫らに蠢《うごめ》く。

ねっとり雄蕊を抽挿され、濡れた媚肉を舐《ねぶ》られる。口腔《こうこう》でもクチュクチュと水音を奏でながら舌を擦《こす》り合わせて、私たちは快楽の極致へ向けて高め合った。

「ふ、ん……んぅ……い、く……んく——……っ……」

硬い切っ先で子宮口を立て続けに穿《うが》たれると、きゅんと花筒が引きしまった。絶頂の予感を掴んだ足が小刻みに震え、背が弓なりになる。

逞《たくま》しい背に縋《すが》りつき、舌を絡ませながら、情欲を打ちつける明夜を受け止める。

ぐりっと最奥を抉《えぐ》られ、爆《は》ぜた雄蕊の先端から濃厚な子種が流し込まれる。孕《はら》むために熟した肉体は、奥深くまで精を呑み込んだ。

「ふ……あぁ……ん、あ、ぁ……」

唇が解放されると、ぐったりとして四肢を投げ出し、細い嬌声が零れた。

明夜は最後の一滴まで注ぐため、小刻みに腰を前後させている。

やがてすべてを出しきると体を倒し、ぎゅっと抱きしめてくる。

熱く火照《ほて》った肌をぴたりと合わせ、ふたりは息を整えた。明夜の荒い呼気が耳朶《じだ》を撫《な》でていて心地よい。

やがて顔を上げた明夜は、乱れた私の前髪を大きな手で掻き上げた。

情欲に濡れた眼差しが絡み合う。

すると胎内に挿入されたままの楔《くさび》が、ぐっと蜜壺を擦《こす》り上げた。

「あっ……また、大きくなってる……」

「もう一回だ」

両手を取られ、指を絡めてシーツに縫い止められる。完全に腕の中に閉じ込められてしまった私は身動きができない。淫らに舌を絡めながら、再び逞《たくま》しい腰を前後させた明夜に、ずぶ濡れの蜜洞を突き上げられるだけだ。

永遠のような夫婦の営みに、私は意識を飛ばしかけながら甘い嬌声を上げ続けた。


ようやく明夜は鎮まったのか、胎内から雄芯を引き抜いた。けれど私を離そうとはせず、腕枕をしながら優しく胸を揉《も》んでいる。

カーテンの隙間から射し込む陽は、昼過ぎを示していた。放っておいたら、このままふたりで一日中ベッドにいることになりそうだ。

「明夜……お腹が空いたわ」

「仕方ないな、ブランチにしよう。でも、俺が作ってる間にシャワーを浴びるのはダメだぞ」

昨夜から腫れそうなほど愛撫した胸をやんわりと揉《も》みながら、明夜は告げた。

同居を始めたとき、妻として炊事や掃除、洗濯などすべての家事をこなそうとしたら、彼から分担を提案された。明夜が料理及び買い物を担当して、私は洗濯やバスルームの掃除といった具合に、ざっくり決めたのだ。

明夜が調理している最中に、私だけ悠々とシャワーを浴びるなんて身勝手なことだ。そう解釈して頷く。

「ご飯を作る前に、明夜が先にシャワーを浴びていいのよ」

「そうじゃなくて、俺の注いだ精を俺の見ていないところで洗い流すな、ということだよ」

「……えっ？」

目を瞬かせると、私のこめかみにくちづけた明夜は、きゅっと乳首を摘まんだ。快楽を覚えた胸の尖《とが》りはすぐに張りつめ、甘い刺激が腰の奥に伝播《でんぱ》する。

「あっ、あん」

きゅんと花筒が引きしまり、散々注がれた精が、つうっと太股を伝い落ちた。胎内は明夜の放った白濁でいっぱいになっている。

「俺が抱いた痕跡を消そうとされるみたいで嫌なんだ。それにすぐ洗い流したら、妊娠する確率が下がるだろう？」

「そ、そうかもしれないけど……じゃあ、私はいつシャワーを浴びたらいいの？」

「ブランチしてから、一緒にシャワーを浴びよう。俺が体を洗ってあげるから。流した分を、またそこで注いでもいいな」

こりこりと乳首を捏《こ》ねつつ、明夜はもう次のセックスについて考えている。

絶倫の彼に身を任せていたら、絶え間なく精を注がれてしまう。

ブランチを食べ損ねたら、次の機会は夕食になってしまいそうなので、ひとまず私は承知した。

「わ、わかった。明夜もお腹が空いたでしょ？　あとで一緒にシャワーを浴びるから、ブランチにしたい」

微笑みを浮かべた明夜は頷いた。身を起こすかに思えたが、その間際、乳首に寄せた唇で、チュッときつく吸い上げる。

「あっ……ん」

置き土産のような愛撫をされ、私の体はずくりと疼《うず》く。明夜は爽やかな顔をしてベッドから下りた。

執拗《しつよう》な明夜は次のセックスにつなげるため、いつも私の肌に愛撫の痕跡を残す。快楽の熾火《おきび》を抱えたまま、嘆息を零して私もベッドから足を下ろした。

彼の執着に絆《ほだ》されていることを自覚しながら、とりあえずなにか羽織るものを探した。

明夜に言われた通り、シャワーを浴びるのを控えた私は、部屋着のワンピースにエプロンを身につけた。

キッチンからは美味しそうな香りが漂ってくる。黙々と調理している明夜は純白のドレープシャツに、黒のズボンを穿《は》いている。それに重ねたライムグリーンのエプロンがよく似合っていた。情欲を感じさせない清廉《せいれん》さは、先ほどまで淫靡《いんび》な行為に浸っていたとは思えないほどだ。

フライパンでゴーヤチャンプルを炒める彼の横顔は真剣そのもの。

「私もなにか手伝おうか？」

声をかけると、明夜は性懲《しょうこ》りもなく唇を突き出す。

「じゃあ、キスをして」

「卵が焦げるわ。もう火から下ろしていいんじゃない？」

軽くいなした私は皿を用意する。キスの要求に応えたらキスだけで終わらず、料理が黒焦げになってしまいそうだ。

明夜の唇は不満げに尖《とが》ったが、彼はコンロの火を消し、フライパンを下ろす。それからゴーヤチャンプルを木べらで皿によそった。ふわりとした卵が絡んだゴーヤは、艶《つや》めいた碧色《みどりいろ》に輝いている。

私はふたり分の味噌汁と白飯をよそう。

ふたつずつの茶碗と椀があるのを目にして、小さな幸せを感じる。

料理をダイニングテーブルに運んでから、お新香を取り出そうと冷蔵庫を開けた。

そのとき、伸ばされた長い腕に肢体を搦《から》め捕られる。

「あ……」

音もなく忍び寄った明夜に、背後から抱きしめられていた。私はお新香のパッケージを手にしたまま固まってしまう。

大きな手に頤《おとがい》を掬《すく》い上げられ、横を向かされる。後ろから顔を寄せてきた明夜の唇が重ね合わされた。

「ん……」

チュッと下唇を吸い上げて、悪戯《いたずら》な唇は離れていく。

明夜と暮らしていると体が離れている時間のほうが少ない。私は微苦笑を浮かべた。

「もう。明夜ったら」

「どうしても、キスしたくなったんだ」

そう言って彼はまた私の唇を啄《ついば》んだ。

料理が冷めてしまうので、スキンシップが過剰な旦那様には困ってしまう。

笑いながらバードキスを繰り返す。ややあって、キスの合間に私は嘆息を零した。

「ところで私はいつまでお新香を持っていればいいのかしら？」

「そうだったな。食事にしよう」

やっと絡ませた腕をほどいて私を解放した明夜とともに、席に着く。

ダイニングテーブルで向かい合わせに座り、手を合わせる。

「いただきます」

お腹が減っていたので、明夜が作ってくれた料理は体に染みるようだった。

「そういえば、澪のお母さんは、どんな人なんだ？」

「……えっ……」

黙々と箸を動かしていると、唐突に彼は訊《たず》ねてきた。

箸を手にした格好で思わず固まってしまう。確かに結婚しているのに、私が両親の話をいっさいしないのだから、その質問をされるのはもっともだ。

だが、答えは用意していなかった。

「ど、どうして急にそんなことを……？」

「澪を産んだ人なら、きっと優しくて思いやりに溢れた女性なんだろうなと思ってね。いずれ挨拶にも伺いたいし」

動揺して視線をさまよわせた私は、いつまでも隠しておけないことを悟り、彼に打ち明ける決心をした。静かに箸を置き、淡々と話し始める。

「……今まで言えなかったんだけど、両親は離婚してるの。だから疎遠で……結婚の挨拶もしなくていいわ。向こうも連絡が来ても困ると思う。父も母も、別の家庭があるから……」

幼い頃に両親は離婚し、私は母に引き取られた。やがて母は再婚したが、新しい家庭に私は馴染めず、社会人になってひとり暮らしをしてからは、母と連絡すら取っていない。

そのような家庭環境のせいか、私は結婚生活によいイメージが持てないまま大人になった。

家族の穏やかな食卓というものを知らずに育ち、夫婦とは喧嘩をして離婚する関係であるという独自の常識が根深いところに植えつけられた。

だからこそ私自身は幸せな家庭を作りたいという願望がある。けれど同時に、こんな私が幸福になれるわけないという否定的な気持ちも強いから苦しい。

明夜と結婚したことは僥倖《ぎょうこう》かもしれないが、その幸運を素直に喜べない。

今の幸せはすぐに壊れて、どうせ離婚になる――という後ろ向きな気持ちが拭えないのだ。

俯いた私に明夜はなにか言いかけたが、その言葉を喉元で呑み込んだようだ。

過去のトラウマのせいで、私は結婚して幸せな生活を送るということを信じられないのである。それに幸せな生活を夢見る明夜を巻き込んでしまい、申し訳なさでいっぱいだった。

「そうなのか。話してくれて、ありがとう」

「ううん……話さないといけないと思っていたんだけど、明夜に嫌われるかもしれないと考えると、言えなかったの。ごめんなさい」

絞り出すように言葉を紡いだ明夜は、私を責めなかった。

終わった過去に悩むよりも、明夜との絆を大切に育《はぐく》んでいきたいという思いはあるのだけれど、ふとしたときに不安めいたものが胸をよぎる。

「澪は優しいな。俺が家族のことを話さないのは責めないのか」

「だって、明夜もご両親とはあまりうまくいってないんでしょう？　私のほうこそ紹介できる親がいないのに、あなたの家族に会わせてほしいなんて言えないわよ」

「そうか……。俺のほうは、ちょっとわけがあってね。まあ心配はいらない。親が認めようが認めまいが、俺たちが夫婦であることに変わりない」

「……そうね」

明夜の言い分を聞いた私は表情をなくし、瞬きをひとつした。

まるで、彼の両親がこの結婚を認めていないと示唆《しさ》しているようで。

なんとなく気まずい空気の中、食事が終わる頃に明夜はふと私に笑いかけた。

「ところで、来週は結婚二か月記念日だな」

「あ……そうだったわね」

記念日を祝うという習慣がない私は、入籍した日にちなど忘れていた。特別な日がある、というのはなかなか実感が湧かない。

「一か月目の結婚記念日にはなにもできなかったから、まとめてお祝いしよう。来週はホテルのディナーを予約してあるんだ」

「ディナーだなんて、すごく楽しみ」

月の結婚記念日には、特別なお祝いをするものらしい。

ホテルでディナーだなんて豪華な過ごし方はもちろん初めてなので、心が躍る。

嬉しくなって微笑むと、そんな私を明夜は愛しさを込めた双眸《そうぼう》で見つめていた。

だが、彼が舌舐めずりをする妖艶な仕草に、ぞくりと淫靡《いんび》な気配が背筋に上《のぼ》る。

その気配を感じながら食器を片付けると、早々に明夜は私の体を抱き込む。

バスルームにもつれこみ、服を剥《は》がれた私はまた明夜に淫らな愛戯を施された。ふたりの愛液でずぶ濡れになっている胎内に、彼はずっぷりと楔《くさび》を挿入する。

快感に揺さぶられ、喘ぐ私は明夜との淫蕩《いんとう》な情事に溺れ続けた。

明夜から結婚二か月記念日のお祝いを提案された翌週、私はフェミニンなワンピースにジャケットを羽織って出社した。もちろん家を出るときには明夜と「いってきます」のキスをする。

パートナーがいてくれて私は幸せだ、と強く感じていた。

両親のことは言いづらかったけれど、明夜が寛容に受け止めてくれて救われた。しかも今日は結婚記念日のお祝いで、ホテルのディナーを予約してくれたのだ。夫婦としての絆が明夜との間に結ばれている、と感じられて、幸福感に包まれながらその日の仕事をこなした。

明夜と一緒に過ごすうちに、彼との子どもが欲しいという思いが胸のうちに生じていた。絶倫の彼に愛されていたら、すぐに妊娠してしまうのではと思うけれど。

明夜との赤ちゃんは、きっと可愛いんだろうな……

想像して口元を緩める。赤ちゃんの誕生を喜ぶ明夜の顔が、簡単に浮かぶ。

幸せで温かい気持ちを胸に抱いて、更衣室で化粧直しをしていた私はコンパクトの鏡を見ながら口紅を塗り直す。

すでに退勤の時刻を迎えているので、社員たちは次々に更衣室をあとにした。ポーチにメイク道具をしまっていると、近くのロッカーにいた先輩に声をかけられる。

「優木さん、嬉しそうね。天王寺さんとデート？」

「えっ⁉ デートだなんて、そんなのじゃないですけど……そうかな」

嬉しくて、つい顔を綻ばせる。

すると、そんな私を見た彼女は皮肉めいた笑みを浮かべた。

「幸せなのも今のうちだと思うわよ。男って、すぐ浮気するから」

その台詞《せりふ》で、浮かれていた私の背筋が一瞬にして冷えた。彼女は別の部署なので、隆史や東さんの一件については知らないはずだ。

「まさか。彼に限って、そんなことないですよ」

「みんなそう言うのよ。わたしなんか、何度も騙されたわ。浮気相手から電話が来たりして――」

そのとき、コンコンと更衣室の扉がノックされる。

「澪、いる？」

明夜の声だった。まさか更衣室まで迎えに来るなんて。話に水を差された先輩は口を噤《つぐ》み、私はそそくさとバッグを手にする。

「今、行くわね」

返事をした私の脳裏を一瞬の既視感がよぎる。

セナとお茶をしていたときと同じだ。彼が私を監視していて、明夜以外の人を遠ざけようとしているかのように感じた。

ううん、明夜がヤンデレだなんて、そんなわけないのに。

ぎこちない笑みを浮かべて更衣室から出ると、明夜は扉の脇で待っていた。

腕を組んで壁に寄りかかり、なにもない天井を見上げている。

「お、お待たせ。時間かかって、ごめんね」

「全然待ってないよ。さあ、行こうか」

明夜は私の手を、すい、と掬《すく》い上げ、ぎゅっと手をつないだ。まだ社内なのに。

明夜はそんなことを気にしないのか、手をつないだまま、私たちはエレベーターに乗った。

すると同乗したほかの女性社員が囁《ささや》く声が、後ろから聞こえる。

「天王寺さんよ。カッコいいなぁ」

「結婚したのよね。ほら、営業部の優木さんと。手なんかつないじゃって、うらやましい」

「え～!? わたし天王寺さんを狙ってたのに、ショックだわ」

背後から遠慮のない感想が聞こえてきて、微苦笑が零れる。

恥ずかしいので、つないだ手を離そうとしたけれど、明夜がぎゅっと握り込んだ。

いっそうきつく手をつなぐことになり、私はエレベーターの扉が開くまで赤くなっているだろう顔を隠すため俯いていた。

私は少しだけ早足になって会社のビルから出ると、すぐに明夜に文句を言う。だけど弾《はず》む声は隠せない。

「もう、明夜ったら。会社で手をつなぐのはやめてよ。恥ずかしいじゃない」

でも嬉しくて仕方ないという本音を隠せるはずもなく、明夜は満面の笑みを見せた。

「妻を大切にするのは当然だよ。それに華奢《きゃしゃ》な靴だから、転んだら危ないだろう？」

私は自分の足元に目をやった。

ホテルディナーなので気合いを入れて、ヒールの高いお洒落《しゃれ》なパンプスに履き替えたのだ。白銀に輝くパンプスの甲には、真珠が連なっている。普段、会社では黒の地味な靴を履いているので、仕事の最中はかなり気分が高揚した。

ジャケットの下のワンピースは白銀のサテンで、ふわりとスカートが広がっている。

「お洒落《しゃれ》したかったから、ちょっとヒールが高いのよね。でも転んだりしないから平気よ」

「その靴はとても似合っているけど、心配だな。だから約束してほしい」

歩いていた足を止めて向き合った明夜は、もう片方の私の手も取る。

両手をしっかりと握りしめて、彼は真摯《しんし》な双眸《そうぼう》を向けた。

「今日は靴を脱いでベッドに入るまで、俺と手をつないでいること。いいね？」

「もう。子どもじゃないんだから」

「子ども扱いしてるわけじゃない。きみは俺の大事な奥さんだ」

つないだ手を持ち上げた明夜は、ちゅっと指の関節にキスをした。

ためらいもなく私への愛情を示されて、嬉しくてどきんと胸が弾《はず》んでしまう。

「わ、わかった。それじゃあ、今日は明夜と手をつないでいるわね」

「安心してほしい。手を離さないから」

少々過保護な明夜だけれど、大切にしてもらえるという喜びが、心に染みていった。

キスをした手をしっかりとつないだまま、私たちは駐車場へ向かった。


明夜の運転する車で、高級ホテルの車寄せへ辿り着く。

ドアマンの背後には、ホテルの煌《きら》びやかなロビーが見て取れた。

スタッフにドアを開けてもらい車から降りようとした私は、隣の明夜に止められる。

「待って。ひとりで歩かない約束だったよね。俺以外の男と手をつないでもダメだよ」

そういえば、と約束を思い出し、私は下ろしかけていたヒールを引いた。

明夜の言葉を耳にしたドアマンは私に手を貸そうとはせず、一歩下がる。

素早く運転席を降りた明夜は、車のキーをスタッフに渡しつつ、助手席側に回り込んだ。

「さあ、どうぞ。俺のお姫様」

恭《うやうや》しくてのひらを差し出す明夜に、微苦笑が零れる。

でも、お姫様のようにエスコートされるなんて、どきどきと胸が高鳴ってしまう。

「ありがとう」

大きなてのひらに、そっと手をのせる。まるで、王子様のエスコートに応えるように。

しっかりと握りしめられた明夜の手はとても熱かった。

車から降りると彼の手は私の背中に添えられる。ドアマンが巨大な硝子《ガラス》のドアを開けると、天井から吊された華麗なシャンデリアの輝きが目に飛び込んだ。

まるでお伽話《とぎばなし》に出てくるお城みたい。目の前に現れた非日常の空間に、期待が高まる。

「ディナーを予約しているのは最上階のレストランだ。夜景が綺麗なところだよ」

「こんなに格式の高いホテルに入ったのは初めてだわ。明夜は来たことがあるの？」

慣れた雰囲気の彼に他意なく訊《たず》ねたのだが、もしかして昔の恋人と一緒に来たとか、そういうことだろうかと、口にしてから邪推した。

私の質問に、明夜はあっさり肯定する。

「ここのホテルはパーティーでよく利用していたんだ。子どもの頃の話だけどね」

明夜はさも当たり前のように言い放つが、子どものときにパーティーで高級ホテルを訪れるとは、いったい彼にはどういった親族がいるのだろう。

けれど、昔の恋人と来たことがあるわけではないらしいので、ひとまず安堵した。

歩を進め、銀箔をちりばめたかのような豪奢《ごうしゃ》なエレベーターに乗り、最上階へ到着する。

世界的に有名なシェフが手がけるモダン・フレンチのレストランは、メディアに何度も取り上げられている有名店だ。店内は紫を基調とした趣《おもむき》のある装飾で、気品に満ちていた。橙色《だいだいいろ》の照明が、各テーブルにかけられた純白のテーブルクロスを幻想的に浮かび上がらせている。

広い窓からはライトアップされたシンボルタワーが正面に見えた。煌《きら》めく夜景が一望できる最高の席に通される。

明夜は椅子を引こうとしたウエイターに軽く手を挙げて制止する。慇懃《いんぎん》な礼をしたウエイターは身を引いた。

するりとつないだ手をほどいた明夜は、自らが椅子を引いて私を導く。

男性がエスコートして、女性が先に着席するのがマナーなのだ。

初めての経験に緊張しつつ、私は紫色のふわりとした椅子に腰を下ろした。

窓の外には華麗な夜景。

「なんて綺麗なの……。こんなに素敵な夜景をプレゼントしてくれて、ありがとう」

その美しさに目を奪われながら、この席を設けてくれた明夜に礼を述べる。

向かいに腰かけた明夜は艶然《えんぜん》と微笑む。

今宵の彼は三つ揃いの濃紺のスーツに瑠璃色《るりいろ》のネクタイを締めていて、貴公子のような品格を滲《にじ》ませていた。ふわりとした髪と、甘さのある端麗な顔立ちによく似合っている。

「どういたしまして。夜景も美しいけど、澪のほうが綺麗だよ」

堂々と褒める明夜は、まるで王子様みたいに輝いている。

熱い眼差しを絡め合っていると、音もなく現れたウエイターがボトルを持参した。

細いフルートグラスに、乾杯用のスパークリングワインが注がれる。

私たちは糸のごとく繊細なフルートグラスの柄を指先で摘まみ、目線の高さに掲げた。

「結婚二か月記念、おめでとう。これからもよろしくな、澪」

「おめでとう。よろしくね、明夜」

フルートグラスの縁を軽く重ね合わせる。細やかな気泡が立ち上《のぼ》っている黄金色の液体の向こうには、愛しい夫が映っていた。フルートグラスを傾けて、お祝いのスパークリングワインを口に含むと上品に気泡が弾《はじ》ける。口中に成熟された味わいが広がった。

ロマンチックなディナーの始まりに、胸を躍らせる。

アミューズはキャビア。前菜は数々のオードヴルに繊細な細工を施し、まるで宝石箱のようだった。最高級のオマール海老を堪能したあとは、メインディッシュに黒トリュフの香るフォアグラのポワレをいただく。

どれも芸術性に富んだ至高の料理だ。想像の域を超えた美味しさに、口にするたび感嘆が零れる。カトラリーや精緻《せいち》な皿のセレクトまで完璧な美しさで、シェフの情熱が感じられた。

純白のナプキンで口元を拭った私は甘美な余韻に浸る。

「とても美味しかった……。お腹いっぱいだわ」

メイン料理を食べ終えると、綺麗に片付けられたテーブルに新たなカトラリーがセットされる。

そのとき、ふと生演奏のピアノ曲が途切れる。まだ曲の途中だったはずなのに。

不思議に思い顔を上げると、厨房から出てきたウエイターがワゴンを押している姿が目にとまる。蔓模様《つるもよう》が施された銀色に光るワゴンは、小菓子などを提供する際に使用されるものだ。

ピアニストが奏でる愛のメロディとともに、ワゴンが近づいてきた。

「わあ……」

ワゴンには、真っ白な生クリームと赤い苺に彩られたホールケーキがのせられている。

それがまっすぐに、私たちの席へ向かってくるのだ。

「今日のデセールは俺たちだけのものだ。結婚記念のホールケーキだよ」

明夜が事前に注文しておいてくれたのだろう。ケーキを飾るプレートには『結婚記念日おめでとう』という流麗な文字。

雪の城のようなホールケーキがテーブルに飾られた。嬉しいサプライズに喜びが弾《はじ》ける。

「すごいわ！　こんなに大きなケーキをプレゼントしてくれるなんて、嬉しい」

「プレゼントは夜景やケーキだけじゃないよ。とっておきの贈り物がある」

「とっておきの……？　なにかしら」

これ以上に胸を躍らせるプレゼントがあるだろうか。

速まる私の鼓動をよそに、明夜はスーツの懐《ふところ》に手を差し入れて、臙脂色《えんじいろ》の小箱を取り出す。

小箱の蓋が、私から中身が見やすいように開けられた。

そこにある燦然《さんぜん》とした輝きに息を呑む。

「これ……」

シンプルな白銀の指輪が、ふたつ並んでいる。二対の指輪はそれぞれサイズが異なっていた。

まるで、結婚指輪のようだ。

はっとして見上げると、愛しげに双眸《そうぼう》を細めている明夜と視線が絡み合う。

「俺と結婚してくれて、ありがとう」

想いを込めて告げられたひとことに、感極まる。

彼との結婚が特別なものであったことを、私は身に染みて感じた。

勢いで一夜を過ごした結婚は儚《はかな》いものかもしれないと不安に思っていた。けれど明夜は、この結婚をこれからも大切にしたいと考えてくれているのだ。

私も、同じ想いだった。彼と生涯をともにしたい。私の旦那様と、幸せな家庭を築きたい。

溢れんばかりの情愛が沸々《ふつふつ》と湧き上がる。

好き……

これまで殺伐《さつばつ》とした人間関係しか築けなかった私が、生まれて初めて愛情を感じた。この淡い萌芽のような想いが『好き』という気持ちなのだ。

「私のほうこそ、ありがとう……」

プラチナの指輪を摘まんだ明夜はてのひらを差し出す。そこへ左手を重ね合わせると、薬指に指輪が嵌《は》められた。サイズはぴったりだ。手をかざすと、白銀の純然とした輝きが光っている。

「私も、明夜に結婚指輪を嵌《は》めてあげたい」

「そうだな。指輪を交換しよう」

小箱から、私のものより一回り大きな指輪を摘まむ。

微笑んだ明夜は左手を差し出した。

その手をそっと取り、薬指に指輪を嵌《は》める。

神聖な儀式に緊張しつつも、感動で胸がいっぱいになった。

お揃いの結婚指輪をつけた私たちは、同じように左手を掲げ、互いの指輪を見せ合う。

「嬉しい……。結婚指輪をもらえるなんて、思っていなかったから」

「遅くなってごめんな。記念日にサプライズしたら喜んでくれるかと思って、今日まで取っておいたんだ」

　明夜の気遣いが嬉しかった。そして私は、過去のトラウマよりも、目の前の旦那様を大事にするべきなのだと、今になって気づいた。

「澪は俺になにも要求しないから、心配になるよ。結婚式も、いずれ挙げよう」

「あ……挙式は無理にしなくても、いいのかなって……」

　旦那様さえいてくれたなら、それだけで幸せだった。

　口ごもった私を見て、両親のことを察したのか、明夜は柔らかい微笑みを向ける。

「そうだな。ふたりきりで写真だけ撮るスタイルも増えているみたいだし、澪のやりたいことを優先してあげたいな」

「ありがとう。今夜のディナーと結婚指輪をもらっただけで、充分に幸せよ」

「これだけで終わらないよ。部屋を取ってあるんだ。今夜はスイートルームに泊まろう」

　こんなに豪華なホテルのさらにスイートルームに宿泊できることに、また驚いてしまう。特別な思い出が作れた私は幸せな気持ちに浸りつつ、皿に盛られたケーキにフォークを入れた。

ケーキとともに紅茶をいただき、豪勢なディナーを終える。

再び明夜にエスコートされて、スイートルームのある階へ足を踏み入れた。

両開きの重厚な扉が開くと、正面のリビングから見える夜景は煌《きら》めいていた。

何度見ても壮麗で溜息を吐《つ》く。すると突然、背後から抱きすくめられた。

「きゃ……！」

「今すぐ、きみが欲しい」

情熱的な台詞《せりふ》が耳元をなぞり、ぞくりと体の芯が疼《うず》く。

「私も……明夜と愛し合いたい」

「それなら今夜は、たっぷりセックスしたいな。少しだけ趣向を凝《こ》らしてもいいか？」

「趣向を凝《こ》らすって……なにをするの？」

私を抱きしめている腕が下がる。大きなてのひらが、下腹を撫《な》で回した。

薄いワンピースの布越しに男の熱を感じて、どきりとする。

明夜の淫靡《いんび》な手つきが、終わらない夜の始まりを示唆《しさ》していた。

耳朶《じだ》を甘噛みされ、びくりと肩が跳ねる。

「ちょっとした遊戯だ。セックスのときに余計なことを考えて気が散ると、快感を得られないだろう？　だから今夜はなにも見ず、なにも考えず、俺とのセックスに夢中になってほしい」

そう言うと明夜は、しゅるりと布のようなもので私の目元を覆った。突然視界が暗闇に包まれ、驚いて目元に手をやる。

「えっ!? な、なにをするの」

「今夜は目隠しをして夫婦の営みをしよう。見えないと体の感覚が研ぎ澄まされて、より強く快感を得られるらしい」

確かに目が見えていては、最中に周りのものが目に入ってしまい、気が削がれやすいかもしれない。

けれど私はアイマスクなどを使用する習慣がない。むしろ、なにも見えないことに不安を掻き立てられてしまう。

手で触れてみると、目隠しの布は幅が広く、繊細なレースに彩られているのが感触でわかる。内側は柔らかい生地なので、目元が優しく包まれて心地よい。

頭の後ろで、カチリと器具が嵌《は》められる音がした。特製のアイマスクに覆われると、そこには暗闇しかない。自分がどこに立っているのかわからなくなり、足元すら覚束《おぼつか》なかった。

「こわい……なにも見えないわ」

「大丈夫だよ。俺がすべてリードするから。まずは、こっちにおいで」

明夜に手を取られ、腰を支えられながら歩き出す。

目が見えないと平衡感覚が失われ、まっすぐ歩くことができない。私はふらつきながら明夜を頼りにして、彼の導くほうへ進んだ。

ここはリビングで隣に寝室があるらしい、とスイートルームに入ったときに知ってはいたが、いったいどこへ向かっているのかまるでわからない。

やがて明夜は握っている私の手を取って、とあるものに触れさせた。

「着いたよ。ここに掴まるんだ」

それは、ひんやりとした石だった。両手で撫《な》でてみると、シンクと蛇口が触れる。手をついているものはテーブルではなく、大理石で作られた洗面台らしい。とても広い豪《ごう》奢《しゃ》な造りだ。

先ほどとは空気が変わり、温かな湯気が漂っている。どうやらここはバスルームだ。外資系のホテルは洗面台と浴槽がひとつのバスルームに配置されていることも珍しくない。

手をつけることができて、ひと息ついていると、背後からジャケットを脱がされる。さらにワンピースの紐が解かれる気配がした。

袖なしのフレアワンピースは首の後ろで紐を結んでいる形なので、それを解かれると脱げてしまう。

はらりと胸元の生地が捲《まく》れて、サテンのワンピースは私の足元に滑り落ちた。

「あ……脱げて……」

「そのままでいるんだ」

もとよりなにも見えないので、洗面台に掴まっているしかなかった。

胸を覆っていたベアトップが外される。ショーツも引き下ろされ、足首を持ち上げられてパンプスごと脱がされた。

冷たい石の床が足の裏に触れる。

今、私が身につけているものは明夜から贈られた結婚指輪、そして目隠しのみ。

全裸だった。

素肌が曝《さら》されているのを纏《まと》わりつく空気で感じ、ぶるりと背を震わせる。

突如、きゅっと胸の突起を摘まれて、体の中心を甘い悦楽が貫く。

「ひっ……ん」

弓なりにしならせた体の奥が、じゅわりと熱く疼《うず》いた。

「もうこんなに張りつめてる。見えないと感じやすいだろう？」

明夜の言う通りだった。こりこりと両の乳首を指先で弄《いじ》られているだけで、とてつもない快感が全身を駆け巡る。私の体は、いったいどうしてしまったのだろう。

「あぁ……あ……」

「乳首だけで、いけそうだな」

悪魔のような囁《ささや》きが聞こえた刹那《せつな》、首の後ろに熱いものが押し当てられた。

焼き鏝《ごて》かと思うほど熱いそれに過敏に反応してしまい、びくんと体が跳ねる。

チュ、と濡れた音がして、じわりとした甘い痛みが生じる。

背後から覆い被さっている明夜が、キスマークをつけたのだ。

じっくりと執拗《しつよう》に乳首を捏《こ》ね回されながら、熱い唇が首から背中へと這《は》い下りていく。

「あ……ぁ……はぁあ……」

喉を反らして喘ぎながら、淫靡《いんび》な愛撫を暗闇の中で享受する。

ちゅ、ちゅ……と印を刻むかのように丹念に吸いつかれるたび、背中に甘い疼痛《とうつう》が走る。

胸を弄《いじ》る指は突起を捏《こ》ねては押し潰し、また淫らに優しく摘まみ、痛いほどの快感を生み出す。

前と後ろから挟まれるように濃密な快楽を与えられて、ぶるぶると内股が震える。

なぜか触れられていないところが、もどかしい。咥《くわ》えるものを求めて蜜洞が疼《うず》いているのだ。

もっと……ほかのところもさわってほしい。

淫らに腰をくねらせ、喘いだ胸が上下して乳房を揺らす。

きっと今の私は男を誘うような動きをしているのではないか。

そう思っただけで、火が点《とぼ》ったように体が熱くなる。

「あぁ……明夜、そこばっかり……いや……」

もはや背中はキスマークでいっぱいになっているだろう。

明夜は私が止めてもなお、腰の辺りまで唇を落としている。

「どうしてほしい？」

そんなことを聞かれても、咄嗟《とっさ》にはなにも言えない。私からねだるなんて、恥ずかしくて。

沈黙した私は、ただ身を震わせた。

「それじゃあ、ずっとこのままだな。俺は一晩中悶《もだ》える澪の乳首を弄《いじ》りながら、背中にキスをしてるよ」

「そんな……あぁっ」

きゅっと乳首を抓《つね》られると、達しそうなほどの猛烈な快感が体を蝕《むしば》む。

一晩中こんなふうに同じ箇所ばかり愛撫され続けたら、平常な精神でいられないだろう。

そのとき、つう……と股から零れる液体の感触があった。

え、と不思議に思うと、愉悦を滲《にじ》ませた男の囁《ささや》きが耳元に吹き込まれる。

「今、どんな格好になっているか教えてあげようか。全裸で尻を揺らして、開いた脚の間から蜜を垂らしているんだ」

「や、やぁっ、そんなこと、言わないで……」

ひくつく蜜口から、愛液が零れてしまったのだ。明夜にいやらしいことを囁《ささや》かれて、昂《たかぶ》った体はさらに奥から愛蜜を滲《にじ》ませる。

「すごく物欲しそうだな。糸みたいに垂れて、床に溜まってるぞ。こんなに蜜が出るなんて、なんて淫らな妻なんだ」

羞恥を煽《あお》られ、恥ずかしくてたまらない。

ずっとこのまま乳首と鼓膜だけを愛撫されるなんて、どうにかなってしまう。

「もういや……体がつらいの……」

「俺にどこをさわってほしいか、お願いしてごらん。澪の言った通りに愛撫するよ」

闇の中で誘惑する声に、極限の状態になった私は縋《すが》りつく。あれほど脳を占めていた羞恥が、すうっと溶けるように消えていく。

今の私は、傍にいる男になんでも命令できるのだ。どこを揉《も》ませるのも舐めさせるのも、自由に指示できる。

気分が高揚して、胸を喘がせながら甘い声を絞り出す。

「おっぱいをさわって……乳首ばかりだと感じすぎるの……」

「こうかな」

尖《とが》りから指が離され、大きな手で両の乳房が揉《も》み込まれる。

貫くような鋭い快感に取って代わり、じんわりとした甘い官能が全身に広がっていく。

「あぁん……きもちいい……」

「その可愛い声で、もっと俺にお願いしてみてくれ」

優しい囁《ささや》きと、いやらしく蠢《うごめ》く手が私の理性を溶かしていく。

快楽を貪《むさぼ》ることだけを追求するのは、なんて心地よいのだろう。

「下もさわって……」

「ここかな」

這《は》い下りた男の手が、尻を揉《も》みしだく。

ぞくんとした甘い痺れに陶然とするけれど、望んだのはそこではない。もっと、直接的な刺激が欲しい。

「あ……もっと……」

もっと、と伝えると、明夜の両手は尻を包み込み、いっそう淫らに這《は》い回る。

そうされるほど、触れられていない胎内がひどくうねって切なくなる。さらに淫液は、たらたらと滴《したた》り落ちているはずだ。

私は腕を大理石に伸ばして上半身を倒し、尻を差し出すような体勢になった。

「あぁ……そうじゃないの。奥のほう……」

「奥というのは、どこ？」

わかっているはずなのに、明夜は意地悪く訊《たず》ねる。

だけど、もう耐えられない。今すぐに最奥まで雄々しいもので貫いてほしい。

大胆に尻を揺らした私は欲望に忠実に従い、明夜に頼んだ。

「明夜の、太いのを、収めるところ……。もうだめ、疼《うず》いてどうしようもないの」

男の満足げな笑いが喉奥から漏れた。そのとき、ずぷりと蜜壺に押し入ってくる。

「あっ……ふ、ぅん……」

それは指だった。極太の雄芯のもたらす充足感には及ばず、不満を訴えた蜜洞はいっそう戦慄《おのの》く。

けれど蜜口は強欲に、咥《くわ》えた男の指をしゃぶった。

「ずぶ濡れだ。こんなに漏らしているんだからな。すぐに挿れてもいいくらいだ」

ちゅぷちゅぷと指に絡みついた愛液が水音を響かせる。

いつもとは違うセックスのためか、ひどく感じた体はしとどに蜜を滴《したた》らせていた。

「挿れて……お願い……」

わざと焦らされている気がして、切実に懇願する。

すると大理石に伏せている私の耳元に、明夜の吐息がかかった。

「本当に、いいのか？」

「……え？」
「一度挿入したら、孕《はら》むまで抜かないぞ。何度もオーガズムに達して、風呂に入って
ベッドに入っても、俺を咥《くわ》え続けるんだ」
蠱惑的《こわくてき》な囁《ささや》きに、またぞくりと背が震えた。
それは夜が明けるまで抱かれるということだ。たとえ眠ってしまっても、楔《くさび》を咥《くわ》え
たまま揺さぶられ、何度も精を呑み込まされる。
けれど、このまま指だけでもてあそばれるのは耐えきれない。明夜の楔《くさび》に貫かれたい。
そして……
「いいの、挿れて。明夜で私をいっぱいにして。そして、一番奥で出して。孕《はら》めるよ
うに」
私は夢中で訴えた。
快感だけを追いたい。濃厚な精で体のすべてを満たされたい。
暗闇で切ない悦楽の沼に沈み、もがいている私には、もはやそれしか考えられな
かった。
指を引き抜いた明夜は、背後で衣擦《きぬず》れの音をさせる。
ようやく欲しいものが与えられるのだ。私の胸は期待に高鳴った。
するりと背を撫《な》で下ろされ、大きなてのひらが尻肉を割り開く。指先が花襞をな

ぞった。

「上手に言えたね。それじゃあ……ご褒美をあげよう」

くちゅ、と熱い先端が濡れた蜜口に押し当てられる感触がして、それだけでもう歓喜に震え、背をしならせる。楔《くさび》を迎え入れようと、無意識に脚が開いた。

だが明夜は切っ先でクチュクチュと舐《ねぶ》り、挿入しようとしない。

掻きむしられるような切なさにたまらなくなり、私は淫らに腰を揺らして楔《くさび》をねだる。

「あぁ……ん、はやく……」

「挿れるよ」

低い声音が響き、ぐちゅりと硬い先端が蜜口をくぐり抜ける。

息を呑むほどの甘美な痺れに、四肢が硬直した。

ついに極太の切っ先を咥《くわ》えた壺口は、いっぱいに拡げられる。

クチュグチュと濡れた音を奏でながら、熱杭を呑み込んでいく。

「はぁ……っ、あぁ……あ、入って……」

「俺の中心を、根元まで呑み込んだ。そう……濡れていて、すんなり入っていくな」

ずくずくと極太の肉棒が、濡れた媚肉を舐め上げながら蜜洞を犯していく。

楔《くさび》の感触を刻み込むように、ねっとりと粘膜が舐《ねぶ》られた。

やがて太い幹が胎内に収まると、ぐっと先端が子宮口を突き上げる。

「ひぁ……っ、あぁん、あっ、あぅ……」

鮮烈な快楽が突き抜けて、高い嬌声を響かせた。

剛直を包み込んだ蜜筒はきゅうと引きしまり、彼の形を覚える。

「子宮口にキスするよ。何度も。朝までずっとだ」

「んっ、ん……キスして」

蜜洞でずっぷりと楔《くさび》を咥《くわ》えながら、大理石に爪を立て、懸命に頷く。

目隠しをされた暗闇の中では、明夜の掠《かす》れた声と獰猛《どうもう》な雄芯だけがすべてだった。

「まずは膣口から子宮口まで、全部舐めるぞ。じっくりとな……」

ずるりと熱杭が引き抜かれる。けれどすべては抜かず、先端は蜜口に埋《うず》められたままだった。

両手で腰を掴まれ、ずぷんと最奥まで突き入れられる。

いつもとは体位が異なるせいか、抉《えぐ》られる角度が違い、とてつもない法悦が湧く。

「あぁあ、あっ、あぅん……」

ずぶ濡れの蜜壺は極太の男根を愛液で湿らせ、さらに抽挿を滑らかにする。

ズッチュズッチュと淫猥な水音を響かせながら、硬い楔《くさび》が執拗《しつよう》に媚肉を擦《こす》り上げた。

視界が塞がれているので、雄芯の与える快楽をより鮮明に感じる。

官能の波に攫《さら》われては、深いところまで溺れ、そして再び引き上げられる。

淫らな音色に合わせて、甘い嬌声が弾《はず》んだ。

「あっ、あっ、あん、はぁ、あ、あぁん」

律動が激しくなり、背後に覆い被さっている明夜の息遣いが獣じみてくる。

ぐっと硬い先端に子宮口を穿《うが》たれる。すると体の奥に凝《こご》っていた熱い塊《かたまり》が、一瞬で弾《はじ》け飛んでしまった。

「あぁっ、あ、ぁ、あはぁ――……っ」

がくがくと全身を震わせて、オーガズムを極める。暗闇に星が飛び散った。

きゅうんと締まった蜜壺が、咥《くわ》え込んだ雄芯を引き絞る。

すぐに、低く呻いた明夜の楔《くさび》が爆《は》ぜる。濃厚な子種が先端から迸《ほとばし》り、ぴたりと接吻《せっぷん》した子宮口へ注がれた。

大理石に上半身を預け、がっちりと腰を掴まれている体勢で両足を震わせながら、夫の精を体の奥深くで受け止める。

「あぅ……んん……」

「いっぱい出たよ。上手に呑めたね」

背中に厚い胸板の感触がした。明夜が体を倒し、覆い被さってきたのだ。

達した余韻とともに熱い体温を感じて、ほっと息を吐く。

私の手を握りしめた明夜は、耳元に掠《かす》れた声を吹き込む。

「ずっと立っていたから疲れただろう。少し休もうか。目隠しも取ってあげるよ」

彼の優しい気遣いが、まるで救世主が現れたごとき歓喜をもたらす。

先ほどは一晩中抱かれるのかと危惧したけれど、あれはセックスを盛り上げるための演出だったのだろう。

「ほ、本当……？」

「ああ。でも、自分で目隠しを取ってはいけない。俺が取るから、こっちを向いて」

私は明夜の言葉を受けて、素直に頷いた。先ほどは私の言う通りに動いた彼だが、今は彼が私の支配者だった。どんなルールだろうと従わなくてはならない。

顔を上げて明夜を見ようとして、制された。

「横向きになってくれるかな。腰まで洗面台に乗せるから、俺の言う通りに、ゆっくり向きを変えて」

言われた通り、洗面台に伏せていた体の向きを変えて、左肩を下にする。

そうすると彼は私の腰を持ち上げて、台に上がらせた。

明夜の雄芯を引き抜けば、向きを変えるのは容易《たやす》いはずなのだが、彼は私の胎内に楔《くさび》を収めたまま慎重に互いの体を動かす。

「足を浮かせて。右脚を広げて、俺の腰を跨ぐんだ」

折り曲げた右脚を持ち上げられ、大きく広げられる。その際、わずかに体が離れて、けれど足の移動を終えて、大きく開脚する格好になると、彼はずぷりと腰を押し進める。

「あうっ……あはぁ……んう……」

降参した獲物のごとく開いた体に、深々と獰猛《どうもう》な肉槍を突き立てられる。

達したばかりで快楽の熾火《おきび》が燻《くすぶ》っている体は、また極めようと貪欲に楔《くさび》を咥《くわ》える。

腰を震わせていたそのとき、暗闇だった視界に光が射す。

「あ……」

明夜が目隠しを捲《まく》ったのだ。

微笑を浮かべた彼の顔が眼前に現れた瞬間、私の胸に至上の愛しさが溢れる。

「明夜……明夜！」

彼にしがみついた私は夢中で雄々しい唇にキスをした。

闇の中に閉じ込められていた私を助けに来てくれた、彼は救世の騎士なのだから。

唇を重ね、貪《むさぼ》るように舌を絡める。まるで長い年月がふたりを隔てていたかのような、熱烈なキスをした。

だが霞《かす》む思考の隅で、理性が囁《ささや》きかける。

私を暗闇に閉じ込めていたものは単なる布であり、自分で取ろうと思えばいくらでもできたこと。そして目隠しをした張本人は明夜であること。

それはわかっている。だが目隠しを取ってくれたとき、私の胸に明夜への激しい情愛が湧いたのも確かだった。

「俺の首に腕を回して、脚は腰に絡ませて。しがみつくんだ」

「ん……こう？」

離した唇から銀糸を滴《したた》らせた明夜は、支配者のごとく傲岸《ごうがん》に命じる。

私は言われた通りに両手脚を絡めて、逞《たくま》しい体に抱きつく。

そうすると、ぴたりとふたりの体が重なり、熱が溶け合う。

私の背を掬《すく》い上げて身を起こさせた明夜は、両脚を抱えた。つながったまま抱きかかえられ、洗面台を離れる。

明夜が歩を進めるたびに、ずっぽりと挿入された楔《くさび》が粘膜に擦《こす》られた。

「んっ……あぅん」

快楽に耐えながら、懸命に男の体にしがみつく。

すぐ傍の浴槽に入った明夜は腰を下ろす。

円形の大きな浴槽は、ふたりで入ってもなお余裕があった。すでに湯が張ってあり、肌に触れた泡が弾《はじ》ける。私は彼の膝を跨ぐ格好で座った。

温かい湯に包まれ、ほっとしたのも束の間。

首に回していた腕を緩めると、欲の色を帯びた明夜の双眸《そうぼう》が閃《ひらめ》く。

ぐいっと腰を突き上げられ、私の体が湯船で躍る。

「あっ！　あ……あぁ……ん」

ぱしゃりと湯が跳ねて、甘い官能に満たされた。

まっすぐに熱杭で貫かれる悦楽が体中に浸透する。その快感ごと温かな湯に包まれて陶然となり、心も体も蕩《とろ》けていった。

「いいよ。最高だ」

甘く掠《かす》れた声音が脳髄まで染み込んでいく。明夜の強靱《きょうじん》な肩にしがみつき、淫らに腰を揺らす。

密着した逞《たくま》しい体に抱き込まれ、身を貫く肉槍をさらに胎内で意識した。

「あっ、あっ、はぁ……っ、いい、きもちい……あぁん……」

立て続けに腰を突き上げられて、媚肉を擦《こす》られ、官能を塗り込まれる。

明夜は巧みに腰を蠢《うごめ》かせ、雄芯をずっぷりと咥えさせて、濡れた蜜洞を掻き混ぜた。

ふたりで奏でる淫戯が、絶え間ない快感を生み出す。

「あぁん……あぁ……いく……また、いっちゃう……」

「一緒にいこう。キスしよう」

顔を傾けてきた明夜の口は誘うように薄く開いていた。

快楽に溺れながら、私は夢中で唇を重ね合わせる。

燃え上がる悦楽の炎は狂おしいほど甘美な世界で、体が溶けるまで抜け出せない。

強靱《きょうじん》な男の腕に囚われながら、幾度も濃厚な精を胎内に注ぎ込まれた。

◆

澪の体の奥に何度も精を放った俺は、彼女が気を失ったところでようやく終わりにした。

目隠しを使っての遊戯はとても盛り上がり、澪はいつも以上に甘い嬌声を上げて胎内を濡らし、俺の楔《くさび》を受け入れた。

バスルームからベッドに移動して、正常位に持ち込む頃にはすでに意識を飛ばしかけていたが、あまり彼女に無理をさせてはいけないと、澪が瞼《まぶた》を下ろしたのを合図に、温かな胎内から雄芯を引き抜く。

たっぷりと俺の精液を呑み込ませた下腹を優しく撫《な》でてから、澪の体にブランケットをかけた。

だがベッドで安らかな寝息を立てる彼女を見ていると、また欲情してしまう。

腹の底を抑えつつ、チェアを引き寄せて腰を下ろした。今は寝顔を見守るだけにしよう。

「我慢しすぎたせいかな……」

呟いた台詞《せりふ》は静謐《せいひつ》な寝室に溶けて消える。

澪をただ見ていることしかできなかった期間に悶々としていたためか、何度抱いても満足できない。

澪は俺との出会いをまったく覚えていなかったが、当時の状況を思い返すと、それも不思議ではないかもしれない。

さりげなく彼女の気を引くため、そして周囲の状況を鑑《かんが》みると、時間がかかったのは仕方ないだろう。

だが、もう俺のものだ。

これからもじっくり愛して、俺なしではいられない体にしてやろう。

澪とは着実に夫婦の絆が結ばれている実感があった。それは充実したセックスだけでなく、ふたりで暮らし、何気なく交わす会話からも感じられる。

同居を始め、家事の分担を申し出たとき、澪は料理をする俺を見て、ひどく驚いていた。

男は家事をしないというのが澪の常識だったらしい。

それは澪の育った家庭環境によるものだろうと思い、両親のことを訊《たず》ねると、彼女は素直に話してくれた。

両親の不仲のせいで、澪は結婚して幸せな生活を送れることを信じられなかったのだ。彼女は結婚というより幸福そのものに対してどこか後ろ向きだと感じていたが、原因は過去のトラウマだった。

どんな過去だろうと、すべて終わったことである。

両親の家庭と俺たちの家庭は別物だ。俺に愛されることにより、いずれ彼女も自分の新しい家庭を大事にしようと思ってくれるのではないだろうか。

だが、俺を取り巻く環境を知ったら、澪は逃げるかもしれない……

澪が深く聞き出そうとしないのは幸いだが、関係が安定するまで実家について話したくなかった。彼女に対して誠実でありたいと思うものの、今はすべてを明らかにするときではない。

もし俺の過去が知られて澪に愛想をつかされたとしても、俺と澪の子どもがいたら、俺たちの関係はつながったままなのではないか。婚姻届をすぐに提出したのも彼女を逃がさないようにするためだが、孕《はら》ませられたなら、彼女はもう完全に俺のものだ。

だがやはり子どもは授かるものなので、焦って作るという考えはよくないかもしれない。

俺たちはすでに夫婦なのだから、焦る必要など、どこにもない。

純粋な澪は俺に愛されて、幸せな家庭を築く。

その幸福を邪魔する者たちに、少しずつ手をかけて、排除すれば済むことだ。

そんな野望を内に秘めながら、それにしても……と、脚を組み替える。

不可解なのは、東まどかの態度である。

初めの澪の反応でわかるが、沼倉のセックスは自慰に等しい行為だったのだろう。

挿入して放出するだけの男は、女性を単なる道具と考えているに違いない。そういう奴ほどキスも前戯もしないし、行為が終わればさっさと立ち上がる。

セックスの最中は互いに無言で、話しかけられるのを嫌がる男のそれはマスターベーションなのである。原因は本人の性質によるものなので、相手を替えても同じだ。そういう男は珍しくない。

そんな稚拙なセックスで妊娠した東が、あんなに勝ち誇れるものだろうか。それに東は沼倉を愛しているから略奪したわけではなく、澪を出し抜いている優越感を楽しんでいただけのはずなので、妊娠は予定外と思うのだが。

今のところ社内に妊娠を明かしてはいないが、東は一刻も早く、沼倉を説得して結婚か堕胎か、結論を出さなくてはならないはずだ。それなのに彼女はまったく焦っていない。

なにか裏がありそうだな。

「澪……俺たちの赤ちゃんも作ろうな」

恋人に裏切られて、さぞ傷ついただろう。

その傷心を癒やせるのは、俺の愛とセックスしかない。その結果、夫婦の子どもが生まれて幸せな家庭が築かれる。

すべて、計画通りだ――

◆

記念日のディナーから三週間ほど経過したある日。

会社が休みの今日、私はとあるミッションを明夜から課されていた。

「澪。どうかな。終わった？」

「ちょっと待って」

お手洗いのすぐ外で待ち構えている明夜を制し、体温計の形に似た妊娠検査薬をもう一度見る。

やはり、判定窓部分は白いまま。つまり残念ながらというべきか、私は妊娠していない。

ほんの数分前、月経が遅れていることをさりげなく明夜に告げると、すぐに妊娠検査薬を試そうと提案されたのだ。

今しがた結果が出て課されたミッションを終えたわけだが、明夜になんて言おう。がっかりするだろうか。

様々な思いを巡らせていると、ドアノブがガチャガチャと音を立てた。

「澪！　倒れてないか!?　とにかく出るんだ、顔を見せて」

「わかったわ。今、出るから」

一緒にお手洗いに入ると言って譲らない彼をどうにか説得したが、そろそろ限界のようだ。

私は鍵を開けると、扉の前を塞ぐように立っている明夜にスティックの窓部分を見せた。

「この通り……。ごめんね……赤ちゃん、できてなくて」

申し訳なくて謝る。はっとした明夜は検査薬から目を離してこちらを見ると、私をぎゅっと、きつく抱きしめる。

「俺のほうこそ、ごめん。澪にプレッシャーをかけているわけじゃないんだ。ただ妊娠したら、これまでの生活とは大きく変わるから、すぐにでも知りたかった」

「……わかってる。明夜は赤ちゃんが欲しいんだものね？」

「それはもちろん。俺は子どもが好きだし、子どもと遊園地とかテーマパークに行ってみたいんだ。そういう楽しくて幸せな家族に憧れてる」

明夜の希望に共感して、彼の胸に顔を埋《うず》めながら小さく頷く。

私自身もそういった家族の幸せに、密かに憧れていた。私には得られなかったものだから。

物心ついたときから険悪な家庭の空気しか知らず、両親に遊園地に連れていってもらったことなどもない。

大人になってからは、幸せの象徴である遊園地にかかわりたくないので、訪れることもなかったし、広告なども視界にいれないようにしていた。

——そういえば、仕事で一度だけ行ったことがあったけど……

ふと、なにかを思い出しかけたとき、インターフォンが鳴り響く。

「あ、出るね」

町内会長が新しく引っ越してきた人へ地区を説明したいという旨を聞いていたので、そのことかもしれない。

会長さんをあまり待たせてはいけないと、するりと明夜の腕から抜け出した私は、壁際のインターフォンへ向かった。

ところがモニターに映っていたのは老齢の町内会長ではなく、若い女性だった。代理のお孫さんだろうか。

華やかなコサージュをつけたクラシカルな帽子を被り、アイボリーのスーツを着ている女性は硬い表情で口を開いた。

『藤島百華子《ふじしまゆかこ》と申します。こちらは天王寺明夜さんのお宅でしょうか』

「は、はい。そうです」

私が答えると女性は目を見開き、かなり驚いた様子だった。

さらに、その声を聞くと同時に、明夜がすかさず私の肩を抱いてインターフォンの前から私を引き剥《は》がした。

「百華子！　なにをしに来た。どうしてここがわかったんだ？」

『お義父《とう》様が部下に調べさせたそうです。わたくしのほうから、明夜さんの様子をうかがってきますと申し出ました』

ふたりは気心の知れた仲のようだ。もしかして兄妹だろうか。

だが妹がいるという話を明夜から聞いたことはない。

「帰ってくれ。父さんには俺から話しておく」

『そういうわけにはまいりませんわ。わたくし、このインターフォンというものが嫌いなの。玄関を開けてくださるかしら』

百華子さんの高慢な発言に、渋々《しぶしぶ》といった体《てい》で明夜はインターフォンを切った。

そして彼は私に向き直ると、真摯な顔つきで言い聞かせた。

「彼女は実家関係の知り合いだ。親父に命令されて訪ねてきただけみたいだから、玄関で少し話して帰らせる。澪は挨拶しなくていいから」

「……わかった」

ひとまず頷くと、明夜は大股で玄関へ向かっていった。

彼も両親とは不仲らしいと感じていたけれど、なにやら深い事情があるらしい。明夜の知り合いだそうだが、妹ではないなら百華子さんは、いったい何者だろうか。

聞き耳を立てるのはよくないと思いながらも、廊下に続く扉に近づいてみる。

扉を開けたまま話していたので、ふたりが玄関先で話している声が漏れ聞こえた。

「先ほど応対したのは若い女性の声でしたけど、どなたなの？」

「きみには関係ない。もうここには来ないでくれ」

「まあ……わたくしを玄関先で追い払うだなんて、お義父様《とう》が知ったらきっとお怒りになるわ。中に入れてくださる？」

「駄目だ。妻以外の女を家には入れない」

一瞬の沈黙があった。

突然、百華子さんが声を荒らげる。

「わたくしは明夜さんの妻も同然ではありませんか！」

その叫びに、ごくり、と私は息を呑んだ。急に呼吸が苦しくなり、心臓が嫌なふうに脈打つ。

――どういうこと……？

彼女は明夜の知り合いなどではない。妻同然だなんて、まさか……婚約者、とか？

今まで明夜に女性の影はなかったのに、いきなりこんなことになるなんて。不安や怒りではなく、戸惑いが込み上げた。

そういえば以前、会社の同僚が『男はすぐに浮気する』と言っていた。

熱烈に私を愛してくれる明夜に限って、そんなことあるわけないと思っていた。

けれど知らない女性が彼に会いに家を訪ねてきて、自分こそが妻だと主張するなんて、浮気どころではない。

――明夜は二股をかけていたの……？

明夜と順調に新婚生活を送って愛情を育《はぐく》み、夫婦としての絆が芽生えて、これから幸せな家庭を作ろうと思っていたのに、とてつもない冷や水を浴びせられる。

でも明夜が二股なんてするはずがない。

どうか、私の思い違いであってほしい。

そう願うのに、玄関先で話しているふたりは先ほど以上に修羅場の様相を呈している。

「勝手なことを言うな。とにかく帰るんだ」

「――ちょっと、そこのあなた！　出ていらっしゃい。お手伝いさんなんでしょう。そうなんでしょう⁉」

聞き入れない明夜の代わりに、彼女は私へ矛先を向けた。

私をお手伝いさんだということにして、自分以外を明夜の特別な人にしたくないのだ。

百華子さんの思考は、二股を信じたくない私とまったく同じだった。

ためらいがちに廊下に顔を出した私を、百華子さんはきつい眼差しで見据えた。

私が明夜を奪ったのだと、彼女の目は語っている。

眼差しの勢いそのままに靴のまま廊下に上がり込もうとした彼女を、明夜は押し留めた。

「百華子、きみらしくない。俺が入るなと言うのに聞けないのか？」

私を睨《にら》んでいた百華子さんは明夜のその言葉に、すうっと熱が引いたように姿勢を正した。

生粋《きっすい》のお嬢様らしく、両手を重ねて、つんとした表情を作る。

男性に従順であることをよしとして、そのように自分を装おうと心がけているらしい。

「もちろん、明夜さんのおっしゃることに従いますわ。それでは今日はお暇《いとま》しますけど、お義父《とう》様にはご報告しておきます」

「勝手にしろ」

踵《きびす》を返した百華子さんは去り、明夜はバタンと強く玄関の扉を閉じた。

彼女は何度も『お義父様《とう》』と口にしていた。つまり彼女にとって、明夜の父は義理の親も同然だと強調したいのだろう。

嵐は過ぎ去ったはずなのに、私の胸に不安が渦巻《うずま》いて徐々に大きくなっていく。

彼女はいったい何者なのだろう。明夜が実家のことを語らないのと、なにか関連があるのだろうか。

幸せだった新婚生活に亀裂が生じるのを感じ憂鬱に浸っていると、苦々しい顔をした明夜がリビングへ戻ってきた。

「すまない。もう帰らせたから、あいつのことは忘れてくれ。朝食にしよう」

「う、うん……」

あの女性は誰なの、と訊《たず》ねたかったけれど、明夜は立ち入ってほしくなさそうな雰囲気だ。

私が声をかけられないでいるうちに、彼はキッチンへ向かい、食事の準備を始めてしまった。キッチンの隣にある食料庫に入っていったので、姿が見えなくなる。

ふと私の視線は先ほどふたりが話していた玄関に吸い寄せられた。

「あれ……？」

玄関の三和土《たたき》に、白色のなにかが落ちているのを見つけた。廊下を進み近づいてみると、どうやらハンカチのようだ。

拾い上げたそれは繊細なレースに縁取られた、明らかに女物。明夜はこういうデザインのものを持っていないので、おそらくここに立っていた百華子さんが落としたのだろう。

追いかければ間に合うかもしれない。

振り返った私は、明夜が食料庫から戻ってきてキッチンにいるのを確認すると、そっと靴を履き、玄関扉を開けた。

すでに百華子さんがマンションの外へ出ていたら諦めよう。

そう思いながらエレベーターで一階まで下り、エントランスへ向かう。

足早にエントランスへと足を踏み入れると、エントランスに置かれたソファに百華子さんはなぜか座っていた。ぴんと背を伸ばして膝を揃え、前を見据えた姿は泰然としていて、お姫様みたいに浮き世離れしている。

「あの……百華子さんですよね。ハンカチをお忘れでしたよ」

声をかけてハンカチを差し出すと、彼女は目線だけをハンカチにやる。

するとお嬢様然とした佇《たたず》まいからは想像もできないほど乱暴に、百華子さんは私の手からハンカチをむしり取った。彼女の爪に引っ掻かれ、手の甲に鋭い痛みが走る。

「あなたは明夜さんのお家に居候《いそうろう》しているようですけど、お手伝いさんなのよね？」

私とは視線を合わさず、彼女は正面の景色に向かって問いかけた。

明夜の言い分から、私が妻だとわかっているはずだけれど。

「いえ、居候《いそうろう》ではなく、私たちはちゃんと籍を入れて――」

「わたくし、明夜さんの婚約者ですの」

問いかけに対する答えを遮り、彼女は毅然《きぜん》と言い放った。

それは疑いようのない事実であるという自信が、彼女からは漲《みなぎ》っていた。

明夜に婚約者がいるなんて、彼から聞いたことはない。あまりの戸惑いに胸の鼓動が激しくなる一方、体を動かすこともできなくなってしまう。

百華子さんはそんな私など存在しないかのように、相変わらず正面を向いたまま淡々と語る。

「わたくしたちは幼なじみで、学生のときから結婚を約束しています。それは両家ともに望んでいることです。わたくしの父は会社経営者で、代議士の経歴もあるの。あなたのお父様は、どんなお仕事をしていらっしゃるの？」

唐突にそんなことを言われても頭がついていかない。

答えられないでいると、私の返答を待つことなく、百華子さんは言葉を継いだ。

「お手伝いさんは必要ありません。すぐに荷物をまとめて出ていきなさい」

一度も私に目を向けることなく命じた彼女は、ハンカチを高価そうなバッグにしまうと立ち上がった。

エントランスから去っていく背を見送りながら、今しがたの会話を思い出し、彼女はわざとハンカチを落としていったのだと察した。

私が明夜の妻であることに彼女は気づいたはずだ。けれど、お手伝いさんということにしておくから、今のうちに身を引け。そう忠告するために、ここで待っていたのだ。百華子さんはいかにも名家のお嬢様といった佇《たたず》まいで、他人に命令することに慣れているようだった。彼女から見れば、私は泥棒猫といったところなのだろう。

明夜の実家もやっぱり、お金持ちなのかな……

両家が決めた幼なじみ同士の婚約だとしたら、相当な財産のある家柄なのだろう。なんの後ろ盾もない私が生きてきた場所とは違う世界だ。

肩を落としてエレベーターに乗り、ボタンを押す。

到着して扉が開くと、そこには険しい顔をした明夜が待ち構えていた。

「どうして黙って出ていくんだ。心配したぞ」

「あ……ごめんなさい。百華子さんが忘れていったハンカチを届けに行ったの。エントランスで渡せたから」

そう伝えると、明夜は怪訝《けげん》そうに双眸《そうぼう》を細めた。

私の背を抱いて促し、玄関に入る。

「それで、あいつは澪になにか言ったか？」

「……なにも。ハンカチを届けてくれてありがとう、と言って帰ったわ」

百華子さんの話はじわりと胸を抉《えぐ》られるもので、蒸し返したくなかった。私は傷のついた手の甲を後ろに隠す。

当たり障りのないことを言って濁したつもりが、明夜は信じられないものを聞いたかのように目を見開く。

「嘘だろう。百華子が誰かに感謝を伝えたことは一度もない。文句か指図しか口にしないんだからな。きっと澪にひどい言葉をぶつけたんじゃないのか。本当のことを言ってくれ」

見抜かれてしまい、居たたまれなくなった私は俯いた。

明夜の鋭い視線を感じながら、ぽつぽつと、手短に彼女の話を伝える。

「百華子さんは明夜と結婚の約束をしていて、それは両家ともに望んでいることだって……私はお手伝いさんということにしたいみたい……」

彼女が明夜の婚約者なのであれば、私はいったい、なんなのだろう。

明夜はふいに私の腕を取ると、手の甲の傷を見つけて顔を歪めた。

「これは、あいつが？」

私は傷について言及するのを避けた。代わりに明夜に訊《たず》ねる。

「ねえ、どういうことなの？」

「元の婚約者だ。あいつの言うことは気にしなくていい。すでに婚約関係は解消している。俺の妻は澪だけだ」

はっきり言われても、どこか釈然としなかった。

百華子さんが納得したようには見えない。彼女は私を追い出すため、また訪ねてくるのではないかという懸念が拭えなかった。

明夜みたいな名家の出身で、性格も顔も素敵な人なら、婚約者がいて当たり前なのだろう。それに比べて私は平凡な会社員だ。彼とは釣り合わないのではないか。

明夜もそれをわかっているからこそ、自分の両親に私を紹介できないのかもしれない。

会社では堂々と私と結婚したことを公表しているが、社内で明夜の出自を知る人はいないので、格差婚などと揶揄《やゆ》されたことはない。

いわゆる格差婚、なのかな……

そう考えて落ち込んでいると、明夜は私をリビングへ連れていき、手の傷に薬を塗ってくれた。手当てが終わると「食事にしよう」と言って、ダイニングテーブルに導かれた。

テーブルには、こんがり焼けた食パンにサラダ、ハムエッグ、そして珈琲が用意されていた。

明夜と暮らして数か月が経った今も、食卓にふたり分の食事があることに新鮮な驚きを覚える。

　私たちはいつものように手を合わせ、食事を始める。ふんわりした食パンをかじった私は、向かいの明夜に訊《たず》ねた。

「……明夜のご実家は、裕福なの？」

姿勢よく座り、行儀のよい仕草で食事をする明夜は、きっと育ちがよいのだろう。百華子さんの言動からも、彼は上流階級の出身なのだとうかがえる。

手にしていたフォークを置いた明夜は、丁寧に私の質問に答え始めた。

「実家はいくつかの不動産を所有していて、父親が会社経営をしているから、裕福ではあるだろうな。百華子との婚約は親同士が決めたことだった。俺は初めから承諾していない」

「そう……でも、百華子さんは今も明夜のことが好きなんじゃない？」

だからこそマンションまで訪ねてきて、婚約者だと堂々と名乗るのではないだろうか。

ところが明夜は私の言葉に瞠目《どうもく》し、なぜか悲しげに双眸《そうぼう》を細めた。

「きみは……百華子の気持ちを考えるんだな。突然現れて、きみの居場所を奪おうとする女のことを」

「え……だって、嫌いなら明夜に会いに来ないでしょう？」

明夜は溜息を吐《つ》き、首を横に振る。

「彼女が俺との結婚を諦めないのは、プライドのためだ。俺を愛しているからじゃない。本当に好きなら……どうしたら相手が幸せになるか考えるだろ」

そう告げた明夜は、じっと私の目を見つめた。

私は……明夜のことが好きだ。

それを告げることができたならよかったのに、機会を逸《いっ》してしまったのだと感じた。夫婦なのだからいつでも言えると、私の胸中に慢心があったのかもしれない。それとも、いつかは破綻すると、どこかで恐れていたから言えなかったのかもしれなかった。

彼は遠い世界の人で、婚約者もいた。今は私と結婚しているが、ふたりの両親は彼らの結婚を望んでいる。そこに私が入り込む余地があるだろうか。貧乏人の娘が図々しいと罵倒されるだけだ。

この結婚生活は、ひとときの甘い夢だったのかもしれない。

だって明夜から一度も、『好き』や『愛してる』の言葉をもらったことがない。

結婚してどれだけ体をつないでも、明夜がその一言を言わなかったことが、彼の本音を表している気がした。

彼が言ってくれたなら、私も返そうなんて傲慢《ごうまん》だった。先に私から言えたなら、なにかが変わるかもしれない。

でも、いまさら言えなかった。

好き――と彼に告げて受け流されたら、きっと立ち直れない。

それに、言わなくて、かえってよかったのかもしれない。彼が言うように、明夜のことが好きだから彼の幸せを考えなくてはいけない。

明夜と私では、住む世界が違う。同じ世界にいる明夜と百華子さんが一緒にいたほうが、明夜とご両親との関係は良好になるだろう。

私は、身を引く必要があるのかもしれない。

そう思うと、途端に食事が味気なくなる。

私は明夜から目を逸《そ》らしてカップを手に取ると、苦い珈琲でパンを流し込んだ。

◆

舌打ちをしたい気分だ。

平静を装いつつ、俺は喉の奥へ珈琲を流し込む。

百華子がマンションを訪ねてきたのは想定外だった。ここの住所は誰にも知らせていない。親父が部下に命じて調べさせたと百華子は言っていたが、嘘ではないだろう。あの親父ならやりかねない。

まだ、俺と百華子を結婚させるつもりでいるのか。

あの女は高慢で思いやりに欠けて、昔から心を許せなかった。お嬢様然としているが、品があるのは見せかけで、目下の者への暴言や暴行を幾度も目撃している。そのたびに虫酸《むしず》が走った嫌な思い出がよみがえる。

親同士が有益だからだと、勝手に決めた婚約だった。

だが、すでに婚約は解消している。百華子の父親が大物の嫁ぎ先を見つけたと言い、向こうから一方的に解消してきたのだ。

俺もそれに乗じたのだが、どうやら百華子は新しい相手が気に入らないらしく俺が婚約者だと言い張り、話がこじれているのだった。

百華子のわがままだと今まで放置していたが、これは早々に事態の解決を図らないといけないようだ。

俺の妻はただひとり、澪だけだ。

そして妻である澪を幸せにしたい。

そのためには婚姻だけでは足りない。俺たちの子どもが生まれたなら、幸せな家庭を築けるし、澪を幸せにできるはずだ。

食器を片付けながら、俺は未来予想図を描く。

どうやら今回は妊娠していなかったようだが、子どもを作るためだけに抱いているわけではない。

ただ彼女を、愛したい。

彼女を喘がせて体を蕩《とろ》かせ、胎内に入りたい。そのとき、絆が極みに達したことを感じる。俺たちの体の相性は最高にいい。澪は気づいていないかもしれないが、近頃は女性としての色気が出てきた。毎日のように俺とセックスしているので体が快楽に馴染み、フェロモンを滲《にじ》ませてきたのだろう。

そうすると、妊娠するのも近いのではないだろうか。

ほかの男が煌《きら》めいている澪に手を出さないか、きっちり見張るのも肝要だ。なにしろ、彼女は俺の妻なのだから。

キッチンを片付けると、澪を抱きしめてキスをしようと視線を巡らせる。そのままベッドに閉じ込めるのもいい。

ところが俺の考えをよそに、彼女は出かける支度をしていた。

上着を羽織り、帽子を被っている。簡素だが、コンビニにでも行くのだろうか。

「澪、どこかへ行くのか？」

「……ちょっと、散歩してくる」

「俺も付き合うよ」

「ついてこなくていいから。ひとりで考えたいことがあるの」

断られてしまった。

今まで俺の言うままに一夜をともにし、婚姻届にサインをして、同居を始めた彼女が、自分の意思で俺を拒んだ。

かなりの衝撃だったが、先ほどのことを考えると、それもそうかと思い直す。

「百華子のことでショックを受けたよな。今まで黙っていて、すまなかった。俺にとっては過去のことだから、澪に余計な心配をさせたくなかったんだ」

澪は目線を床に落とし、黙していた。

完全に後手に回ってしまった。さぞ、澪は怒っているだろう。

ややあって、彼女は小さく呟く。

「もういいの。明夜の口から彼女の名前を聞くたびに、悲しくなるから。少し、ひとりにして」

そう言い残した澪は玄関を出ていった。

どういう意味だと眉を寄せたが、そういえば俺も沼倉の名を出すなと言い含めたことがあったのを思い出す。

俺と百華子の間に肉体関係はない。もちろんキスしたことすらないので、そういった意味での責任はなにも生じない。澪と沼倉の件とは事情が異なる。

かつては婚約者だったからといって、俺と百華子が深い仲なのだと考えているとしたら、それは大きな誤解だ。

ひとりにしてほしいと言っていたが、身投げでもしたら大ごとになる。誤解なのだから、すぐにでも解かなくてはならない。

そう考えた俺は財布とスマホをポケットに突っ込むと、素早く澪のあとを追った。


最悪の月曜日を迎えた。

こんなにも気分の悪い週明けは初めてだ。

結局、澪に懇切丁寧に説明したものの、彼女は納得せず、暗い表情のままだった。

セックスすれば仲直りできると思ったが、それも断られてしまった。

欲求不満と己《おのれ》の不甲斐なさが綯《な》い交《ま》ぜになり、胃が重苦しい。

隣のデスクに腰を下ろした澪を見たが、彼女は俺から顔を背けている。

溜息を吐《つ》きかけたとき、ほかの社員が近づいてきたので咄嗟《とっさ》に表情を作った。

「おはよう、天王寺くん」

「おはようございます、吉川さん」

中堅の男性社員である吉川は、ちらりと澪に視線を向けたが、すぐに俺に戻す。

こういう仕草が、俺を苛立たせる。

吉川は既婚者だが、安心はできない。既婚者の男こそ、社内で愛人を作りたがるからだ。もっとも、俺たちが結婚していることは公表しているので、俺という猛獣に噛みつかれる危険を冒してまで、澪に手を出そうとはしないだろう。

牙を隠して仕事用の微笑を浮かべると、吉川はさらりと話し始めた。

「聞いた？　沼倉くん、退職したんだってね」

「初耳です。いつですか？」

目の端で澪を観察すると、彼女は平静を装ってパソコンに向かっているが、息を呑んでいる気配が伝わってきた。

「先週末に部長から呼び出されたみたいでさ、出向を受け入れなくて退職ってことになったらしいよ。横領だとかみんな噂してるけど、実際は女性関係で揉《も》めたらしいんだよね」

吉川はわざとらしく声をひそめているが、澪にも聞こえているはずだ。

沼倉と連絡を取らせていないので、その女性関係の件とやらに澪は関与していない。

おそらく東まどかが結婚を迫って話がこじれただとか、そういった顛末《てんまつ》だろう。あいつは自業自得だ。

「それでさ、女性のほうが妊娠しているから責任を取ってほしいだとか、そういう話があったそうなんだけど――」

まだ話を続ける吉川に、たまらなくなったのだろう。席を立ち上がった澪は、ことさら明るい声を出した。

「吉川さんったら、そんな話をしていたら女性たちに睨《にら》まれますよ。妊娠や結婚は繊細な話題ですから、他人事に思えないんですよね」

「いやいや。ぼくはそんなつもりじゃないんだ。ちょっと調子に乗って喋りすぎたかな」

「そういえば、報告書のチェックをしてくださるとお約束してましたよね。今でもいいですか？」

「もちろん。ぼくのデスクに来てくれるかな。──それじゃあ天王寺くん、奥さんをお借りするよ」

朗《ほが》らかな笑みを浮かべて澪の背に触れる吉川に、引きつった笑みを返す。

──誰が貸すか！

滾《たぎ》る怒りを押し込めるのも、ひと苦労だ。

溜息を漏らした俺は、さりげなく沼倉のデスクに目を向けた。

当然、無人だ。

その近くの東まどかは……不満げな顔をして自分のデスクを片付けている。

すべての私物を掻き集めてバッグに押し込めている姿に、直感が働いた。

東も退職するのか。しかも急なことらしい。

まずい。最後に火の粉を撒《ま》き散らす可能性がある。澪を守るために動き出そうとしたとき、デスクに内線が入ってしまった。

出ないわけにもいかず、受話器を取る。

朝一番に受付が告げたのは、望まない来客だった。

『藤島百華子さんが、いらっしゃっております』

なんというタイミングだ。溜息を押し殺して、返事をする。

俺がなぜ百華子を嫌うのか、彼女はまったくわかっていない。結婚したいのにできないのはおかしいと、こんなところで訴えるつもりなのか。時間と場所を考えてほしい。

世間知らずのお嬢様育ちのせいで、自分の希望は叶えられて当然と思い込んでいるのが厄介である。

すぐに説得して百華子を帰らせるしかない。

澪の様子をうかがうと、吉川と親密そうに話していた。

俺は唇を歪めると、フロアを出てエレベーターへ向かった。


「藤島様、お待たせしました」

ホールのソファに腰を下ろし、高慢そうな顔で待っていた百華子に、お客様として声をかける。

他人行儀に呼ばれたことに百華子はショックを受けたのか、唇を引き結ぶ。

俺に来客として扱われたことが不満らしい。働いたことのない彼女は、突然会社を私用で訪ねたら迷惑になるという社会常識が欠けている。

「わたくしを他人のようにお呼びになるんですね」

「仕事中なんだ。外で話そう」

ほかの社員が行き交っているここで、込み入った話をするわけにはいかない。百華子の口から結婚や婚約者といった単語が出るのは間違いないからだ。

百華子を促しビルの外へ出ると、路肩には藤島家の車が運転手付きで待機していた。ただでさえあまり広くない道が狭まっていて、車道は渋滞していた。朝の時間帯に、ここに停車するのは非常に迷惑なのだが、百華子にそういった思考はない。

「明夜さんにお会いしたかったのは、この結婚がわたくしたちにとって必要なものであると確認したかったからです。わたくしというものがありながら、お手伝いさんとはいえほかの女性と暮らしていることをお義父様《とう》にお伝えしたら、大変な驚きようでした。あのお手伝いさんはもう出ていったのですよね？　お義父様《とう》を安心させるためにも、わたくしが明夜さんと一緒に暮らします」

「きみなりに懸命に、俺との結婚を望んでいるということはわかった。だけどな、俺はすでに結婚しているんだ。同居している女性は俺の妻であり、お手伝いさんじゃない。もう俺のことは諦めてくれ」

明確に告げると、百華子は驚かなかった。おそらく澪がハンカチを手渡すときに話をした際、彼女が俺の妻だと気づいたに違いない。

驚きの代わりに、きつい眼差しで、唇を引き結んでいる。思い通りにならなかったときに見せる彼女の特徴的な表情だ。

「どうしてそんなことをおっしゃるの？　わたくしは明夜さんと結婚するために、縁談を断ったんですのよ？」

「断ったのか。聞くところによると相手は、元財閥の御曹司だそうじゃないか。藤島社長は、きみとその人を結婚させたいんじゃないか？　俺との婚約は、社長の意向で解消することになったわけだからな」

「お父様が勝手に決めたのです。わたくしは承知しておりません」

つんとして言いきる百華子の台詞《せりふ》は、俺が澪に対して釈明したものと同じだった。

条件のよい相手のはずなのに、百華子が断った理由は察しがつく。

それは、相手のどこかに気に入らないところがある、ということに尽きるだろう。俺が、百華子との結婚を考えられないのと同じだ。たった少しでも生理的な嫌悪感があると、条件や外見のよさなどが吹き飛んでしまう。

もしそうなのだとすると、いくら百華子を『その相手にもよいところがある』などと説得しようとしても無駄だ。

「きみなら、ほかにいい縁談を掴めるだろう。俺にこだわる必要はない」

「いいえ。わたくしの婚約者は明夜さんです。早くしないと、わたくしは結婚できなくなってしまいますわ」

「だからな、俺は既婚者で、妻がいるんだ。彼女を愛している。別れるつもりはないから、きみは別の人を探せ」

はっきり断っているのだが、百華子はまたもやきつい眼差しで俺の言い分を受け流す。自分の望んでいない答えは無視するのだ。

結婚している男と重ねて結婚などできない。それが不服な彼女は、あらゆる状況を無視し、自分の望みを押し通すことしかできないのだろう。

話し合いは平行線を辿るだけだった。

溜息を押し殺した俺は手を挙げて、藤島家の運転手に合図を送る。老齢の運転手は流れるような所作で、後部座席のドアを開けた。

「俺の答えは以上だ。さあ、ここに停車していると迷惑になるから、帰ってくれ」

百華子にとって大事なのはなによりもプライドなので、これ以上拒絶される立場でいたくないはずだ。

不満げな表情ではあるが、彼女は頭から糸を通したように背筋を伸ばした体を、くるりと車に向ける。

「エスコートしてくださる？　わたくし、殿方がいるのにひとりで車を乗り降りするのは不作法と教わりましたの」

この期に及んで指図する彼女に心底うんざりしたが、手を引くくらいは許容範囲だろう。俺は仕方なく百華子の手を取り、わずか数歩しか離れていない車に導いた。

百華子がお嬢様然としているためか、街路にいる人々が物珍しげにこちらを見学している。

彼女が車に乗り込むと、運転手が慇懃《いんぎん》な所作でドアを閉めた。

車が発進すると、クラクションを鳴らしていた車が徐々に動き出した。足を止めていた通行人も、何事もなかったかのように通り過ぎていく。

やれやれと嘆息した俺は、踵《きびす》を返した。

ふと会社に目を向けると、窓硝子《ガラス》越しに数人の社員がこちらをうかがっていた。この近辺では普段見ないような高級車が停まっていたせいか、人目を引いてしまったようだ。

そこに澪の姿を見つけて、ぎょっとする。

彼女の隣には愉快そうに笑っている東がいた。

頭を抱えたい気分だ。東のことだから、俺の動向を観察していたに違いない。あの女が付箋紙《ふせんし》の秘密を澪にばらし、俺たちの仲を引き裂いてやろうと悪意を抱いているのは容易に想像できた。

俺と澪が結ばれるのは、そんなにも許されないことなのか。邪魔する輩《やから》ひとりひとりに問いかけたい。

まったく……今日は最悪だ。

◆

「ほらねぇ！　天王寺さん、慌ててエレベーターで下りていくんだもん。なにかあるなって思ったんですよねぇ」

東さんは勝者のように胸を張り、嬉々《きき》として語る。たった今、目にしたことにショックを受けた私は、喉が痞《つか》えてなにも言えなかった。

吉川さんと業務についての話を終えた私はデスクに戻ったものの、そのときに明夜の姿はなかった。内心で首を傾げながらも仕事を再開しようとしたところ、すぐに東さんに誘われて一階にやってきたのだ。

そして会社のすぐ外の街路で、向き合っている明夜と百華子さんがいた。

会話の内容はわからないが、ひどく親密そうだった。ふたりは幼なじみなので、親密なのは当然かもしれない。

だが最後には百華子さんをエスコートして明夜が車に乗せているところを見てし

まった。

彼がエスコートするのは私だけだと思っていたのに、ほかの女性に対しても同じことをしたことに大きな衝撃を受ける。

今の明夜を見ていると、二股されて別れた男――沼倉隆史を思い出す。

あの人と同じだ。私と付き合っているはずなのに、ほかの女性の存在を突きつけてくる。その末に私のほうが捨てられる。

明夜もいずれ百華子さんを選び、私には離婚を切り出すのかもしれない。そう思うと、胸の奥が引き絞られた。

「どこかのお嬢様みたいでしたね。運転手付きの高級車を会社の前に横付けするなんて、すごいお金持ちじゃないとできないことですし。あの人、天王寺さんの婚約者ですかぁ？」

「……さあ」

「そうだ、先輩！　わたし、ロッカーを片付けないといけないので、手伝ってください。さっさと家に帰って有意義に過ごしたいですから」

エレベーターが混んでいたので、階段でフロアに戻る。呆然として東さんの台詞《せりふ》を聞き流していた私は、ふと首を傾げた。

「家に帰る？　どうして？」

「あれぇ、聞いてませんでした？　隆史さんだけじゃなく、わたしも退職するんですよ」

「えっ……そうなの!?」

先ほど吉川さんが隆史の退職について話していたが、東さんも退職するとは知らなかった。

どういった経緯があるのかは知らないが、ふたりから受けた傷を考えると、彼女から詳しく理由を聞こうという気にはなれない。

それにしても……と、私は東さんを一瞥《いちべつ》し、疑問を浮かべる。

東さんが妊娠を告げてから、数か月が経過している。それなのに彼女のお腹は平らなままだった。もうお腹が膨らんできてもいい頃ではないかと思うが。

ひとまず動揺した気持ちを落ち着かせるため、私は更衣室に入った。すると、東さんは勝手に喋り出した。

「妊娠したなんて嘘なんです。付き合ってるのに隆史さんが文句ばかり言うから、妊娠したって言えば優しくなるかなと思いついただけです。というか、あんな幼稚なセックスで妊娠するわけありませんよね」

鼻で嗤《わら》った彼女は、さっさとロッカーを片付け始めた。

なんと、妊娠は偽装だったのだ。唖然とした私は化粧直しをしようとした手を思わずとめる。

東さんは溜め込んだものを吐き出したいのか、愚痴《ぐち》を吐き続けた。

「初めは信じたくせに、今頃になって本当に妊娠してるのかってしつこく聞いてくるから、嘘でしたって言ったら怒り出しちゃって。わたしを訴えるとか言うんですよ。だから隆史さんが横領してたことを部長の前でぶちまけてあげたんです。そうしたらわたしまでクビですよ」

妊娠していると言いながら、数か月経っても体になんの変化も訪れなければ、周囲が怪訝《けげん》に思うのは当然だろう。ふたりが離職に至ったのは、そういった揉《も》め事があったからなのか。

ちらりと東さんは冷めた視線をこちらに向けた。

「先輩には天王寺さんがいますもんね。でも結婚してるからって安心できませんよ。私、天王寺さんの秘密を知ってるんです」

彼女の言葉に、私はふと顔を上げる。

東さんと話せるのはこれが最後だという事実が、私の耳を傾けさせた。

彼女は得意げに語り出す。

「柴犬の付箋紙《ふせんし》って、なくなりましたよね。あれ、天王寺さんが捨てたんですよ」

「……え？」

もはや忘れかけていた記憶が掘り起こされる。

隆史と交際していたとき、私は動物型の付箋紙《ふせんし》を用いて社内で連絡を取り合っていた。秘密の連絡方法を使ってみたいと、私から提案したことだった。

けれど隆史にデートをする気はなく、部屋に呼んで掃除ばかりさせるので、いつしか付箋紙《ふせんし》の意味がないと気づいていた。いつの間にか在庫が切れていて、今となっては付《ふ》箋紙《せんし》の存在など忘れていた。

「まさか、付箋紙《ふせんし》で隆史と連絡を取っていたこと、知ってたの……？」

「私は隆史さんから聞いたんですけどね。天王寺さんも気づいたんじゃないですか？そりゃあ、隣のデスクなんだから丸わかりでしょうよ。天王寺さんは前から先輩を略奪しようと狙っていたんです。だからわたしだけが悪いんじゃないですからね！」

東さんの暴露が、私の脳内に警鐘を鳴らす。

明夜は以前から付箋紙《ふせんし》のことを察していたのだ。しかも彼はそれを通して、私と隆史が交際しているのも知っていた。

婚姻届を出す前の夜に居酒屋で会話したが、あのときまで明夜は私に恋人がいることすら知らなかったはずなのに。

でも、そうではなかった。明夜は隆史から私を奪うために、表ではなにも知らないふりをして、裏で密かに策略を練っていたのだ。

途端に、これまでの濃密な結婚生活が色あせていく。

全部、仕組まれたことだった。そうでなければ、私が失恋したその直後に明夜が声をかけてきて、婚姻届を用意しているなんて、ありえない。

ヤンデレは、相手の行動を常に把握したがる――

明夜はやはり危険な男だったのだ。彼と過ごした幸せな日々のすべてが泡となって消えていく。

考え込む私をよそに、言いたいことだけ言った東さんは、両手に荷物の入ったバッグを抱えて更衣室を出ていく。

私も廊下へ出ると、こちらへ向かってきた明夜が彼女とすれ違った。

眉をひそめて東さんの背中を見送った彼は、私を促す。

「澪。ちょっと話がある。こっちへ」

百華子さんと会っていたことに対する言い訳だろうか。

明夜にも言い分があるだろうけれど、今はなにを弁明されても受け入れられない。

促された先は、廊下の端にある資料室だ。

壁際に設置されたスチールラックには資料のほか、文房具などの在庫も積まれていた。

必要なものを取っていくだけの狭い部屋には滅多に人が来ない。

ドアについているサムターン式の鍵をカチリと回し、明夜は施錠した。

彼が照明のスイッチを押さないので、室内は薄暗い。天井に近い小窓からわずかに射し込む光が、明夜の姿を浮かび上がらせた。

逞《たくま》しい体躯《たいく》が迫り、両腕を壁につけた明夜は私の体を囲い込む。

彼は怖いくらいに真摯《しんし》な双眸《そうぼう》を向けた。

「百華子は勝手に押しかけてきたんだ。何度も言うが彼女との婚約は解消されているし、彼女とは一度も肉体関係を持ったことがない」

私の胸のうちは落胆で占められていた。百華子さんと明夜がどういった仲だろうと、住む世界の違う私にはもう、どうだっていい。財産のある家柄ゆえに、周囲の思惑などがあるのだろう。

「もういい……」

「なんだと？　もういいとは、どういう意味だ。俺たちは夫婦なんだぞ」

明夜の『夫婦』という言葉が、中身のない卵のように空虚に思えてしまう。

いくら温めても、そもそも空洞なのだから、なにも生まれない。

ふと隣のスチールラックに目をやると、そこに動物型の付箋紙《ふせんし》はなく、無地のものだけがケースに入っていた。

いつの間にか、誰かが無地の付箋紙《ふせんし》を発注していたのだ。

「おかしいなと思ったのよね……。柴犬は私のことが嫌いだから逃げたのかな、なんて思ってた」

デートの約束を取りつけるための柴犬は、いつも返ってこない。あの付箋紙《ふせんし》の在庫が消えたのをそんなふうに思った。

唐突な話のはずだが、明夜は思い当たることがあるのか、呼吸を止めていた。

だがすぐに息を吐き出し、いつもと変わらない表情で訊《たず》ねる。

「なんの話だ？」

「私が隆史と交際していることも、付箋紙《ふせんし》で連絡を取り合っていることも全部、あらかじめ知っていたのね。東さんが最後に話したわ。付箋紙《ふせんし》を捨てたのは明夜だって。この結婚生活は、あなたの事情のために仕組んだことなんでしょう？」

初めから、隆史と私が別れるように明夜が仕向けたのだ。

彼が介入しなくても結果は同じだったかもしれないが、さも偶然のように装っていたことに失望した。

眉を跳ね上げた明夜は、腕の中に閉じ込めている私にいっそう身を寄せた。

息苦しいほどに強靱《きょうじん》な胸が迫る。後ろに下がろうにも壁に押しつけられているので、身動きがとれない。

「付箋《ふせん》に気づいていたことは認める。だが考えてもみろ。東はきみから沼倉を略奪したうえに、自らの行いで破滅した。妊娠も嘘だったんだろう。不実な人間の言うことなんか信じるな。俺を信じろ」

「……そう言うなら、確認するけれど、隆史から私を略奪しようと計画していたの？」

彼には初めから作為があったのか。その一点を知りたかった。

信じたい一心で見つめると、唇を歪めた明夜は頷いた。

「嬉しそうに付箋紙《ふせんし》をなぞる澪を見て、奪いたいと思った。柴犬は滅多に返ってこない。いっそ捨ててしまえと思い、実行した」

すべて筒抜けだった。

彼は一喜一憂する私を何食わぬ顔をして、隣のデスクから観察していたのだ。まるで、獲物を狩る下準備をするように。

「じゃあどうして私と結婚したの？ 隆史にもてあそばれている可哀想な私なら、すぐに引っかかると思った？ 本当は私のことなんて本気じゃなかったのね」

「違う！ そんなことは一言も言ってないだろ。俺はきみだけを想ってるんだ！」

「百華子さんと楽しそうに話して、彼女をエスコートするところを見せつけられて、どうやって信じろというの？ あなたこそ二股じゃない！」

家の事情でいずれ政略結婚する前に、別の結婚生活を楽しむため、私を騙して同居したのだとしか思えなかった。

だが私の疑念は彼を大きく傷つけたようだ。明夜の驚く表情で察する。

「そうか……。そう言うなら、俺がどれだけ澪を想っているか、体で確かめたらいい」

昏《くら》い双眸《そうぼう》で呟くと、明夜は顔を寄せてきた。

キスされる予感がして、咄嗟《とっさ》に顔を背ける。ここは社内なのだ、とてもそんな気分にはなれない。

すると頤《おとがい》を掴まれて、無理やり唇を重ね合わされた。

「んっ……やっ！」

熱い唇が押し当てられ、彼は貪《むさぼ》るようにくちづける。抵抗しようとしても顔が動かせない。胸についた手で叩くけれど、強靱《きょうじん》な胸板はびくともしなかった。

口腔《こうこう》にもぐり込もうとする獰猛《どうもう》な舌を侵入させまいと、硬く口を閉ざす。

「口を開けるんだ」

傲慢《ごうまん》な男の命令が、私の心を掻きむしる。

がりっと、唇の端に噛みついた。

衝撃に驚いた明夜は顔を離したけれど、私を腕の中から解放しようとはしない。

「へえ。反抗的なのも悪くないかもな」

湛《たた》えられた不遜な笑みに、ぞっとした。

明夜は私の腕を取ると、体を返して壁のほうを向かせた。

「フロアに戻りたいか？」

なぜ、そんなことを訊《たず》ねるのだろう。

困惑した私は背後の彼に顔を向け、おそるおそる答える。

「それは、そうよ。仕事中だし……」

「でも澪は俺の妻だ。夫である俺を満足させるのも、妻の仕事だよな」

ゆったりと言い聞かせる甘い声音が狂気を帯びている。

ごくりと息を呑むと、明夜は端に置いてあった椅子を持ってきた。オフィスで余ったデスクチェアだろう。施錠したドアを背にして、明夜は椅子に腰を下ろす。

ぎしりと軋《きし》んだ音が鳴り、強靱《きょうじん》な体躯《たいく》で出口が塞がれた。

「澪。ずっと立ったままで疲れたんじゃないか？　椅子に座るといい」

血の滲《にじ》む口端を妖艶に舌で舐め上げながら、明夜はベルトを外す。

座れと勧められても、デスクチェアは一脚しかない。

視線をさまよわせていると、寛げた前立てから雄芯を取り出した明夜は傲慢《ごうまん》に命じた。

「俺の椅子に座れ。股を開いて、肉棒を胎内に収めるんだ」

曝《さら》された楔《くさび》はすでに硬く屹立している。

まさかここで、セックスするつもりなのか。

「……こんなところで、できないわ」

「そんなことを言って、もう濡れてるんじゃないか？」

「ぬ、濡れるわけないじゃない」

「確かめてやるから、ショーツを脱ぐんだ」

王のように鎮座して、明夜は命じる。

彼は椅子から動かないつもりだ。出口が塞がれているので、どうにかして退《ど》かさないと外へ出られない。

素早く椅子の脇を通り抜けようとしたら、腕を引かれた拍子に体勢を崩してしまう。

「あっ！」

大きな手にがっちりと胴を掴まれ、大きく脚を開いた男の狭間に閉じ込められてしまった。

口端を引き上げた明夜は、私のスカートの中に手を入れてショーツの紐を引く。ガーターストッキングを装着しているので、その上から穿《は》いているショーツは容易にほどけた。

明夜は手にしたショーツをスラックスのポケットにしまった。ショーツを穿《は》いていないままでは、とてもフロアには戻れない。

「指を挿れるぞ」

「えっ……!?」

明夜は自らの中指を、舌を出して唾液で濡らす。淫靡《いんび》な仕草に、ぞくりと肌がざわめく。

「や……いや……」

「濡れていなかったら、解放してやるよ」

弱々しく抵抗し、身を捩《よじ》るものの、その言葉に一縷《いちる》の希望を見出す。

悠々と笑う明夜は、獰猛《どうもう》な雄の気配を滲《にじ》ませていた。

もしも蜜壺が濡れていたなら、彼の猛《たけ》った楔《くさび》を挿入されてしまうだろう。

淫液が滲《にじ》んでいるかどうか、指を挿れてみるとはっきりする。濡れているとは思えないけれど。

この部屋から出るには、従うしかなかった。私は抵抗をやめた。

「わかった……」

「澪の体は、俺の肉棒をずっぷり挿入されることを望んでいるはずだよ」

煽《あお》るようなことを言った明夜は、片手でスカートを捲《まく》り上げた。茂みが曝《さら》され、その奥に差し入れた明夜の指が花襞をなぞる。

クチュ……という音とともに、ゆっくりと中指が呑み込まれた。

「あっ……」

ぞくりとした官能が背筋を駆け上がり、喉を反らす。

男の低い嗤《わら》いが鼓膜を撫《な》でる。

「ずぶ濡れじゃないか。期待してたんだろ？」

「んんっ……ぬ、濡れてるわけない……」

否定したものの、濡れた音が鳴ったことで結果は明らかだった。軽く抽挿されると、クチュクチュと指に絡みついた淫液が淫らな音色を上げる。

指を引き抜いた明夜は、愛蜜に光る中指を掲げてみせる。

「ほら。澪の負けだな。約束通り、この濡れた肉壺で俺のを咥《くわ》えるんだ」

「そんな……！」

淫猥な仕草で濡れた指を舐め上げた明夜に、ぐいと腰を掴まれて引き寄せられる。男の膝に乗り上げる格好になり、慌てて強靱《きょうじん》な肩に手をついた。

だが、淫靡《いんび》な椅子から逃れられない。両脚を取られ、男の膝を跨いでしまう。本意ではないのに、抱きつくような体勢になった。

大きく脚を開くと、ぱっくりと花びらが割れる。そこに、ヌチッと硬い雄芯が押し当てられた。

「あっ……や……」

「そのまま、腰を落として座るんだ」

どうにかして椅子から下りようと試み、腰を捻《ひね》る。けれど明夜の腕ががっちり掴んでいるので、花襞に楔《くさび》を擦《こす》りつける動きにしかならない。

そうしていると、ぐっと蜜口をぐり抜けた先端が、隘路《あいろ》を掻き分けた。

「あっ、あっ……あぅん……」

「フッ。声も落とせよ。家のベッドじゃないんだぞ」

かぁっと頬が火照《ほて》り、彼の肩口に顔を埋《うず》める。

楽しそうに肩を震わせて笑った明夜は、ぐっと腰を突き上げた。

ずぶりと蜜洞に極太の肉槍が挿入される。

私は足首に力を入れて踏ん張り、奥まで呑み込むのをこらえた。

「この状態で済ませるのか？　中途半端だろう」

「奥までは……だめ……」

ぎゅっと剛健な肩を掴み、足を震わせて懸命に耐える。

社内の資料室という、誰が訪れるかわからない場所で最後までするなんて、とてもできない。もし達したら体が火照《ほて》って業務に戻れる気がしないし、周囲にも不審に思われるかもしれない。

この体勢で抜き挿しすれば、奥までは届かないはず。

ところが明夜は信じがたい意地悪をする。

「こんなもので済むわけないだろ。子宮口まで、たっぷり舐めてあげないと……な」

突然、ぐいっと両方の膝裏を抱え上げられる。

「ひぁっ」

踵《かかと》が宙に跳ね上がる。支えを失った体は自重により沈む。

ズチュッ……と濡れた音を鳴らして、ひと息に蜜洞は硬い熱杭を呑み込んだ。

大きく脚を広げた卑猥な格好で、肉棒の突き出た淫猥な椅子に座る。

「あぁあ……あぁ……ん」

はっとした私は嬌声を上げかけた口をてのひらで塞ぐ。

声を出せない分、ずっぽりと咥《くわ》え込んだ剛直を意識してしまい、胎内が疼《うず》いた。

明夜は私の尻を抱え直すと、逞《たくま》しい腰を揺すり、さらに根元まで咥《くわ》え込ませようとする。

「体は素直だから、きゅうきゅうに締めつけてくる。椅子の座り心地は最高だろう？」

「んうぅ……ひどい。足を掬《すく》うなんて」

まっすぐに貫かれた楔《くさび》の先端が、子宮口に押し当てられていた。

早く腰を上げて避けなければ、このまま中で出されてしまう。腰を浮かそうとするけれど、男の逞《たくま》しい腕に囚われて身動きがとれない。

「意地悪して、ごめんな。あまりにも可愛いから啼《な》かせたくてたまらないんだ」

宥《なだ》めながらも明夜は腰を揺すり上げて楔《くさび》を抽挿する。

つながったところがグチュグチュと卑猥な音色を奏でた。

職場という空間で、しかも着衣のまま雄芯を咥《くわ》えている淫靡《いんび》な行為に背徳感を覚える。

ぞくぞくと官能が燃え上がり、ずっぷり楔《くさび》を呑み込んだ蜜壺が熱くうねる。

「あぁ……ん、ふ……ふ、ぅ……」

ゆさゆさと揺さぶられた体が男の膝の上で弾《はず》む。絡み合う快感が紡ぎ出す淫靡《いんび》な音色が、明夜が力強い律動を刻むたびにギシギシと軋《きし》む椅子の音と混じり合った。

背徳感と快感がぐちゃぐちゃに攪拌《かくはん》され、瞬く間に悦楽の渦《うず》に呑み込まれる。理性が奪われて、ただ快楽を貪《むさぼ》るだけの雌に変貌してしまう。

「はぁっ……あぅ……んん……っ」

声を出さないよう我慢しているけれど耐えがたい。

激しい突き上げに合わせて、体が跳ねる。

獣のような息遣いを感じながら、必死に強靱《きょうじん》な肩にしがみついた。そうしていないと、どこかに体が飛ばされそうな感覚がしたから。

ぎゅっと握りしめたスーツの質感で、ふいにとあることが脳裏をよぎる。

今なら、ショーツを取り返せる……？

明夜に奪われたショーツは、スラックスのポケットにある。私が手を下ろしたなら、すぐに届く距離だ。体が動いた弾《はず》みで探れば、気づかれないかもしれない。

意地悪な明夜のことだから、私が達するまで膝から下ろさないなどと言いかねない。

ショーツさえ取り返せば、こちらがリードをとれるだろう。

「んっ、んっ、んくぅ……」

揺さぶられる振動に合わせて、そろりと右手を彼の胴まで下ろす。頭をずらして目線を下に向けると、ポケットからショーツの紐がはみ出ているのが見えた。

あった……！

心の中で歓喜して手を伸ばした、そのとき。

がしりと大きな手に手首を掴まれる。

「なにをしてるんだ？」

口端を引き上げた明夜は、悪い男の顔をした。

しまった。気づかれていた。

青ざめた私は、鋭い視線で射貫《いぬ》いてくる明夜から目を逸《そ》らす。

「なにも……」

「俺の目を盗んでショーツを取り返そうとしたんだろう？　もちろん返してあげるよ。ただし、オーガズムに達して、たっぷり子宮で俺の精を呑んだらな」

「えっ……そんな……」

「セックスの最中にほかのことを考えるなんて、いけないな。一度、達したほうがいい。そうすれば快感に溺れて、余計なことに煩《わずら》わされずに済む」

罰のごとく、掴んだ私の手首を掲げたまま、明夜は片手で悠々と腰を掴む。

ぐりっと最奥を抉《えぐ》られて、細い嬌声が零れた。

「ひぁ……っ、あ、いや……そこ、や……」

「子宮口にキスすると、すごく締めつけてくる。気持ちいいだろ？」

ぐっぐっと立て続けに感じるところを攻められて、きゅうと花筒が引きしまる。明夜が腰を蠢《うごめ》かせるたびに、楔《くさび》を包み込んだ媚肉がねっとりと舐《ねぶ》られた。

体の中心をまっすぐに、甘い芯が貫いている。凄絶な官能に、ぶるりと身を震わせた。

硬い先端が体の奥深くを執拗《しつよう》に舐《ねぶ》り、何度も突く。

男の腕に囚われてなすすべがなく、腰を揺らして快楽を享受するしかなかった。

「あぁ……あ、はぁっ、あ、や、あぁん――っ、んっ……」

ずくずくと子宮口を穿《うが》たれて、快楽に浸った体が頂点を極める。

その刹那《せつな》、手首を解放した明夜が首の後ろに手をかけて引き寄せた。

深く唇を重ね合わせ、上の唇でも密着する。

「んっ……ふ……」

鉄錆《てつさび》の味がするキスをしながら、爆《は》ぜた楔《くさび》から放たれた子種を、体の奥深くで呑み込んだ。

達した余韻で、びくんと腰が跳ねる。

ぐずぐずに蕩《とろ》けた蜜洞に、すっぽり咥《くわ》えた雄芯が馴染んでいた。

やがて唇が離れ瞼《まぶた》を開けると、そこには色香を滴《したた》らせた明夜の不敵な笑みがあった。

「上手に呑めたな。それじゃあ、もう一回だ」

「ま、待って。一度だけじゃないの？」

「そんなことは言ってない。セックスは達してからが本番だ。体が蕩《とろ》けてきたから、もっと気持ちよくなれる」

明夜は私を解放しようとせず、首の後ろを掴んでいた手で背中を撫《な》で下ろす。

臆《おく》した私は上半身を反らして逃れようとした。

「もう、いや」

だが下肢は密着しているので、わずかに距離が取れただけだった。立ち上がって楔《くさび》を抜こうにも、足先が床につかない。がっちりと腰を掴まれているので、体をずらすことすらできなかった。

「愛撫もじっくりしてあげないとな」

愉悦を滲《にじ》ませてそう呟いた明夜は、私のブラウスの釦《ボタン》を器用に外す。はだけたブラウスから覗いたブラジャーを、ぐいと押し上げられ、白い乳房がまろびでた。

「さわってほしくて、うずうずしてたよな」

「ん……そんなことない」

口では否定するものの、露わになった胸は愛撫を待ち望むかのようにふっくらとして、尖《とが》りは赤く色づいていた。

まだ触れられていない乳首に、男の指先が伸びる。

きゅっと突起を摘ままれて、こりこりと捏《こ》ねられる。

その途端、気が遠くなるほど強烈な快感が全身に伝播《でんぱ》する。

「ひぁんっ、あっ、はぅ」

膝が跳ね上がり、背をきつくしならせた。胎内に咥《くわ》え込んでいる雄芯を、ぎゅうっと引き絞る。

明夜は苦しげに片目を眇《すが》めたが、口元は笑みを刷《は》いていた。

「……っく、すごいな。もっていかれそうだ」

乳房を揉《も》みしだきながら、再び腰を突き上げる。

グッチュグッチュと律動を刻むたびに、私の意識は快感の波に攫《さら》われた。

ぐっちょり濡れた蜜壺は、ふたりの混じり合った淫液を滴《したた》らせる。

極太の雄芯で擦《こす》り上げられる媚肉も、大きな手でもてあそばれる乳房も、粘膜と肌のすべてで官能を掬《すく》い上げる。

どっぷりと快楽漬けになった体は甘く痺れ、断続的なオーガズムに達した。

「あぁ、あっ、あっ……いってる……いってるの……」

「乱れているきみは最高に綺麗だよ」

雄の徴《しるし》を咥《くわ》えたまま至高の悦楽に浸り続け、下りてこられない。

甘く震える胎内の奥深くに、明夜は熱い精を何度も注いだ。

やがて淫靡《いんび》な行為が終わると、落胆が胸に広がった。

オフィスでこんなことをするなんてという後ろめたさ、そして明夜への失望が綯《な》い交《ま》ぜになる。

椅子から下りると、明夜は私の体を丁寧に拭いたあと、ショーツを穿《は》かせ、シャツの釦《ボタン》までとめた。

支度を調《とと》えると俯きながら、彼とともに資料室を出る。

「澪。怒ってるのか？」

「……話しかけないで」

すっきりして爽やかそうな明夜が憎らしく思えた。あんなことをして怒らないわけがない。

けれど流されてしまった私にも責任はある。

表情を硬くして営業部のフロアに戻る。ふたりでいなくなるなんて、なにをしていたのかと声をかけられるのが怖かった。

私たちが通路を通ると、数人が物言いたげに顔を上げる。

なんだろう、衣服は乱れていないはずなのに。もしかして私の顔が赤いのだろうか。

どきどきしていたら、チェアに寄りかかった吉川さんが、こちらに声をかけた。

「天王寺くん。どうしたの、その傷……さっきまでなかったよね？」

吉川さんは明夜の口元を指差している。

強引なキスに反抗した私が噛みついた痕《あと》だ。

まだ血が滲《にじ》んでいたから目立つ。

ぎくりとした私は視線を下げた。近くにいた社員たちは好奇の目を向けている。

明夜は冴え渡る声で堂々と答えた。

「カッターで切りました。自分のミスです」

「……そうなんだ。お大事に」

気まずそうに呟いた吉川さんは首を竦《すく》めた。好奇の目で見ていた人たちは返答を聞いて、一斉に視線を外す。刃物で口を切るなんて嘘だろうとは思うものの、明夜が狂気じみているのでかかわりたくないのだ。

先ほどのことをできるだけ気にしないよう努めて、その後の業務を続ける。

隆史と東さんが急に離職したため、今日はずっとその引継ぎ対応に追われた。

もちろん明夜は私の隣に座っていたが、今は彼が傍にいることがひどく息苦しい。

やがて終業時刻になり、私は頭痛がすると言って早々にフロアを出る。残業がある明夜を避けて、一言も話さなかった。

同居しているので、彼を避けたところで帰る家は同じである。

そうすると数時間後にはやはり、今日の出来事が蒸し返されるのだろう。

会社を出た私は、とある決意を固めていた。


自宅のダイニングテーブルに一枚の用紙を広げて、私は明夜の帰りを待っていた。

胸には様々な思いが巡っている。

突然、明夜と結婚することになり、入籍したこと。彼に情熱的に抱かれて濃密な日々を過ごしたこと。記念日には豪華なお祝いをしてもらった。私の人生で、あのときがもっとも輝いていたのだと思える。

けれどその喜びが大きいほど、落胆も深かった。

――離婚しよう。

これまでは明夜と価値観の相違があっても、どうにかすり合わせることを考え、前に進もうという気持ちがあった。

けれど、もう明夜を信じることができなくなってしまった。

失恋した私を慰《なぐさ》めて結婚したのは、不幸な私をもてあそびたかっただけなのだ。恵まれた環境で育った明夜には、物珍しい相手だったのだろう。彼が『好き』や『愛している』と言わないことが、本気でなかったことを証明している。

私は、明夜が家から逃げる間の暇つぶし、もしくは愛人のような存在だったのだろうか。

けれど、それをいまさら問い質《ただ》そうとは思わなかった。

やはり私は、結婚しても幸せになれないという呪縛から逃れられなかった、それだけなのだから。

誰かを信じることができない、というのは、私にとってはそれが幸せな道だったのかもしれない。それなのに自分から捨ててしまうから、何度も似たような不遇に見舞われるのだ……

スマホは何度も通知音を鳴らし、メッセージが届いているのを知らせるが、見ていない。私は微動だにせず、彼を待った。

やがて玄関から急ぐような物音がして、明夜が帰宅したことを伝える。

彼はリビングへ駆けつけると、ダイニングチェアに座っている私を見つけて、大股で近づいた。

「澪、どうしてメッセージを返さないんだ。心配しただろう」

これまでは彼からのメッセージに返信しなかったことなどないし、帰宅した明夜を玄関まで迎えに行って、おかえりのキスをしていた。

私は彼を愛していたし、彼も私を愛していると思っていたから。

でももう、その日課は必要なくなったのだ。

「別れましょう」

その一言を告げると、重い沈黙が流れた。

テーブルに広げてあるのは、離婚届。

これは明夜と同居を始める前に、役所からもらっていたものだった。

あのときの私は、妊娠していなかったら離婚するかもと考えていたので離婚届を手に入れたのだが、妊娠しなくとも明夜との新婚生活は順調で、すっかり忘れていた。

それが今になって用紙を取り出すことになるなんて、皮肉なものだ。

離婚届には、すでに妻の枠に私の名を記入してある。用紙の上に、薬指から引き抜いた結婚指輪をのせた。

明夜は驚いたような表情をした。彼は鞄を床に置くと、向かいの椅子を私から見て斜めの位置に移動して腰かけた。

「会社で抱いたことを怒ってるのか？　あれは俺が悪かった」

私は首を横に振る。

会社での淫靡《いんび》な行為が引き金になったというわけではなかった。この違和感は、私がずっと抱え続けていたものだったのだ。それが蓄積した結果に過ぎない。

「……付箋紙《ふせんし》のことは、ショックを受けたよな。確かに俺は沼倉と澪が付箋紙《ふせんし》で連絡を取り合っているのに気づき、それを阻止するために在庫の付箋紙《ふせんし》を捨てた。俺にふたりの仲を裂こうとする悪意がなかったとは言わない。俺が密かに手を加えた結果、澪を傷つけることになったのは申し訳なかった」

秘密にしていたことを知られていた羞恥で体が震える。

付箋紙《ふせんし》に躍らされている私は、さぞ滑稽《こっけい》に明夜の目に映っただろう。

「気づかれないと思っていた私が愚かだったのよね……。でも、あの付箋紙《ふせんし》が早々になくなってよかったのかもしれないわ。いつか柴犬が返ってくるかもなんて、自分の信じたいことに縋《すが》り続けていただろうから……。がっかりしている私は、さぞ惨めな女に見えたでしょう？」

テーブルに手をついた明夜は身を乗り出し、双眸《そうぼう》に力を込めて訴えた。

「これだけはわかってほしい。俺はきみが寂しそうにしている姿を見ていられなかったんだ。もし澪が幸せな恋愛をしていたのなら、それを邪魔したりなんてしない。だが、そうではなかった。不幸な目に遭っている澪を見て、俺と付き合ったらきみに寂しい思いをさせないのにとずっと思っていたんだ。陰できみを笑ったりしていない」

彼の思いは身に染みるように伝わった。

付箋紙《ふせんし》を捨てたのは歪んだ行いだったかもしれないが、私を思ってくれてのことなのだろう。

それに、これまで過ごした新婚生活はかけがえのないものだ。明夜は強引で執着心が強いし、心から愛してくれているわけではないようだけれど、彼なりに私を慈《いつく》しんでくれた。

その日々が走馬燈のように脳裏をよぎる。

「でも違うの、そうじゃないの。そもそも私たち、初めから結婚するような間柄じゃなかったのよ」

彼が私を心から好きではないかもしれないことよりも、もっと重要で、私がもっとも憂慮していたことを、明夜に響くように話した。

「……あなたは、百華子さんと結婚して子どもを作ったほうがいいと思う。明夜のご両親も、それを望んでいるんでしょう？」

明夜は絶句した。

現在のパートナーからほかの女性との婚姻を勧められるなんて、屈辱に思うかもしれない。

だが結婚とは、お互いのみで成り立つものではないと、私は結婚してみて初めて気がついた。やはり周りから祝福されることが大事だったのだ。

隆史から私を奪って結婚した明夜、そして百華子さんから明夜を奪って結婚した私。

人のものを奪った私たちがどうして、周りから祝福されるというのだろうか。

私たちは結婚する前からすでに破綻する運命だったのだ。

「明夜のご実家は、相当な資産家なのよね。それなのに私みたいな平凡な女が妻になったら、明夜だけじゃなくて明夜のご両親の評判も落としてしまう……私は、明夜に釣り合わない……」

私から身を引くべきだ。

もう、これ以上、お互いを傷つけ合わないうちに。

「俺は百華子と結婚する気はない。俺の妻は澪だけだから別の相手を探せと、会社に来た彼女に伝えている。エスコートしたのは要求されたから、仕方なくそうしただけだ。好きだからじゃない」

好きだからじゃない……

では、明夜は私のことを好きなのだろうか。百華子さんを否定はしても、私を肯定しないのはなぜなのか。どんなに情熱的に抱き合っても、明夜は『好き』や『愛している』とは決して口にしない。

それはつまり、心からの愛情はないということにほかならない。

特別な理由があるのでは……と期待に縋《すが》って裏切られるのは、柴犬の付箋紙《ふせんし》で経験済みだった。

男性から『好き』と言われなければ、女性が言えないというルールなどない。

これが最後だと思った私は、自分の想いを告げた。

「私はあなたのことが、好きなの。だからお願い、もう幻滅させないで」

息を呑んだ明夜は、やがて見開いた双眸《そうぼう》を細める。

けれど、やはり彼は答えを返さなかった。

露《つゆ》ほども思っていないことは口にできないから。

明夜は私を本気で好きだというわけではないのだ。沈黙がそれを証明していた。

「わかった」

ややあって、明夜は一言放った。彼はテーブルに置いた離婚届に手をかける。

はっとした私は顔を上げたけれど、なにも言えず、ただ用紙が彼のもとに引き寄せられるのを見ていることしかできない。

明夜は離婚届を折り畳むと、ビジネスバッグのポケットに入れた。

「澪の言いたいことは、わかった。だけど、俺の気持ちも聞いてほしい」

「もちろん聞くわ。どうぞ」

「この場でまとめるのは難しいから、週末に付き合ってくれ。そこですべてを話す。その上で、離婚するかどうか改めて決めよう」

「……いいわ」

私は承諾し、小さく頷いた。

週末までは、わずか数日だ。離婚を前提にした夫婦という、ぎくしゃくした家庭の空気にも、それまでなら耐えられるだろう。

「寝室は別にするわね。私は空いた部屋で寝るから」

彼はなにか言いたげだったけれど、どうせ別れるのだから、絆を深める行為のすべては無意味だ。余計な情を残さないためにも、明夜の顔を見ないように努めた。

数日がこんなに長いものだとは思わず、辟易《へきえき》した私は会社を出た。

勤務中は明夜とぎこちなく業務連絡のみを交わして、退勤したら外食して家に帰った。明夜を避けているので食事を一緒に取らず、寝室も別にしている。

離婚したら、あのマンションは出ていかなければならない。不動産屋の貼り紙を目にして足を止めた私は、重い溜息を吐《つ》いた。

結婚したときは明夜がすべて手配してくれたこともあり、とんとん拍子に事が運んだのに、離婚となるとなにもかも自分の手で行わなくてはならない。当然のことではあるけれど、そんなところに幸せな時期と不幸な時期の落差を痛感する。

離婚する夫婦が同じ部署の隣の席というのも、仕事がやりづらい。部署の異動を願い出ようか。

そんなことを考えていると、スマホに電話の着信を知らせる音楽が鳴り響いた。

どきりとしてスマホを取り出すと、画面には『堀越セナ』と表示されている。

もしかして明夜かも、と期待してしまった。

離婚を突き付けられた彼が、ごはんを食べに誘うなんて、あるわけないのに。

がっかりした私は通話ボタンをタップする。

「もしもし、セナ？」

『澪、もう退勤してるよね。周りが騒がしいけど、外にいるの？』

「あ、うん。ごはん食べて帰ろうと思ってたところ」

『そうなんだ。結婚祝いの品をなににするか相談したいんだけど、今から会える？　旦那さんは一緒にいるの？』

「あっ……あの……」

言葉に詰まった私はスマホを手にして、立ち尽くした。

『もしもし？　澪、どうしたの？』

「結婚祝いは……いらなくなったの」

少しの間、セナは沈黙した。

傍を走る車がクラクションを鳴らし、甲高く空気中に響く。

街の喧騒が、そしてセナの沈黙が、痛いほど身に染みた。

『……ちょっと会って話せる？　あたしはデパートの前にいるから、すぐ行けると思う』

「わかった」

ややあって、待ち合わせた私たちは近くの小洒落《こじゃれ》たレストランへ入った。相談も兼ねて夕食を取るわけだけれど、食欲のない私はできるだけお腹に負担のかからないよう野菜スープとパンだけを注文する。

メニューを置いて何気なく溜息を吐《つ》くと、さっそくセナは切り出した。

「結婚祝いは、いらなくなったって、どういうこと？　旦那さんとなにかあったの？」

俯いた私は迷ったが、セナに打ち明けないわけにもいかない。なにより私の言動で、彼女はすでに察しているだろう。

「……離婚、することになったの。私たち……」

「えっ⁉　だって、入籍してから三か月くらいしか経ってないよね」

私は力なく頷いた。

入籍してからたったの三か月で離婚してしまうなんて、勢い任せに結婚して失敗する迂闊《うかつ》な人間だと烙印《らくいん》を押されたようで居たたまれない。しかも交際期間ゼロなので、なおさらだった。

たとえ明夜が付箋紙《ふせんし》を捨てたときから私を略奪しようと企んでいたとしても、居酒屋で彼の誘いを断って帰宅していれば、こんな結果には至らなかったのではないだろうか。

過去を振り返って、もしこうしていれば失敗しなかったのでは……と考えてもどうしようもないのに、離婚することになるという事態がすべてを後ろ向きにしてしまう。

肩を落としている私を見たセナは、慰《なぐさ》めの言葉をかけた。

「まあ、期間なんて関係ないかもね。何十年も連れ添った夫婦だって熟年離婚するわけだし。原因は、やっぱり旦那さんがヤンデレだったとか、そういうこと?」

「……ヤンデレもあるけど、彼の実家がお金持ちで、ご両親が勧める元婚約者がいるから、私から身を引こうと思ったことが大きかったかな」

セナは不思議そうに目を瞬いた。離婚理由としては稀有《けう》な例だったらしい。

それ以外にも理由はあるのだが、やはり家の意向に従う必要があって、私とは本気になれなかったのだろう。彼は百華子さんのことが好きではないようだが、形だけの夫婦などいくらでもいるし、ふたりに子どもができたら、きっと明夜は我が子のために夫婦仲をよくしようと考えるのではないだろうか。

私たちの間に子どもがいたなら……と後悔しそうになって、首を横に振る。

妊娠しなかったのだから、どうしようもない。それに子どもを道具のように扱うのもどうなのかと思えた。すべては、もしもの話なのだ。

切ない気持ちに包まれていると、テーブルに料理が運ばれてきたので、私たちは食事をしながら話を続けた。パンをちぎる私の向かいで、セナは美味しそうなビーフストロガノフを大きなスプーンで口に運んでいた。

「なにそれ。旦那さんの実家がお金持ちって、あたしなら絶対にしがみつくけどね。旦那さんはバツイチになってから、その元婚約者やらと再婚するって？」

「彼はその人と結婚するつもりはないって、はっきり言ってたけど、ただご両親の勧めがあるから断りきれないみたい。相手はすごいお金持ちのお嬢様なのよ。それに比べたら私は一般的な会社員だもの。比較にならないわ」

私の言い分に、セナは小首を傾げた。コップの水を飲んだ彼女は嘆息混じりに述べる。

「あのさ、澪は旦那さんのこと、嫌いで別れるんじゃないの？」

「えっ……？」

「さっきから話を聞いてると、旦那さんが嫌いだからじゃなくて、彼の実家がどうこうってのが原因なのよね？」

「う、うん……それだけじゃないけど……。彼が私を本気で好きじゃないかも、とか……」

「ふうん。あたしは何十回もご祝儀を払って、そのカップルが離婚するのを見てきたんだけどさ、離婚する夫婦はセックスレスとか金銭問題だとか抱えてて、もう冷めきってるから相手への不満しか言わないのよね。しらけてますって空気をすごく醸《かも》し出すのよ。でも澪のケースは、旦那さんが好きだから身を引くみたいに聞こえるけど」

セナの言う通りだった。

私は明夜のことが好きだけれど、彼を取り巻く環境が問題になっているのだ。

けれど離婚の理由なんて様々だろう。

黙り込んだ私に、セナは訊《たず》ねた。

「澪は、本当に旦那さんと別れたいの？」

「……それは……」

明夜と別れたいか。

私は自分の胸に問いかける。

本当は、別れたくない。ずっと明夜と一緒にいたい。でも、私だけがそう思っていても、仕方ないのだ。

俯いて涙を零す私を目にしたセナは、ハンカチを差し出してこう言った。

「もう一度、旦那さんとよく話し合ってみたら？　夫婦関係を修復するには、話し合いしかないらしいわよ」

ハンカチを受け取った私は涙を拭うと、セナに頷いた。

週末の土曜日は、雲ひとつない快晴だった。今日は離婚のための話し合いの場が設けられる。

私の心中は重苦しいのに、憎らしいほど空は晴れやかだ。

明夜は自分の考えを話すために、どこかへ出かけるつもりらしい。

ラフなシャツとジーンズという格好なので、近所の公園だろうか。私も部屋着から、コットンのワンピースに着替えた。それに肩掛けの小さなバッグをかける。

支度を調《ととの》えると、明夜は私の服装を眺めた。

「屋外に出ている時間が長いから、帽子を被っていったほうがいい」

「いいの。これで」

反抗心が芽生え、冷たく撥《は》ねのける。

これからほんの少しだけ話をして、私たちは他人になるのだから。

けれどセナと話したことで、迷いも生じていた。でも迷いがあったところで、どうすればいいのか、わからなかった。もし明夜が『別れよう』と言ったなら、それに同意するしかない。

「まあ、いいけどな」

寂しげに微笑んだ明夜に、ずきりと胸が抉《えぐ》られる。

本当に、離婚していいの……？

私と明夜は結ばれるような間柄ではなかったのだと思う一方で、明夜との結婚生活を取り戻したいという願いも心の底にあった。

表情を硬くしてマンションを出ると、明夜とともに車に乗り込んだ。

車は大通りを抜けて郊外へ向かっていく。話し合いのためだけのはずなのに、かなり遠い場所へ行くようだ。

「どこへ行くの？」

「着けばわかるよ。澪も行ったことのある場所だ」

首を傾げていると、やがて車は広い駐車場へ辿り着いた。

かなり盛況なようで、たくさんの車が止まるそこからはゲートが見え、その向こうに巨大な観覧車が見えた。

「ここは……」

この遊園地には見覚えがある。一年ほど前に、営業の仕事で訪れたところだ。

そこであった出来事が、葉に朝露《あさつゆ》が染み込むように、ゆっくりと脳裏によみがえる。

「約束だよ、澪。一緒に観覧車に乗ろう」

車を降りた明夜は私の手を取る。

手をつないだ私たちは、遊園地のゲートをくぐった。

まるで、あの日に戻るかのように。

◆

遊園地というのはファミリーにとっては楽しい行楽地だが、不運に耐える今の俺には地獄だった。

「おい、天王寺。いつまでそうしてるんだ」

「すみません……、もう少し休ませてください」

苛ついた上司の叱責《しっせき》に、冷や汗を掻きながら答える。

営業のために遊園地を訪れたのだが、突然腹痛になってしまったのだ。腹を押さえた状態で、ベンチから立ち上がることすらできない。

「まったく役に立たないやつだな。帰りならともかく、これから営業なんだぞ。他社に先を越されるじゃないか、ほら」

ペアを組む上司が顎《あご》で指し示した先に、他社の営業社員の姿があった。

まだ若手と思われる二十代の男女だ。

一瞬、女性の横顔に目を奪われる。ひたむきに前を見据える容貌《ようぼう》は、清純な中にも翳《かげ》りを帯びていた。ボブカットの髪型をした女性の年齢は俺よりも少し若いくらいか。

痛みをこらえながら彼女の行く先を追っていると、ふたりは俺たちの前を通り、先に遊園地の事務所へ向かっていった。

　遊園地が所有する一区画に手頃な空き地があり、おそらく彼らもそこにマンションを建設する提案を園長にするのだろう。成立すれば大きな案件になるので、うちの会社だけでなく他社も狙っているのだが、園長はなかなか首を縦に振らない。そのため複数の不動産会社が足繁《あししげ》く、この遊園地に通っているというわけである。

　上司はさりげなく競合他社である彼らを見やると、溜息を吐《つ》いた。

「鉢合わせするわけにはいかないな。おれはこの辺りを見てくる。それまでに治しておけよ」

　情のかけらもない上司はそう言い捨てると、さっさとどこかへ行ってしまった。

　そもそも腹痛を起こしたのは前の営業先で出されたかき氷を、半ば嫌がらせのように彼に押し付けられたのが原因だと思うのだが。

　大地主である天王寺家に生まれた俺は周りからちやほやされ、何不自由のない暮らしを送ってきた。

　だがそれは家が裕福なだけだと、ある時に気がついた。天王寺家の名声や資産がなければ、俺自身にはなんの価値もないのだと。

　その証拠に、親の目の届かない会社に就職すると、俺への優遇措置はいっさいなくなった。頑張ってトップの営業成績を上げると、上司に嫌がらせをされることすらあった。それが社会というものなのだと、俺は今まで身を置いていた世界との落差を知り、新鮮だった。

自分の力で欲しいものを手に入れたいという望みを持っていたので、自らが選んだ道に後悔などない。

だが、この体調不良には困った。母親や家政婦のように世話を焼いてくれる人はいないので、ひとりでどうにかするしかないのだが……

俯いて痛みに耐えていると、ふと隣に人の気配がした。

「あの、具合が悪いんですか？　医務室にお連れしましょうか」

柔らかい女性の声だ。遊園地で男がひとり、ベンチで俯いていたら不審だろうに。あえて声をかけるなんて勇気のある人だ。

「いえ、大丈夫です。単なる腹痛なので」

営業に訪れた社員が園の手を煩《わずら》わせるわけにはいかない。遊園地の客ではないのである。

顔を上げ、苦しみながらも微笑する。

だが俺の笑みが固まった。

声をかけてきたのはなんと、先ほど見かけた他社営業の女性だったからだ。

彼女は穢《けが》れなど知らなそうな無垢《むく》な瞳で、俺の顔をまっすぐに見つめる。

「腹痛でも、つらいですよね。お薬は飲みました？」

「いえ。持っていないので」

「私のものでよかったら差し上げます。この種類ですけど」

バッグから小物入れを取り出した彼女は、そこから胃腸薬を摘まんで見せた。それを俺の手に握らせると、ペットボトルの水を差し出す。

「これで薬を飲んでください。キャップは未開封です」

「では、お言葉に甘えて」

そのとき、俺は運命を感じた。

俺は、彼女と結婚する――

なぜそう感じたのかはわからない。彼女は絶世の美人というわけではない。だが、どんなに美しい女性よりも煌《きら》めいて見えた。

彼女がどのような境遇なのか知りたい。恋人はいるのか。独身なのか？

だがひどい腹痛がそれを遮る。

とにかく腹痛を和らげなくてはならない。もらった薬を開封し、水で流し込む。

苦い薬に冷たい水だったが、心は温まっていた。

なんて親切な人なのだ。彼女は俺を天王寺家の嫡男だと知らないのに、見返りを求めず手を差し伸べてくれた。

女性が通りすがりの見知らぬ男に無償の親切を施すのは、危険を伴う。相手は殺人鬼かもしれないのだ。この場合、俺が体調不良を装っていて、声をかけてくる獲物を油断させてから刺すことだってありえるではないか。

なんて親切で、そして、無防備な女だ……

今すぐ、その白い頬にくちづけたい衝動に駆られる。彼女を俺のものにしたいという征服欲が腹の底から湧いた。その欲求が勝ったのか、それとも薬が効いたのか、すうっと腹痛は消えていった。

「……もう治ったみたいです。ご親切に、どうもありがとう」

「よかった。それじゃあ、お大事に」

あっさりと、彼女は踵《きびす》を返そうとする。

俺は慌てて腰を浮かし、引き留めた。

「ちょっと待ってください！　お礼をさせてほしい」

「お礼はけっこうです。どうしてもとおっしゃるなら……」

彼女は園の高台にある観覧車を見上げ、言葉を継いだ。

「あなたの恋人を、観覧車に乗せてあげてください。そこで『好きだ』と告白してあげてください」

思いもかけない願いを聞いて、目を瞬かせる。

切なさを含んだ彼女の双眸《そうぼう》は、まっすぐに観覧車に注がれていた。

そのとき、遠くから不躾《ぶしつけ》な怒号が響く。

「澪！　なにをやってるんだ。行くぞ」

声の主は、先ほど彼女と一緒に歩いていた男だった。彼女の名を澪だと教えてくれたのには感謝するが、男の雑な扱いは俺の上司にそっくりで、不快だった。

慌てたように澪は俺と距離を取る。

「ごめんなさい。それじゃあ」

踵《きびす》を返し、澪は男のもとへ駆け寄っていった。

不機嫌そうな男は彼女に文句を浴びせている。営業がうまくいかなかったことを八つ当たりしている台詞《せりふ》が聞こえた。それに言い返しもせず、項垂《うなだ》れている姿が確認できる。

どれだけ横暴な上司でも、部下を名前で呼ぶのは考えにくい。

まさか、あの男は彼女の恋人か？

考えてみると、澪の願いは彼女が冷遇されている身の上であることを表していた。

恋人と観覧車に乗って、告白される。

そんな小さな願いですら、あの男は聞き入れないのだろう。だからほかの誰かに叶えてほしいということなのだ。

なぜふたりが恋人なのか定かではないが、周囲や片方の思惑によって交際関係に至るという事態はままある。俺自身も、好きでもない女が婚約者だった経緯があるからだ。好き合っているから恋人や夫婦というわけではない。

おそらく澪も、あの男に都合よく使われているだけなのではないか。彼女が幸せなようにはとても見えない。

合点がいくとともに、胸のうちに憤《いきどお》りが渦巻《うずま》く。

彼女を、俺のものにしたい。

俺なら、彼女にあのような寂しい表情をさせないのに。

観覧車を見上げる澪の切ない眼差しが、目の奥に焼きついた。

ふたりの姿が見えなくなる頃、上司が戻ってきた。俺は体調がよくなった報告とともに、彼らの会社名を探り出す。

ライバル社の名前は簡単に割れた。

なんとしてもそこに転職しようと決めた俺は、もう一度、夕暮れの空にそびえる観覧車を見上げた。

◆

ゆるりと運行する観覧車を見上げた私は、明夜と初めて出会ったときのことを思い出した。

隆史とともに営業に訪れた遊園地のベンチで、うずくまっているサラリーマンの男性に薬をあげた。そしてその人に「恋人を観覧車に乗せて、そこで『好きだ』と告白してあげてほしい」と伝えたのだ。

──あなたの恋人を幸せにしてほしい。私の代わりに。

そういうつもりで言ったのだった。

「あのとき薬をあげたサラリーマンが、明夜だったのね……。髪型が違ってて、全然気づかなかったわ」

「まあ、腹痛で身を屈めていたから、あまり顔を上げなかったしな。でも転職して隣のデスクに座っても、澪はまったく思い出さないいんだもんな。どう切り出したらいいものか悩んだよ」

通りすがりに出会い、ほんの少しのやり取りを交わしただけなのに、こうして結婚しているなんて不思議に思う。

「ここのマンション建設自体が流れてしまったのよね。あのとき以来、訪れなかったから、すっかり忘れてたわ……。でも、どこの不動産会社も案件を通せなかったのに、明夜はどうしてわざわざ転職したの？」

「仕事のためじゃない。どこの会社だろうが、発揮する自分の力は変わらないわけだからね。でも澪は、世界にひとりしかいない。だから、きみを追って転職したんだ」

唖然とする私の手をしっかりと握った明夜は、微笑みかける。

私たちの前に、観覧車のゴンドラがやってきた。

私が先に乗り込み、そのあとから身を屈めた明夜がゴンドラに入る。向かい合わせに着席すると、スタッフは音もなくドアを閉めた。

ゴンドラは、ゆっくり上空へ向かっていく。

「考えたんだけど、私……あなたと離婚していいものか、迷っているの」

離婚届をテーブルにのせたときには、あんなにきっぱり言いきれたのに、いまになって私の心は揺れていた。そして、明夜もそうであってほしいという願いが胸のうちに湧いている。

離婚を話し合うはずなのに、踏み留まってよいものだろうか。

ゴンドラの細い窓から射し込む光に、私は目を眇《すが》めた。

明夜は双眸《そうぼう》を細め、ゆったりと座している。

「澪は、俺のこと嫌いか？」

「……それ、婚姻届にサインするときも聞いたわね」

彼に迫られて婚姻届にサインしたことを、つい昨日のことのように懐かしく思い出す。

思い返すと、あのときすでに明夜に好意を抱いていたから、結婚に踏み切ったのだ。

幸せな新婚生活の中で、明夜を嫌いになったことなど一度もない。

それどころか、どんどん惹かれてしまった。元婚約者や付箋紙《ふせんし》の秘密を隠していたことなどで、彼に疑念は湧いたものの、結局それらが原因で嫌いになることはなかった。

明夜がきちんと釈明してくれて納得したけれど、それ以上に私には傲慢《ごうまん》な望みがあった。

たとえ夫婦に離婚の危機が訪れたとしても、彼には私を好きでいてほしかったのだ。

ただ一言、『好きだ』と言ってほしかった。それだけで、困難を乗り越えられる気がした。

その願いは通じなかったようだけれど……

目を伏せた私は切々と訴えた。

「嫌いなわけない……。だから困るの。あなたが嫌いなら、こうして話すのも嫌だろうし、さっさとマンションを出ていくわ」

セナと話した通り、嫌いだから別れるわけではなかった。

だけど相手と思いが通じ合っていなければ、どれだけ片方が好意を伝えたところで関係がうまくいくはずもないだろう。

私の言い分を、明夜は優しい目をして見守りながら聞いていた。

「それはつまり、俺を『好き』ということだよな」

「……そうよ。でもあなたは私のこと、好きではないのよね。だって明夜から『好き』とか『愛している』とか一度も聞いたことないもの」

どんなにベッドで愛されても、彼がその一線を越えないことが愛情のない証明になっていた。やはり私をもてあそんだだけなのだろうか。寂寥感《せきりょうかん》が胸を衝き、ふたりでいることに意味があるのかと思い悩んだ。

ゆっくり頷いた明夜は、まっすぐに私を見た。

「俺は何度もその言葉を言おうとして、踏み留まった。でもそれは約束を果たすためだったんだ。約束を優先しようとするあまり、澪を傷つけてしまったことは謝る」

「もういいのよ。私には愛される資格なんて、なかったんだわ」

目を逸《そ》らした私は窓の外に目を向ける。

そこには遙か彼方《かなた》まで見渡せる絶景が広がっていた。街や木々がとても小さく、まるでミニチュアのよう。空はすぐ近くにあり、手を伸ばしたら雲に届きそうだ。

観覧車からの景色は、こんなふうに見えるのだと初めて知った。

絶景をぼんやり眺めていると、やがてゴンドラは頂点に達したようだ。

そのとき、明夜がふいに言った。

「好きだ」

彼の真摯《しんし》な眼差しを、呆然として受け止める。

ふたりの時間は止まっていたけれど、明夜の背後に見える隣のゴンドラが下りていくので、確かに時は流れているのだとわかった。

「この言葉を、ここで言いたかった。恋人を観覧車に乗せて、そこで『好きだ』と告白してほしいと、一目惚れした女性が俺にその願いを託したから」

息を呑んだ私は、やっと真実に気づいた。

明夜が観覧車に乗せて告白する恋人とは、私のことだったのだ。そして、彼が決して『好き』と口にしないのは、私の願いを叶えるためだった。

「確かにそう言ったのは、私よ。……だから、ずっと『好き』と言わなかったの？」

「そうだよ。次の結婚記念日に、観覧車に乗って言おうと思っていたけど、ちょっと予定がずれてしまったな。サプライズを仕掛けたら、俺と初めて出会ったときのことを思い出してくれるかと期待して、計画を練っていた。でも大事に取っておいたせいで、澪を不安にさせてしまったんだな。すまなかった」

彼は私を好きと思っていないわけではなかった。私との約束を果たすために大切な言葉を、あえて言わなかったのだ。

私のためだったのね……。

すべては私の言葉が発端である。しかもそれを、私自身はすっかり忘れていた。

まさか、誰かを幸せにするために言ったことが、自分に返ってくるとは思いもしなかった。

「そういうことだったのね……。明夜は私を愛していないから、その台詞《せりふ》を避けているのだと思い込んでいたわ」

「俺は決して澪を愛していないわけでも、もてあそんだわけでもない。俺はきみを愛していて、きみを幸せにするために、きみと結婚した。これからふたりで、もっと幸せになる。だからこれまでの俺の至らなさや、きみを傷つけたことを許してほしい」

明夜の想いが胸に染みる。

ほろりと、それまでの懊悩《おうのう》やコンプレックスがほどける。

私はどうして、愛されなければ愛する資格がないと思い込んでいたのだろう。どうして、明夜への想いを胸に押し込めていたのだろうか。

それは、傷つきたくないから。

また傷つけられて落胆を味わいたくないと、自らを守るために、愛情を出し惜しみしていたのだった。

人から奪って結婚した私たちが幸せになれないなんていうのは、臆病な私が生み出したこじつけだ。ただ私自身が過去の呪縛に囚われて、明夜に心を開かなかった。だから傷つかないうちに、関係を終わりにしたかった。

でも、自分を守ることより大切なものを見つけてしまった。それは、明夜を愛すること。明夜が好きだから、胸に溢れる想いを、彼に伝えたい。

「私は……両親の離婚や前の彼氏から受けた悲しみを、また繰り返すんじゃないかと恐れていたんだわ。明夜が付箋紙《ふせんし》を捨てたこととか、婚約者がいたことを取り上げて、ほら、やっぱりなんて思っていたの」

ゆっくりと話す私を、彼はじっと見つめている。

「でも、私は不幸になりたいわけじゃない。明夜と幸せになりたいの。だから過去の悲しみを全部捨てて、あなたのすべてを許すわ……。私も、明夜が好きだから。本当は別れたくない」

本音が零れ、私の頬を透明な雫《しずく》が流れる。

明夜と幸せな家庭を築くために、過去の悲しい恋やトラウマを乗り越えたい。だから彼を許し、信じよう。これからも、ずっと。

椅子から腰を浮かせた明夜は腕を伸ばし、向かいに座る私の涙を指先で拭った。

「俺もだ。澪と別れるなんて考えられない。俺の実家のことは心配いらない。誰がなんと言おうが、俺の妻は澪しかいないと言い続けるよ」

「私も……一緒に行かせて。明夜の妻でいたいと、あなたのご両親に伝えさせて」

「もちろんだ。それじゃあ……この涙の意味を教えてもらってもいいかな」

「嬉しいの。明夜に、好きと言ってもらえて、たまらなく幸せなの」

私は、幸福な未来に辿り着いたことを実感した。

明夜に薬をあげたときに観覧車を見上げた私は、不幸な身の上だった。恋人と観覧車に乗れる人が、うらやましかった。けれど明夜と出会い、あの切なさはもう過去のものになったのだ。

私の足元に跪《ひざまず》いた明夜は、両手を握って包み込む。

「愛している。これからも、俺と一緒に暮らしてほしい」

真心のこもった言葉に、私は何度も頷いた。私も明夜と同じ気持ちだった。

感激のあまり、声が震える。

「私も……明夜の傍にいたい」

腰を上げた明夜と、きつく抱き合う。

彼のぬくもりに、至上の愛しさが湧いた。

もう、この手を離さない。彼と一緒なら、どんな困難でも乗り越えていける。

幸せな結婚生活がこれからも続いていくことを思うと、幸せでいっぱいになった。

やがて一周したゴンドラは、乗降場に到着する。

泣いた顔を見られたくなくて俯いていると、明夜は私を抱きかかえるようにしてゴンドラから下ろした。

快晴の空の下、私たちは手をつないで遊園地を歩いた。

あのときの記憶を思い出すようにあちらこちらを眺めていると、かつて明夜がうずくまっていたベンチを見つける。

「俺は、あのベンチできみと会ったときから、きみと結婚する運命を感じていたよ」

真剣な顔で明夜がそんなことを言うものだから驚いた。

ほんの少し、話しただけなのに、彼は運命を信じて私を探し出してくれたのだ。

私たちの傍を幸せそうな家族が通り過ぎた。父親が小さな乳児を乗せたベビーカーを押している。隣に寄り添う母親は、三歳くらいの子どもと手をつないでいた。

ともに平和な光景を目に映していたとき、明夜が穏やかな声で話す。

「また来よう。俺たちに子どもが生まれたら、あんなふうに子どもと一緒に観覧車に乗りたいな」

「そうね……。私、あなたの子どもが欲しい」

目を見開いた明夜は、私の顔を覗き込む。

大胆なことを言ってしまっただろうか。誘ったつもりではないのだけれど。

ただ、彼の子どもが欲しい。ふいに、そう感じた。まるで運命のように。

「俺の子どもを、産んでほしいな」

優しい声に、体の芯から温まる。

てのひらから伝わる彼のぬくもりを、私は生涯大切にしようと心に刻んだ。

翌日の日曜日――

私は明夜とともに、とある邸宅へ赴《おもむ》いた。

そこは閑静な高級住宅街にずらりと連なる豪華な屋敷のひとつ。屋根瓦のついた大きな門を車でくぐると、精緻《せいち》に整えられた日本庭園が私たちを迎える。道なりに行くと数台の高級車が並ぶガレージがあり、そこに明夜は入庫した。

「すごいお屋敷ね……」

車を降りて邸宅を目にした私は、まるで城のような規模の家屋に圧倒された。

やってきたのは明夜の実家だった。

改めて夫婦としてともに人生を歩んでいこうと決意し、明夜の両親に挨拶させてほしいと、私から頼んだのだ。快く承諾してくれた明夜はすぐに両親に連絡を取り、実家を訪問することになった。

裕福だろうとは思っていたけれど、まさかこんなに豪勢な屋敷だとは思わなかった。

臆《おく》する私の視線を追った明夜は、肩を抱いて引き寄せた。

「澪は俺が守るから、なにも心配いらない」

「私は、明夜を信じているから平気よ。ご両親にきちんと挨拶するわ」

もしかしたら、私を明夜の妻として認めてもらえないかもしれない。それでも、彼とこの先の人生をともにするという決意は知ってほしかった。

豪壮な玄関扉を開けた明夜とともに、屋内に入る。

広い玄関から見渡せる飴色《あめいろ》の廊下が奥まで続いていた。

「こ、こんにちは」

声をかけると、奥からエプロンをつけた中年の女性が小走りで出てくる。

「おかえりなさいませ。旦那様と奥様が応接室でお待ちです」

なんと彼女は屋敷の家政婦さんらしい。

使用人が家にいるという家庭に出入りしたことがないので勝手がわからず、私はぎくしゃくと靴を脱いだ。家政婦さんがふたり分のスリッパを用意してくれたので、足を通す。

「お、お邪魔します。それでは……」

手前のドアをノックしようとすると、明夜が制する。

「そこは運転手の控え室だ。応接室はこっちだよ。おいで」

ノックするために握りしめた拳を挙げたまま、思わず頬を引きつらせる。明夜が背に手を添えてくれて、広い廊下を奥へと進んだ。

この屋敷で育った明夜は、とてつもないお坊ちゃまなのだろう。

育った環境の違いがまざまざとわかり、ごくりと息を呑む。

明夜は重厚な柱時計の向かいにある扉を開けた。

「お待たせ」

気軽に足を踏み入れるのは、彼の実家なのだから当然だろう。

あとに続いた私は、部屋の様子を目にして緊張が高まった。

応接室のソファには苦渋の表情を浮かべた中年の男性が座っていた。彼は明夜の父親で、その隣に腰かけた痩身の女性は母親だろうか。着物を纏《まと》っている彼女は美しく、明夜と顔立ちがよく似ていた。

予想はしていたけれど、とても私たちを歓迎するような雰囲気ではない。室内の空気は重く澱《よど》んでいる。

私の手を取った明夜がソファに導き、ともに両親の向かいに腰を下ろす。

「父さん、母さん。彼女が俺の妻の、澪だ。電話で話した通り、すでに入籍して一緒に暮らしている」

紹介されたので、私は丁寧に頭を下げた。

「初めまして。澪と申します。明夜さんと同じ会社の営業部に所属しています」

ご両親は黙して私を見つめていた。やはり、ふたりは百華子さんと結婚してほしかったのだろう。

身を乗り出したお義父《とう》さんは私の挨拶を受け流し、明夜を叱責《しっせき》した。

「明夜、どういうことなんだ。百華子さんからは家政婦と懇意になっていると聞いたから、ただの火遊びだと――」

「それは百華子の思い違いだ。澪は家政婦ではなく、俺の妻だ。俺から彼女にプロポーズして入籍したんだ」

「なぜ勝手に結婚したんだ！　百華子さんはおまえと結婚するつもりで、縁談を破談にしたんだぞ」

「百華子とほかの男の縁談がどうなろうと、天王寺家には無関係だろう。それに俺と百華子の婚約はすでに破談になっている。それも、藤島社長から断ってきたんじゃないか」

明夜に指摘されたお義父《とう》さんは、気まずそうに目を逸《そ》らした。

「あれはだな……あのときは藤島社長の事業の関係で、百華子さんに別の縁談が持ち込まれたんだ。だが百華子さんはおまえと結婚したいと言ってるんだ、今からでも社長を説得できるはずだ。すぐにそちらの女性とは別れなさい」

父子の話で、私は大体の経緯を知る。

天王寺家は仕事上の都合で、藤島家とつながっておきたいのだ。その手段が明夜と百華子さんの婚姻、というわけか。

お義父《とう》さんからは、明夜さえ腰を上げれば百華子さんと結婚するのは簡単なことなのに、という焦りがうかがえる。すなわち、明夜が承諾さえすれば容易に藤島家という後ろ盾が得られる。

それと同時に、私はお義父《とう》さんに名前さえ呼んでもらえないのだ、ということもわかってしまった。離婚を促され、ひっそりと落胆する。

お義母《かあ》さんは黙したまま、じっと私たちを見つめている。旦那様の意見に同意するということなのだろう。

沈黙を意見がまとまったと捉えたのか、お義父《とう》さんは安堵の笑みを見せた。

「わかったな、明夜。離婚してこの人には出ていってもらうんだ」

明夜はなにも言わない。

お坊ちゃまとして育った彼は、父親に逆らえないのだろうか。私は、離婚させられてしまうのか……。

だとしたら私から、なにか言わないと。

せめて、明夜への想いを口にするべきだ。

手を震わせ、喉から声を絞り出そうとしたとき。

明夜の腕が、私の肩を引き寄せた。

「別れない。俺の妻は澪だけだ。俺は彼女と生涯をともにする」

彼は堂々と宣言し、私は彼を見上げ瞠目《どうもく》する。お義父《とう》さんは目を見開いたまま、立ち上がった。

「な、なにを言っているんだ！　百華子さんはどうする！」

「父さんは、俺の幸せを考えているわけでも、百華子のためを思っているわけでもない。ただ藤島家とのパイプが欲しいだけだろう。……それに、すでに藤島社長には断りの電話をした。俺は既婚者なので、娘さんとは結婚できませんとね。娘が会社にまで押しかけて申し訳ないと、藤島社長は謝罪してくださったよ」

明夜の打ち明けた内容に、お義父《とう》さんは戸惑ったようだ。

明夜は口元に笑みを刷《は》いて、父親をまっすぐに見た。

「俺は結婚相手の財産をあてにする生き方をしたくないんだ。父さんの言いなりになる時期も終わった。俺はもう成人して自立した社会人だ。自分の意思で、好きな人と結婚して、働いて家族を養う。だから父さんが命令して俺の人生を決めることはできないんだよ」

呆気に取られたお義父《とう》さんは、立ちすくんでいた。

子どもの頃は従順だった息子に反抗されて、理解できないといったふうに見えた。

私はお義父《とう》さんに自らの気持ちを聞いてもらおうと、勇気を振り絞って口を開く。

「私には両親がおりませんし、財産も持っていません。明夜さんと釣り合わないのではと悩んで、先日は離婚を切り出しました。お義父《とう》さんのおっしゃるように、彼は百華子さんと結婚したほうがよいのではと思い、身を引こうとしたんです」

離婚の意思があったことを告げると、お義父《とう》さんとお義母《かあ》さんは困惑したようだ。明夜が妻は私しかいないと言いきったのに、と思ったからかもしれない。

そんなふたりをじっと見つめて、私は懸命に言葉を継いだ。

「でも、明夜さんが真摯《しんし》に私と向き合ってくれたことで、私は彼を愛しているのだと、改めて自分の気持ちに気づくことができました。明夜さんが心から私を愛してくれる想いに応えたいとも思いました。私たちは異なる環境で育ちましたが、これからは夫婦として手を取り合い、幸せな家庭を築けるよう努力していきます」

だから結婚を認めてくださいとは、言えなかった。

ただ私は、明夜を愛していること、そして彼と幸せな家庭を築いていくための努力を惜しまないと、彼を育ててくれた両親へ伝えたかった。

場に沈黙が流れる。

お義母《かあ》さんが立ち尽くしているお義父《とう》さんの腕に触れると、糸が切れたかのように、彼はどさりとソファに腰を下ろした。

「……藤島社長に、あんなに頼んだのに……」

がっくりと項垂《うなだ》れているお義父《とう》さんは、過去の努力が無駄になったのが口惜しいらしい。

嘆息した明夜は、父親に念を押すかのように言った。

「父さんが反対したところで無駄だよ。親に息子夫婦の婚姻関係を解消させる権利はないし、成人している子の結婚に親の承諾は必要ない。俺たちは結婚の許しをもらいたいわけではなく、報告しに来ただけなんだ」

「そんなことはわかっとるわ！　わしが、おまえの幸せを考えていないだとか言ったな。だが、わしは誰よりも明夜の幸せを考えている。だからこそ百華子さんとの結婚を勧めたのだ」

「たとえ父さんの考えを押し通して、俺と百華子を結婚させたとしても、すぐに離婚することになるだろう。親が無理やり結婚させてもうまくいかないと、父さんもわかってるんじゃないのか？」

お義父《とう》さんは沈黙した。

どんな夫婦にも離婚の危機は訪れ、そしてそれを乗り越えるのは、お互いの絆があるかどうかだ。明夜には、百華子さんと結婚するつもりがないばかりか、結婚生活を維持する気もないと聞いて、もはや諦めるしかないと悟ったのかもしれない。

心を決めた私は、お義父《とう》さんの憂慮を拭うべく、言葉を綴《つづ》った。

「私は、明夜さんと別れません。生涯をかけて、彼を幸せにします」

「……澪。それは俺の台詞《せりふ》だよ。俺も一生をかけて、きみを幸せにする。決して離さないからな」

同じ決意を共有した私と明夜は微笑みを交わす。

そんな私たちを目にしたお義母《かあ》さんは、柔らかな笑みを浮かべた。

「ふたりは愛し合っていますから、この先も一緒に暮らすのがもっともよいでしょう。わたしも息子が幸せになることを一番に考えています。わたしからはなにも反対することなんてありません。――お父さんも、そうでしょう?」

「……うむ。わしがなにを言っても野暮だったようだ。きみが――澪さんが、わしらの息子を大切にしたいという気持ちは充分に伝わった。ふたりの結婚を、認めよう。それが、明夜を事業の道具として利用しないという証明になるだろう」

お義父《とう》さんは結婚を認めてくれるのだ。

両親の想いがじんと染みて、感激する。

結婚を認めてもらえたことも嬉しいけれど、ふたりが息子である明夜が幸せになることを大切にしているという考えを聞けたのが、なによりも私の胸を打った。

私の手をしっかりと握りしめた明夜は、両親に告げた。

「心配いらない。俺は澪と暮らしてもう充分に幸せだよ。ずっと彼女が好きだったから、結婚したかった。今度は孫の顔を見せるから、期待していてくれ」

「孫の顔を見せられるよう、頑張ります」

明夜の想いに応えたくて、私は力強く告げた。

けれど口に出してから、大胆な台詞《せりふ》だったことに気がついて顔が熱くなる。

軽やかな両親の笑い声が部屋に舞う。

明夜は嬉しそうに微笑んでいた。

かつて手にすることのなかった、家族の温かみに触れた私は、明夜の両親との関係を大切にしていこうと胸に刻んだ。


天王寺家の屋敷を辞して、私たちはマンションへ戻ってきた。

胸中は安堵でいっぱいだった。ご両親に挨拶を終えて、しかも結婚を認めてもらえたのが嬉しくて、緊張していた心身が緩んでしまう。

玄関へ入り靴を脱ぐ前に、ぐいと明夜が私の肩を引き寄せた。ふたりは向かい合わせになる。

「あ……」

これは、おかえりのキスの合図だ。

離婚を考えて距離を取っていたこの数日間、まったく触れ合っていない。

熱を帯びた双眸《そうぼう》で私を見つめる明夜は、しっかりと肩を抱き、顔を寄せてくる。

毎日キスしていたはずなのに、なんだか気恥ずかしくなる。

ぱちぱちと瞬きをして、精悍《せいかん》な相貌が傾けられるのを見ていた。

目を閉じたとき、そっと優しく唇が触れ合う。

一瞬だけでは終わらず、明夜はいつまでも唇を押し当てている。彼の熱い唇からじんわりと甘い官能が染み込むようで、胸が震えた。

ややあって、ようやく唇が離れたので、閉じていた瞼《まぶた》を開ける。

「……長いおかえりのキスね」

「ずっと我慢していたから、澪が足りない。もっときみを味わいたい」

切ない双眸《そうぼう》で訴えた明夜が、ぎゅっと抱きしめる。

彼は続けてこう言った。

「俺を愛していると両親に言ってくれて、すごく嬉しかった。実家で話し合いをしたら、もしかして澪は身を引くかもしれないと恐れていたよ」

「ううん……観覧車に乗って気づいたの。私は明夜が好きだから、ずっと一緒にいたいって。あなたと夫婦として暮らして、子どもたちとも仲良く暮らして、いずれ仲のよい老夫婦になりたい。その未来を思い描けたから、ご両親にはっきり言えたのよ」

これまでは幸福になるのを恐れていたけれど、明夜のおかげで未来を信じることができた。

だからこそ悲しい思い出以上に、彼は私に幸福感を与えてくれたから。

だからこそ勇気を出せたのだ。

それも、明夜が観覧車の約束を果たしてくれたからだと、感謝の念が湧く。

明夜は深い息を吐くと、いっそう私を抱きしめる腕に力を込めた。

「俺の子が欲しいと言ってくれたね。セックスしよう」

耳元に吹き込まれた直截《ちょくせつ》な台詞《せりふ》に、どきんと胸が跳ねる。

明夜の誘いはいつだって唐突でストレートで、私の心を掻き乱す。

でも、彼に求められていると思うと、体の芯が熱く火照《ほて》ってしまう。

「する……」

逞《たくま》しい胸に顔を埋《うず》めて、小さな声で答える。

すると、少し体を離した明夜は私の顔を覗き込んだ。

その表情は艶《つや》めいた笑みを湛《たた》えている。

「いいのか？　おあずけを食らってたから、今日の俺は止まれないぞ。澪をベッドから出さないからな」

「おあずけといっても、数日だけじゃない」

「俺は毎日、澪とセックスしたい。夫婦の営みは家庭円満のために必要不可欠だろう？」

そう言った明夜は、私の体を横抱きにした。

お姫様のように抱えられ、廊下を通って寝室の隣にあるバスルームへ向かう。

「きゃ……、まだ靴が……！」

「あとで脱がせてあげるよ」

明夜は靴を脱ぐ猶予すらくれず、私を性急に脱衣所へ運んだ。

洗面台に下ろされて腰かけた私の靴を、明夜が跪《ひざまず》いて脱がせる。次に彼が手を出す前に、私は慌てて明夜の肩を押し戻した。

「ま、待って！　その前に……」

「ああ、そうだ。大切な儀式があったな。ちょっと待っていて」

思い立ったように告げた明夜は、脱衣所を出ていく。

大切な儀式とはなんだろうと気になったが、彼が席を外した今のうちに服を脱いでおこう。明夜が切迫した様子なので、このままでは服を脱ぎながらシャワーを浴びるはめになりそうだった。

ワンピースと下着を脱いで全裸になった私は、バスルームに入る。

できれば明夜が来る前に体を洗ってしまいたい。

そう思ったが、シャワーを浴びる前にすぐに明夜は戻ってきた。

からりとバスルームの扉を開けた彼は、全裸になっている私を見て驚いたようだ。

「おっと……もう脱いでるのか。脱がせる楽しみは奪われたけど、積極的で嬉しいな」

「そ、そうじゃなくて！　明夜は服を脱ぐ時間すら惜しいと思ってそうだったから」

「ご名答だ」

片眼をつむった明夜は、手にした一枚の用紙を掲げた。

それは私が手渡し、彼に預けていた離婚届だった。

「あ、それ……」

「これは破棄するよ。俺たちには必要のないものだ」

彼は広げた用紙を中央から引き裂く。

ビリリ……と音を立てて裂いた離婚届を、明夜はさらに重ねて破った。

やがて小さな紙片になったものを、はらりと白いタイルに撒《ま》く。

明夜の手から散った紙片の行方を目で追っていると、彼は空になった手を伸ばし、ぐいと私の腕を引いた。

あっという間に、強靱《きょうじん》な胸の中に抱き込まれる。

「抱きたい。永久に俺のものだよ、澪……」

「あ、明夜……」

執着の深い夫に囚われ、ぞくりとした官能が呼び覚まされる。

私を抱き竦《すく》めた明夜は熱い呼気を耳元に吹きかける。

「……んっ」

耳朶《じだ》を甘噛みされ、仄《ほの》かな痛みを感じた。そうして、噛んだところを舌先で淫猥に舐め上げる。

ぞくぞくとした快感が迫《せ》り上がり、ぎゅっと明夜のシャツを掴んだ。

悪戯《いたずら》な舌は頬を辿り、唇を求めてくる。

淡い吐息に顔を撫《な》でられ、くちづけの予感に瞼《まぶた》を閉じた。

雄々しい唇が、優しく重なる。

「ん……」

明夜のキスはいつも長く、そして甘い。このまま唇から溶け合ってしまいそうだった。

甘美なくちづけに陶然としていると、つんと舌先で唇を突《つつ》かれる。

「口を開けて、舌を出してごらん」

「こう……?」

おずおずと舌を出すと、明夜はそこに自らの舌先を触れさせる。

そのまま互いの舌を絡めて、擦《こす》り合わせた。

「んっ……ん、ふ……」

敏感な舌先を絡め合う淫らなキスに酔いしれる。

息が上がり、頭がぼうっとする。

大きなてのひらで頬を包み込んだ明夜は、私が差し出している舌を唇で食《は》んだ。

チュウゥッ……と音を立てて吸い上げられ、鋭い快感に体が跳ねる。

びくんと動いた体を、逞《たくま》しい腕がきつく抱き留めた。

「あ……はぁ……」

ややあって甘く痺れた舌を解放され、全身から力が抜ける。

けれど頽《くずお》れることはなく、明夜の腕に搦《から》め捕られた。

「もっとだ。俺の舌を受け入れて」

頭の後ろを支えられながら、口腔《こうこう》にもぐり込む獰猛《どうもう》な舌を迎え入れる。

口内を蹂躙《じゅうりん》する舌は歯列をなぞり、敏感な口蓋を突く。そして痺れた舌を掬《すく》い上げて、ねっとりと絡ませた。

「んう……ふ……んく……」

チュクチュクと淫靡《いんび》な音がバスルームに籠《こ》もる。

濃厚で巧みなキスに翻弄《ほんろう》され、彼の背に必死にしがみつくことしかできない。

ようやく唇を離した明夜は、口端から銀糸を滴《したた》らせて妖《あや》しく微笑む。

「下の唇も舐めたいな。いい？」

「……え、下の唇というと……」

はっとして、言葉が指すものを理解する。

そのときにはもう明夜は身を屈め、私の腰を両手で掴んでいた。

「壁に背をつけてくれるかな。支えているけど、ぐらつかないよう気をつけて」

言われた通り、一歩下がって壁に背をつける。いったい、どうするのだろう。

私の足元に跪《ひざまず》いた明夜は、ひょいと片足を持ち上げた。

「ひゃ……」

ぐらついた体勢を立て直すため、壁を探り、触れたものを掴む。

その拍子にシャワーのコックを捻《ひね》ってしまい、数多《あまた》の水滴が降り注いだ。

「あっ……シャワーが……」

「ちょうどいい。浴びながら愛撫してあげるよ」

前髪を掻き上げた明夜は、持ち上げた私の片足を肩に担ぐ。彼の眼前には、水滴を纏《まと》う淡い茂みがあった。

彼は舌を突き出し、茂みの向こうに隠れた淫芽に触れる。

器用に舌先で探り出された花芯が、円を描くように丹念に舐《ねぶ》られる。

「あ……あぁ……やぁ、こんな格好で……」

「俺好みの大きさになるまで、たっぷり舐めるぞ。そのまま感じているんだ」

淫猥に蠢《うごめ》く舌が執拗《しつよう》に愛芽を舐めしゃぶる。

キスで蕩《とろ》けた体に快楽を捩《ね》じ込まれ、極みを目指して昂《たかぶ》っていく。

それなのに、明夜はさらに奥へ長い指を忍ばせて、花襞を探った。

「ぐっちょり濡れてるな。ほら」

つぷりと蜜口に指が突き入れられる。

壺口からはすでに愛蜜が滴《したた》っていて、とろりと男の指を濡らした。

クチクチと敏感な入り口を指先で弄《いじ》りながら、花芽を口に含み淫猥な舌で舐《ねぶ》る。

甘い愉悦が腰から広がっていく。全身を支配する甘美な感覚に身悶《みもだ》え、がくがくと足が震えた。

「あぁん……あぁ……いっちゃう……」

「いっていいんだよ。俺の可愛い奥さん」

クチュッ……と濡れた音が鳴る。指先が隘路《あいろ》に分け入り、感じるところを擦《こす》り上げた。

それとともに敏感な淫核を、ねっとりと舌で捏《こ》ね回す。

凄絶な快楽が秘所から込み上げる。

抗いがたい愉悦の波に押し上げられて、甘い芯が背筋を貫いた。

「あぁ、あう、あっ、あ、いく……んぁ、あっ——……」

シャワーの水滴に塗《まみ》れながら、極上の悦楽を極める。

絶頂に達した腰が淫らに跳ねる。それを宥《なだ》めるように、ゆるゆると明夜は片手で撫《な》でさすった。

けれど彼の淫猥な舌は達した肉芽から離れず、優しく舐め上げる。クチクチと音を立てる蜜口には、長い指が出し挿れされた。

前戯というにはあまりにも強烈で、達した体はまた高みを掴もうとしてしまう。

「あぁっ、あぁ……また、いっちゃうから……っ」

「もっと舐めたい。もう一回だけ」

その要望に応えるかのように、きゅうんと花筒は、咥《くわ》えた指を引き絞る。

するとしゃぶっている指の形がはっきりとわかり、感じる粘膜を擦《こす》られる感触もいっそう明敏になる。

「澪のここは、もっと、って言ってる」

とろとろに蕩《とろ》けた媚肉は蜜液をしとどに滴《したた》らせている。それを男の指で掻き回され、クチュクチュと卑猥な音色を響かせた。

「クリトリスも、ぷっくり膨らんで美味そうだ」

かぶりついた明夜の口中で、愛された肉芽がさらにぬるぬると舌で捏《こ》ねられ、彼の好みの大きさに育てられる。

達したばかりの体は淫欲の波に容易に攫《さら》われていく。

「あっ、あっ、また……はぁ、あぁ――っ……」

極める瞬間、ずぷうっと根元まで長い指が突き立てられる。口中に含まれた淫芯は、チュウゥ……ときつく吸い上げられた。

再び絶頂へ突き上げられた体はやがて天から墜落し、深淵へ堕とされる。全身が戦慄《おのの》き、甘い痺れは爪先にまで達した。

「よく頑張ったな。最高に可愛いよ」

「あ、あ……はぁ……あぁ……」

指が引き抜かれると、とろりと零れた淫液が濡れた床に滴《したた》り落ちる。

その指を舌で舐め取った明夜は、シャワーで濡れた衣服を脱ぎ捨てた。

強靱《きょうじん》な肉体の中心にある雄の徴《しるし》は、すでに漲《みなぎ》っている。

降り注ぐ水滴の中で目にした明夜の裸体に、どきりと胸を弾《はず》ませた。

けれど息をするのがやっとで、膝から崩れ落ちてしまう。明夜は両腕でそんな私の体を抱きかかえ、私は頑強な肩に凭《もた》れる形になった。

「ベッドに行こう。俺のもので、きみの胎内すべてを満たしたい」

官能的な台詞《せりふ》を耳に吹き込まれ、力の入らない体を抱き上げられる。

バスルームを出た明夜は、私の体をバスタオルでそっと包むと、横抱きにして運んだ。

達した余韻にぼんやりしていると、寝室のベッドにそっと横たえられた。

私の体に絡みつくバスタオルを、明夜は性急な仕草で剥《は》ぎ取る。彼は野獣のような獰《どう》猛《もう》さで、しっとりと濡れている体に覆い被さってきた。

雫《しずく》を纏《まと》う肌に唇が吸いつく。

ちゅ、ちゅっと濡れた首筋を熱い唇が伝い下りながら、痕《あと》を残していった。

「あん……そんなに強く吸ったら、また痕《あと》になっちゃう……」

「体の全部にキスするよ。頭から足の指先まで。もちろん、感じやすいところにも」

強引な唇は鎖骨を辿り、二の腕の柔らかい部分から手首まで丁寧にくちづけを落としていく。指先のひとつひとつも口腔《こうこう》に含まれて、淫靡《いんび》な音を立て舌で舐めしゃぶられた。

「あぁ……明夜、こんなの……ん、んっ……」

彼のキスが辿るたび、じわりと甘い快感が全身に広がっていく。普段は唇が触れないようなところにまでくちづけられて、恥ずかしいのにとてつもなく心地よかった。

もう片方の腕も同じように接吻《せっぷん》される。明夜は掴んだ手首の内側を、れろりと舌を見せつけるようにして舐め上げる。

「じっくり愛でて、俺なしじゃいられない体にしてやるからな」

妖艶な表情で明夜がそう言った刹那《せつな》、じゅくっ……と胸の尖《とが》りにしゃぶりつかれた。ずくんっと背中を貫くような鋭い悦楽が走り、嬌声《ほとばし》が迸った。

「ひぁっ……あぁっ、あっ、あぅん、明夜……やぁ……っ」

喜悦《きえつ》に浸った体は容易に快感を拾い上げる。

甘くてほろ苦いキスばかりを与えられて蕩《とろ》けていた体が、きつく弓なりになる。

そうすると、もっと、と言わんばかりに胸を突き出す格好になった。

明夜は我が意を得たりとばかりに乳暈《にゅううん》ごと口腔《こうこう》に含み、チュウゥ……と激しく吸い上げる。

もう片方の乳房も大きな手に包み込まれ、円を描くように揉《も》まれる。硬いてのひらに当たった乳首が、つんと勃《た》ち上がり、さらに捏《こ》ね回されて張りつめた。

「あぁうん……はぁっ、あぁ……キスだけって……」

バスルームでも散々喘がされたのに、全身へのキスだけでなく、淫らな愛撫まで施されたのではたまらない。

快楽を覚えた腰がくねり、体の奥からじわりと新たな愛液を滲《にじ》ませた。

しゃぶっていた乳首から唇を離した明夜は、すっかり濡れて勃《た》ち上がった突起を舌先で突く。

「キスだけなんて言ってないぞ。こんなに魅力的な柔らかい肌に、さわらないで済むわけないだろう」

仕上げのように両の乳首を摘まみ、こりこりと捏《こ》ね回す。

じいんとした甘い快感が突き上げてきて、全身を震わせた。

「あぁあ……はぁん……あぁ……ん……」

濃密な愛撫のおかげで、うずうずと蜜洞が疼《うず》いてたまらない。

そこは太いものを求めて、切なく媚肉を蠢《うごめ》かせていた。

明夜はお腹から腰にかけてくちづけを落とすものの、花襞には触れてくれない。彼は足首を持ち上げると、親指にキスをした。

「あっ、あ、やだ、そんなところ……」

「足の指も性感帯なんだよ。ここも」

尖《とが》らせた舌先で、指の股を舐《ねぶ》られる。

淫靡《いんび》な濡れた感触に、ぞくんと粟立《あわだ》つ肌が快感を得た。

「はぁ……あぁ……ふ、ん……」

足を上げているので、花襞は曝《さら》されている。そこはもう濃厚な愛撫で、ぐっしょりと濡れている感覚があった。

体の奥は硬い雄芯を欲して、熱くうねっている。

「あぁ……明夜、はやく……」

たまらずにおねだりすると、夫は意地悪な顔をする。

大きく広げた脚の狭間に頭を沈め、今度は内股にチュッチュッとくちづけた。

「どうしようかな……と、言いたいところだけど、俺が限界だ」

指先が蜜口に入ると、とろりとした淫液がまとわりついた。

それだけでもう腰の奥が、きゅんと収斂《しゅうれん》する。濡れた蜜口が、ねっとりと男の指をしゃぶった。

「ずぶ濡れだ。この奥にもキスしていいか?」

「……して。一番奥にキスして……」

濡れた瞳で見上げると、明夜がごくりと息を呑む。

双眸《そうぼう》を欲の色に滾《たぎ》らせた彼は、私の脚を抱えて逞《たくま》しい膝を割り入れた。

「挿れるよ」

低音とともに、熱くて硬い先端が蜜口に押し当てられる。

ぐちゅりと艶《つや》めいた音を立て、濡れた壺口は亀頭を呑み込んだ。

「あぁっ、あっ……はぁっ……あぁん……」

「ゆっくり息をして。俺の全部を、呑み込むんだ……」

もう何度も彼と体を重ねているのに、明夜はまるで初夜のように気遣う。

ずくりずくりと極太の楔《くさび》が挿入されていく。空虚だった蜜洞が満たされる感覚に陶然とした。

やがて、ずっぷりと胎内に呑み込まれた男根の先端が、ぐっと子宮口に押し当てられる。

「あっ！　あぅ、ん、あぁ……奥に、キスしてる……」

「ここが、俺だけがキスできる、一番気持ちいいところだよ」

ゆっくりと抽挿を始めた明夜は、獰猛《どうもう》な楔《くさび》で濡れた媚肉を舐め上げる。最奥まで腰を押し込むたびに、硬い先端が子宮口にくちづけた。

クチュ、グチュ……と卑猥な水音を閨《ねや》に響かせながら、淫靡《いんび》なキスを何度も繰り返す。

「あぁ……はぁ……あ、ぁ……明夜……あぁん……」

蜜壺を入り口から奥までねっとりと執拗《しつよう》に愛撫され、熱く火照《ほて》った体に官能が渦巻《うずま》く。

淫蕩《いんとう》な笑みを浮かべた明夜は、身悶《みもだ》える私に囁《ささや》いた。

「今夜はずっとキスしていよう。きみが眠っても、唇を塞いでいるよ」

「あぁ……そんな……」

濡れた媚肉を舐《ねぶ》られながら、明夜の言葉の意味を考える。

それは、ずっと楔《くさび》を抜かないということなのか。それとも……こちらの唇でも？

予感がして、口がうっすらと開く。

私の顔を見下ろしていた明夜は嬉しそうに双眸《そうぼう》を細め、体を倒した。

「んっ」

きつく抱きすくめられ、唇を塞がれる。

重ね合わせた唇の間を、ぬるりと舌がもぐり込む。愛しい夫の舌を迎えて、私は自ら舌を差し出し、濃密に絡ませた。

「ふ……ん……んく……」

濃厚なディープキスで、体の熱が高まっていく。

くちづけながら腰を前後した明夜に、奥の口にも接吻《せっぷん》される。

明夜とのキスが官能的に響き、体のすべてで喜悦《きえつ》を感じた。

「あふ……あ……いく……」

「いいよ。一緒にいこう」

キスの合間に訴えるが、すぐに唇を塞がれてしまう。

上と下の両方の唇に熱烈に接吻《せっぷん》され、クチュクチュと双方が奏でる音色が鼓膜を昂《たかぶ》らせる。

快楽に浸った体は、まっすぐに極みまで駆け上がっていく。

「はぁっ、あ、ふ、んんっ……んくぅ……ん、ふ……ん――……っ」

甘い檻《おり》に囚われたまま、魂が忘我《ぼうが》の淵《ふち》へ飛来する。

ぎゅっと強靱《きょうじん》な背に縋《すが》りつき、脚を逞《たくま》しい腰に絡ませた。どこかへ、飛んでいってしまわないように。

きつく抱き合いながら、明夜はぶるりと腰を震わせる。

爆《は》ぜた先端から放たれた濃密な精が、子宮へ注ぎ込まれた。うっとりとして、彼の子種を受け止める。

精の放出は長く続いた。

私たちは甘く痺れる舌を絡ませながら、密着させた互いの肌を愛おしく抱き込む。

やがて、ゆっくり舌を引き抜いた明夜は、雄の色香を匂わせる顔を近づけた。

「愛してるよ」

「……私も。愛してる」

チュッと散々貪《むさぼ》った唇にまたキスをした明夜は、私の髪を優しく撫《な》でる。

極めたあとに触れ合い、熱い肌が溶け合う感触が、心地よく胸を満たす。

「体を撫《な》でたいから、俺の上に乗って」

そう言った明夜は私を抱きしめたまま、ごろんと体を返した。

彼の頑強な胸の上に乗る格好になる。つながった下肢が、体勢が変わったことにより離れかけた。

だが明夜はすかさず、ぐっと腰を押し込む。

「あっ……あぅん……」

放ってもその力を失わず、獰猛《どうもう》な剛直はずっぷりと胎内を貫いていた。

明夜は胸に抱きしめた私の背を、ゆっくりと撫《な》で下ろす。

ゆるやかな後戯が心と体の双方に、甘く染み込む。

「好きだよ。きみの体に入っているときが、一番幸せだ」

「ん……私の体が目当てなの？」

意地悪をしてそう返すと、明夜は口元に笑みを刷《は》く。

「そうだな」

「え……ええっ⁉」

冗談で聞いたのに、まさか本当に体目当てだったなんて。

思わぬ回答に驚いていると、背中を下りた男の手は尻の狭間を辿った。

「体もだけど、心も、これからのきみの時間のすべてが欲しい。それから、ふたりの子どもも欲しいな」

「……欲張りね」

それって、私の人生すべてなのでは……？

結婚するとは、パートナーの体も心も、そして時間も独占するということかもしれない。少なくとも、明夜にとってはそうなのだ。

「澪には俺のすべてをあげるよ。まずは、俺の精子をもっと、たっぷり体の奥に注ぎたい」

甘くて深みのある声音が、まろやかに耳奥を愛撫する。

グチュ、クチュ……と淫靡《いんび》な水音を立てて、明夜が逞《たくま》しい腰を前後させる。ねっとりと執拗《しつよう》に媚肉を舐《ねぶ》り、甘美な官能を抽挿とともに送り込む。

「あっ、あん……あぁん……」

たっぷりの砂糖を溶かしたミルクティーみたいに濃厚な甘味に翻弄《ほんろう》されて、熱く火照《ほて》っていた体は芯まで蕩《とろ》けていく。

強靱《きょうじん》な胸板の動きに合わせて乳房が揺れ、尖《とが》った乳首が擦《こす》られた。さらに彼は大きな両手で尻を掴み、淫らに揉《も》み込む。

目眩《めまい》がするほど気持ちがよくて、逞《たく》しい体に跨がりながら、獰猛《どうもう》な雄芯を胎内で感じる。

「あぁん……きもちいい……」

「俺も気持ちいいよ。澪も腰を動かしてみてくれ」

ずっぷりと楔《くさび》を咥《くわ》え込まされた蜜壺は、力強い腰使いで出し挿れされる熱杭を、じゅぷじゅぷと美味しそうにしゃぶっている。逞《たく》しい胸にしがみつき、感じるままに腰を揺らめかせた。

後戯のはずの戯《たわむ》れは、いつしか互いを高め合い、淫らな律動をふたりで刻む。

もっと大胆に動きたくなり、強靱《きょうじん》な胸に手をついて、体を起こした。

すると自重により、蜜筒に呑み込んだ剛直が、ずっぷりと根元まで挿入される。

極太の根元が、グチッと蜜口を押し広げる快感に息を呑む。

「ひぁっ……あ……深い……っ」

鋭い悦楽を得た体が弓なりにしなり、さらに深く雄芯を咥《くわ》え込む。

楔《くさび》がすべて胎内に押し込まれる凄絶な愉悦が、まっすぐに蜜口から脳天までを貫いた。

口端を引き上げた明夜は、私の尻をいやらしい手つきで揉《も》みながら淫蕩《いんとう》に微笑む。

「騎乗位は初めてだな。この体位も悪くない」

明夜は逞《たく》しい腰を突き上げて、腹の上に乗った私の体を揺すり上げる。

そうすると、ゆさゆさとまるで乗馬するように体が揺れた。ずっぽり楔《くさび》を咥《くわ》え込んだ蜜壺が擦《す》り上げられ、切っ先が子宮口に接吻《せっぷん》する。

ぐりっと奥深くを抉《えぐ》られて、たまらない喜悦《きえつ》に内股が震える。

「あんん……あぁ……そんなにしたら、赤ちゃんが、できちゃう……」

「今度こそ、孕《はら》むまで離さないぞ。さあ、もっと啼《な》いて、感じるんだ」

肉棒はまた精を放とうとして、ずくずくと子宮口を穿《うが》つ。

極めようと階《きざはし》を上《のぼ》った体が跳ね上がり、喉を反らした。私の両手を取った明夜と、指を絡ませて手をつなぐ。

最愛の夫と手をつなぎ合った私は、身も心も委ねて、快楽の頂点を極めた。

「あぁん、あっ、あっ、はぁ……あ——……っ……、明夜……好き……」

「俺もだ。大好きだよ」

爆《は》ぜた先端から迸《ほとばし》る濃厚な精を、体の奥深くでたっぷりと呑み込む。その行為が胸を熱くし、身が蕩《とろ》けるような安堵をもたらした。

愛情を確かめ合える幸福に浸りながら、体を倒した私は明夜とくちづけを交わす。

執着心の強い彼は、やはりヤンデレかもしれない。

けれど、そんな彼のすべてが愛しい。明夜と夫婦として生涯をともにしようという想いが、改めて私の胸の奥に息づく。

——新たな命の源とともに。


子どもたちの歓声が晴天を突き抜ける。

爽やかな晴れの日曜日、遊園地は家族連れで賑わっていた。

メリーゴーラウンドにコーヒーカップ、観覧車と、小さな子でも乗れる遊具を眺める。

「どれにする？　ジェットコースターはまだ早いわよね」

日除けの帽子をかぶり直した私は、視線の先に問いかける。屋外の遊園地は歩く時間が長いので、帽子は必須だ。

白い帽子を被った小さな子どもを、明夜は抱きかかえていた。彼は遊園地の奥を指差す。

「観覧車にしよう」

はっとして、ゆったりと動く観覧車を見上げる。

すべての始まりだった思い出の観覧車を目にしたとき、これまでのことが脳裏を駆け巡った。

私たちはこの遊園地で出会い、そして紆余曲折を経て結婚に至ったのだ。

明夜の両親から結婚を認めてもらったあとは、ふたりきりで穏やかな新婚生活を送れた。百華子さんは新たにお見合いした男性と結婚すると、もう明夜には接触してこなくなった。隆史と東さんは、それぞれ仕事を頑張っていると風の噂で聞いている。

一時は離婚を相談したセナに今の幸せを報告すると『あんなに心配したのに、ただの野暮だった』なんて呆れられたので、笑って謝った。

そうして幸福に満たされた私は明夜と濃密に愛し合い、間もなく妊娠した。

子を授かったとき、感激した明夜が抱きしめてくれたことは本当に嬉しかった。

その後、私は無事に出産を迎え、男の子が生まれた。晴人《はると》と名づけた私たちの赤ちゃんは生後六か月になり、まだまだ育児に手はかかるけれど、明夜が手伝ってくれるのでとても助かっている。

「あれは……約束の観覧車ね」

「そうだな。またここに来られてよかった」

思い出すと感慨深いものがある。

うずくまっている明夜に声をかけなければ、この結婚もなかったと考えると、奇跡的な出会いだった。

彼が座っていたベンチも、まだそこにある。

ベンチを通り過ぎて観覧車のチケットを購入していると、明夜は不思議そうに周りを見ている我が子に語りかけている。

「ここはママとパパの思い出の場所なんだ。上まで行くといい景色だぞ。前回はママの顔ばかり見ていたから、パパも景色を見るのは初めてだけどな」

そんな夫と我が子を見てくすりと笑い、家族がいる幸せを噛みしめる。

やがて順番が来てチケットを係員に見せると、やってきたゴンドラに乗り込む。明夜は膝に座らせた晴人の帽子を、外がよく見えるようにずらした。

遊園地の遊具を越え、高く空へ上がったゴンドラからは、やがて遠くの街並みが見渡せるようになる。爽快な景色は心が洗われるようだ。

ふと向かいに目をやると、微笑を浮かべた明夜はまっすぐに私を見ていた。

「愛してるよ」

唐突な告白に、私はまたもや驚かされた。

彼には振り回されっぱなしである。

けれど一緒に過ごす時間を積み重ねるごとに、愛情も大きくなった。

にっこり微笑んだ私は、愛しい夫にこう告げる。

「私もよ。愛してるわ」

「観覧車から降りたら、愛してると言ってキスをするから」

「いつもしてるじゃない。今度こそ景色を見なくてもいいの？」

「きみから目を離せないんだ。景色はまた次回だな」

ゴンドラの中に笑い声が満ちる。

強引でヤンデレだけれど、彼は私の大切な旦那様だ。
私たちの赤ちゃんは、喉を鳴らして笑い声を上げていた。

ヤンデレエリートに
二人目を懐妊させられます

さらりと、花嫁のベールが朱の絨毯《じゅうたん》を滑る。

優しい色合いのブーケを手にした私——天王寺澪は、緊張した顔で祭壇の前に立った。

礼装に身を包んだ明夜は、爽やかな笑みをこちらに向ける。

趣《おもむき》のあるシャンパンゴールドのタキシードは、すらりとした彼の体躯《たいく》と甘い容貌《ようぼう》によく似合っていた。

「綺麗だよ。俺のお嫁さん」

ここは森の中のチャペル。私たちは今日、家族だけの結婚式を挙げる。

憧れていたマーメイドドレスは純白の繊細な総レースに彩られ、長い裾が広がっている。まさに人魚姫のよう。

素敵なウェディングドレスを着て、好きな人と結婚式を挙げる。その感激が胸に染みる。

入籍と同じタイミングでは式を挙げなかったけれど、私たちは記念撮影だけでも行いたいと相談していた。妊娠や出産が重なり、なかなかタイミングが掴めなかったが、息子の晴人が一歳の誕生日を迎えたのを機に、避暑地でリゾートウェディングをしようと明夜が提案してくれたのだ。

豊かな森に包まれたチャペルでの挙式と、リゾートでの宿泊がセットになったプランなので、子連れでも旅行気分でゆったりと過ごせる。

「健やかなるときも、病めるときも、お互いを思いやり、喜びを分かち合い、新しい家庭を築いていくことを、ここに誓います」

ふたりで誓いの言葉を述べる。見守っているのは晴人と介添人《かいぞえにん》だけの、こぢんまりとした挙式だけれど、我が子が見てくれた結婚式は私にとって最高のものだった。

そして指輪の交換を行う。互いの左手の薬指には、白銀の結婚指輪が輝いた。結婚して二か月の記念日のホテルディナーで、明夜から贈られた思い出のリングだ。

双眸《そうぼう》を細めた明夜は精悍《せいかん》な顔を傾けた。

そっと瞼《まぶた》を閉じると、優しく唇が触れ合う。私たちはチャペルで神聖なキスを交わした。

ただの同僚だったふたりが一夜を過ごした翌朝に婚姻届を提出するという、かなり特殊な形から結婚生活が始まった私たちだけれど、夫婦としてひとつひとつの儀式を明夜とともにこなしていくと、結婚したのだという実感が湧く。私は旦那様を生涯大切にしようという誓いを改めて胸に刻んだ。

唇を離して、ふたりは微笑みを交わす。

「今日からまたよろしくね、明夜。すごく新鮮な気持ちになれて、どきどきしてる」

私の耳元に唇を近づけた明夜は、小声で囁《ささや》いた。

「それじゃあ、今夜も可愛い声で啼《な》いてくれるね？」

どきんと胸が弾《はず》む。彼の低い声音で紡がれる甘い囁《ささや》きは、いつだって私の鼓動を揺さぶる。

「も、もう。そんなこと言って――」

照れながらも声を弾《はず》ませたとき、「あうー」と喃語《なんご》を発した晴人が手をばたつかせる。

「晴人は、いい子だったな。もっとぐずるかと思ってお気に入りの玩具を持ってきたのに、まったく出番がなかった」

参列者の席に腰かけている晴人は、普段と異なる環境に驚きすぎて、ぐずる暇もなかったようだ。

一歳なのでまだお話しはできないけれど、歩けるようになって健やかに育ってくれた。すでに母乳は終わり、明夜手製の離乳食を食べ始めている。

「晴人、ありがとう。まるで王子様みたいよ」

蝶ネクタイのついた黒のタキシードでおしゃれをした姿は、我が子ながら最高に格好いい。

でも本人は早く脱ぎたいようで、蝶ネクタイを小さな手で掴んでいた。

家族がいる幸せを噛みしめて、私は夫と子どもに笑いかけた。


挙式を終えた私たちは、屋外のレストランでささやかなパーティーをした。

夕暮れの空の下で数多《あまた》のランタンに囲まれながら、色鮮やかなフレンチに舌鼓《したつづみ》を打つ。

すると、早々に食べ終えた晴人はベビーチェアに座ったまま瞼《まぶた》を閉じていた。

「がんばって挙式に参加したから、疲れたのね」

「いつもと違う状況だったたし、晴人なりに緊張したんだろうな。朝までぐっすりコースだ」

明夜と私は食事を終えて、席を立った。そっと晴人を横抱きにした明夜に寄り添い、レストランを出る。

着替えを済ませた私たちは、ライトアップされた小道を通り、宿泊する棟へ向かった。

一棟貸し切りタイプの瀟洒《しょうしゃ》な邸宅に辿り着くと、その豪華さに驚く。

L字型のソファが置かれた広いリビングに、純白の寝具が眩《まばゆ》い寝室。その奥には露天風呂つきのテラスがある。漆喰《しっくい》の壁に、黒鳶《くろとび》色の柱はどこか懐かしさを感じさせた。品格を漂わせながらも温かみが滲《にじ》む、和洋折衷の空間だ。

明夜が布団に下ろしても、ぐっすり眠っている晴人は起きない。布団は二組しかないが、まだ一歳児なので幼児用の布団は頼まず、今夜は添い寝することにした。

我が子の安らかな寝顔を眺めて頬を緩めていると、明夜が肩を抱いてくる。

「さてと、ここからは夫婦の時間だ」

その言葉に、どきんと胸が弾《はず》む。

絶倫の明夜は、私が出産してからも頻繁に求めてくるけれど、晴人が起きてしまうこともあるので、近頃は控えめに夫婦の営みを行っていた。できるだけ声を出さないよう抑えて、行為は一回でおしまいにする。

そんな暗黙の了解から、今夜は解き放たれるかもしれない。

どきどきと鼓動を高鳴らせていると、頤《おとがい》を掬《すく》い上げられる。

艶《つや》めいた色を滲《にじ》ませた明夜の相貌が迫ってくる。目を閉じた私は、愛しい夫の唇を受けとめた。

チュッと軽くキスされる。

それだけで、明夜の唇は離れていった。

あれ……?

濃厚なものを予想していたので、肩透かしを食らった私は、ぱちぱちと睫毛《まつげ》を瞬かせる。

「一緒に露天風呂に入ろう。ゆっくり、ふたりきりで過ごしたい」

「ええ……そうね」

夫婦で語り合う時間も大切だ。明夜のことだから、『一晩中セックスしよう』なんて言い出すのではと構えていた私は、自分の勘違いに頬が熱くなる。

源泉掛け流しの露天風呂は、プライベートな空間で好きなだけ温泉を堪能できる。夫婦ふたりきりで入浴できるなんて貴重な時間だ。

浴衣《ゆかた》を脱ごうとすると、明夜が私の帯に手を伸ばしてきた。

その手を捕らえて、微笑みかける。明夜に脱がせてもらうと、お風呂に入るまでにとてつもなく時間がかかるのは経験済みだ。

「だめ。自分で脱ぐから、明夜は先に湯船に入っていて」

「どうして。たまにはいいだろう？」

「露天風呂を堪能したいもの。脱がせるついでに悪戯《いたずら》するつもりでしょ」

図星なのか、明夜はきまり悪そうに咳払いをする。

だけどなにも言わず服を脱ぎ捨て全裸になった彼は、露天風呂へ向かった。

私も浴衣《ゆかた》を脱ぐと、硝子《ガラス》戸を開けてテラスに足を踏み入れる。

テラスはぬくもりのある床材が敷きつめられていて、足裏に優しい。屋外だけれど、ほかの棟には面していないので、人目を気にすることなく開放的な気分で露天風呂に浸かれる。

檜《ひのき》の湯船から立ち上《のぼ》る湯気に紛れて、明夜の剛健な肩が見えた。

ぼんやりと露天風呂を映し出す橙色《だいだいいろ》の明かりを頼りにして、私も湯船に入る。

浴槽は埋め込み型のため、跨がなくてもよい。足を下ろし、温かい温泉に浸かって景色を眺めた。

すでに夜なので、生い茂る緑は暗黒に染め上げられている。

「夜は少し恐いかも……。でも、外の空気が気持ちいい……」

「こっちにおいで」

明夜の長い腕が伸びてきて、するりと二の腕を撫《な》でる。

湯船に身を沈めると、肩に腕を回され、引き寄せられた。

強靭《きょうじん》な肩にそっと頭を預けて、温泉と夫のぬくもりを存分に味わう。静謐《せいひつ》な夜の中、聞こえるのは近くを流れる川のせせらぎのみ。

「こんなにゆっくりできたのは久しぶりかも。ありがとう、明夜。私がドレスを着ている間も、ずっと晴人の面倒を見てくれて疲れたでしょう？」

「そうでもないよ。それに俺とたっぷり遊んだから、今夜の晴人は熟睡だ。……だから夜は、俺だけを見てくれ」

艶《つや》めいた甘い声が鼓膜に吹き込まれた。温泉で温まった頬に、くちづけが落ちる。

「今夜はきみを閉じ込めて、ずっとセックスしたい」

明夜はいつも直截《ちょくせつ》な台詞《せりふ》で誘ってくるとわかっているのに、かぁっと頬が火照《ほて》ってしまう。

彼がこのために旅行を計画し、晴人を熟睡させたのだと、気づいてしまった。

相変わらず、ヤンデレなんだから……

大きな手が湯の中にたゆたう乳房を覆い、優しく揉《も》み込む。

「ここで……？」

「たまには外で抱きたいな。ほかの棟とは離れているから、声を出しても誰にも聞こえないよ。いつもは晴人に遠慮して、ほとんど声をあげないだろう？　今夜はあんあん言わせるから覚悟してくれ」

「そ、そんな声は出ないわ」

戸惑いつつも、期待めいたものが湧く。

口端を引き上げた明夜は、もう片方の手も伸ばし、ふたつの乳房をいやらしい手つきで揉《も》んだ。

それだけで甘い快感が、じわりと体の中心から滲《にじ》む。

「ふうん。そうかな？」

意地悪に囁《ささや》いた明夜の唇が迫り、胸に愛撫を施しながらキスをする。

しっとりと唇が重なり、ゆるく下唇を吸う。

けれど明夜はそれ以上の深いキスを仕掛けない。いつもは舌を捩《ね》じ込んで、貪《むさぼ》るようなディープキスをするのに。

湯の中で乳房を転がすように、やんわり揉《も》み込まれ、優しく互いの唇を吸う。

淡い刺激が物足りなくなった頃、きゅうっと両の乳首を硬い指先で摘まれた。

「んっ！　はぁ……っ」

突然の鋭い快感に、体が跳ね上がる。

ばしゃりと湯が波打って、声を上げた私の口が開いた。

するとそこを狙ったかのように、獰猛《どうもう》な舌が口腔《こうこう》に捩《ね》じ込まれる。

驚いて舌を引くけれど、容易《たやす》く搦《から》め捕られた。濡れた粘膜を淫猥に擦《こす》り合わせ、肌が熱を帯びる。

クチュクチュと濡れた水音を奏でながらも、明夜は摘まんだ突起を指の腹で淫らに捏《こ》ね回す。

ぞくんとした痺れが背筋を駆け上がり、腰の奥を疼《うず》かせる。

淫らなディープキスは永遠のように長く感じた。先ほど軽い接吻《せっぷん》をしたのは、明夜にとって挨拶のようなものだったのだ。

ようやく唇が解放され、ぐったりして逞《たくま》しい肩に凭《もた》れた。

「はぁ……ぁ……」

「温泉に浸かりながらだと、のぼせそうだ。澪は上がって、少し休むといい」

湯の中で息が上がる行為をしたせいか、かなり顔が熱い。明夜に胴を持ち上げられたので、私は素直に立ち上がり、檜《ひのき》の縁に腰かけた。

そよぐ夜風が火照《ほて》った体を撫《な》でていき、心地よい。

「ふう……。このお風呂の形だと、プールみたいに縁に腰かけられるから楽だわ」

「そうだな。念のため、足も上げたらいいんじゃないか？」

明夜は膝下だけを湯に浸けていた私の両足を持ち上げる。

すると背が倒され、後ろに手をつく格好になった。

「あ……」

猛禽類《もうきんるい》のごとく炯々《けいけい》と双眸《そうぼう》を光らせる明夜は、私の足をそれぞれ剛健な両肩にのせた。

自然に脚が開き、湯船に入っている彼の眼前に秘所が曝《さら》される。

明夜の意図を察して、冷ましたはずの肌が火照《ほて》り出す。

「や、やだ、こんな格好……」

「すごく、そそるよ。濡れてないか確かめてあげよう。少しさわってキスしただけだから、まさか濡れてないと思うけどね」

やたらと煽《あお》る明夜は意地悪な男だ。もし濡れていたら、私はほんの少しの愛撫で感じる淫らな妻ということになってしまう。

だから、こう答えるしか選択肢はない。

「……濡れてるわけない」

「そうだろうね。じゃあ、もし濡れていたら、シックスナインしよう」

「い、いいわ」

シックスナインとはふたりの頭と足の位置を逆にして、互いの性器を愛撫する行為だ。

つい先日、やってみようと誘われたのだけれど、あまりにも大胆な格好になるので恥ずかしくて断ったばかりである。

ところが、にやりと明夜が悪い男の笑みを見せたことにより、嫌な予感が走る。

悠々と花襞を舐め上げ、蜜口に舌が入ってくる。

すると、クチュ……と濡れた音が鳴った。

「すごいな。ぐっちょり濡れてる」

「えっ⁉ そんな……」

「奥のほうは、どうかな。……ああ、ずぶ濡れだ」

ぬっぷりと明夜は指を呑み込ませ、感じるところを指の腹で擦《す》り上げる。

きゅんと快感を得た蜜洞が引きしまり、長い指を食いしめた。

「あんん……っ」

秘所を曝《さら》したときから、濡れていることを彼はわかっていたのだ。明夜にのせられたことが悔しいけれど、胸はどきどきと高鳴っている。

花筒から指を引き抜いた明夜は、愛液をまとった中指を勝者の証のごとく掲げて見せた。

「約束だ。シックスナインしよう。たっぷり舐めてあげるから、澪は俺の上に跨がってくれ」

ざぶりと湯船から上がると、明夜は私の腕を引きながらテラスに仰臥《ぎょうが》した。

屋外で大胆な行為をするなんて……

誰も見ていないとはいえ、恥ずかしくて臆《おく》してしまう。

けれど、恥ずかしいと思うほど体が熱くなり、腰の奥は切なく疼《うず》く。

導かれるまま、私は寝そべった明夜の逞《たくま》しい体を跨いだ。腰を取られ、彼の顔に尻を向ける。反対に私の眼前には、屹立した雄芯が存在を示していた。

「あ……すごい……」

改めて目にすると、きつく反り返っている極太の楔《くさび》は凶悪だ。明夜の爽やかな外見からは、こんなに獰猛《どうもう》なものを持っているなんて想像できない。

「手で幹を擦《こす》ったり、先端を舐めてくれると嬉しいな」

「こう……?」

艶《つや》めいた亀頭に舌を這《は》わせ、口腔《こうこう》に含む。硬いのに柔らかい雄芯が愛しくて、窄《すぼ》めた唇で出し挿れした。

とても大きいのですべては含みきれず、先端を唇と舌で愛撫する。太い幹に両手を添えて、ゆっくり扱《しご》いてみた。

「いいよ……上手だ」

褒められたので嬉しくて、深く呑み込み、いっそう丹念に愛でる。

すると、花襞が舐め上げられる感触が下肢から伝わり、ぴくんと腰が跳ねた。

明夜の眼前には開いた花びらがある。この体勢は舌で舐《ねぶ》りやすいらしく、彼はいつも以上に淫芯をねっとりと舐めしゃぶった。

「ん、んく……ふ……だ、だめ……」

秘所を濃密に愛撫されながらでは、楔《くさび》の口淫に集中できない。私は迫《せ》り上がる快感に身を震わせつつ、懸命に肉棒を唇で扱く。

「一緒にするから気持ちいいんだよ。一体感が得られるだろう?」

「んっ、でも…… いきそう……」

「いっていいよ」

明夜は口腔《こうこう》に淫核を含み、口で吸いながら舌で淫靡《いんび》に舐《ねぶ》る。

きゅうんと甘い官能が広がり、内股がぶるぶると震えた。

熱い雁首《かりくび》が口腔《こうこう》の粘膜を擦《こす》る感触は、たまらなく心地よい。喉奥まで楔《くさび》を咥《くわ》えたとき、熱が弾《はじ》け飛ぶ。

「んんっ、んくぅ——……っ、あ……ふ……ぅ……」

深い愉悦に甘く体が引き絞られる。口腔《こうこう》いっぱいに楔《くさび》を頬張り、うっとりと悦楽に浸る。

すると、ぬくっと濡れた蜜口に舌が挿入してきた。

なにも咥《くわ》えていなかった花筒は切なく淫液を零し、熱い舌を濡らす。

もっと太いもので貫かれたいという欲が、さらなる愛蜜を生み出した。それを明夜は淫猥な音を立てて啜《すす》り上げる。

「もう充分に濡れてるな。ここに、ずっぷり俺のを挿れたい」

「ん……私も、明夜が欲しい」

「澪、こっちを向いてくれ。顔を見せて」

腰を撫《な》でながら明夜はそう言い、私は唇から雄芯を離す。

振り向くと、切迫した顔つきの明夜が腕を引いた。足を入れ替えて、仰臥《ぎょうが》している彼の腰を再び跨ぐ。

向き合った明夜は、大きな手でがっちりと私の腰を抱えた。

「え……もしかして、このまま……?」

「そうだよ。今すぐに澪が欲しい。でも澪を押し倒したら、背中を痛めてしまうだろう？　だから騎乗位しよう」

屋外でシックスナインをしたばかりか、さらに騎乗位だなんて、恥ずかしくてたまらない。

けれど濃密な愛欲を求めて、空虚な蜜壺がずきんと疼《うず》く。

「でも、明夜が背中を痛めるんじゃない？」

「俺は平気だから、気にしなくていい。それより床で膝が擦《す》れるから、澪は足をつくんだ」

床は木材なのだが、そんなに激しく動くのだろうか。

言われた通りに足をついて屈んだ体勢になり、明夜の硬い腹に手をつく。

反り返った楔《くさび》は開いた股に押しつけられている。淫らな光景に羞恥が煽《あお》られた。

「そう。足の裏だけを床につけているんだぞ。そのまま腰を上げて、落とすんだ」

命じながら明夜は、掴んだ私の腰を持ち上げた。

先ほどまでしゃぶっていた亀頭はぬらりと光り、天を穿《うが》っている。

どきどきと胸の鼓動を鳴り響かせながら、腰を掴む明夜の誘導に従い、じわりじわりと腰を下ろしていった。

ぐちゅっ、と淫靡《いんび》な音色が上がる。硬い先端が、濡れた蜜口を掻き分けて入ってきた。

「んっ……あん……」

口腔《こうこう》に咥《くわ》えた切っ先の大きさを見たばかりなので、それが壺口に入っていく感触を、より意識してしまう。

敏感な粘膜を舐《ねぶ》られる快感にたまらず腰を浮かせると、凶悪な笠が蜜口を引っかけた。

「あぁん……っ、あ……大きいから、抜けない……」

「……っく、俺をもてあそぶのは、ほどほどにしてほしいな。フェラでも限界だったのに、ここで焦らされるのは拷問だよ」

明夜は眉宇《びう》を寄せて、歯を食いしばっている。

もてあそんでいるつもりではないのだけれど、極太の雄芯を自ら挿入するのはためらうのだ。

「澪。俺と手をつないで」

腹筋が割れた腹に震える手をついていた私は、差し出された明夜の両手を取った。

ぎゅっと大きな手を握りしめると、安堵する。

ところが明夜はつないだ手を広げた。すると、腕で体重を支えることができなくなり、途端に膝が震え出す。

屈んで膝を曲げている不安定な体勢を保つのは難しい。膝から力が抜けてしまい、体が沈む。

「あっ、明夜……あ、ぁ、あはぁ――……っ、あぅんん……」

ずぶずぶと極太の雄芯が濡れた蜜洞に呑み込まれていく。

根元まですべてを収めきり、いっぱいに広がった蜜口が軋《きし》んだ。

まっすぐに貫かれた衝撃で、体に甘い芯が通ったかのように背がしなり、胸を突き出す。

抗いがたい官能に打ち震えていると、ぐいと明夜が腰を突き上げた。

「あ、ぁ、んぁ……奥に……」

ぐずぐずに蕩《とろ》けた蜜壺の最奥に、ぐっと切っ先が押し当てられる。

子宮口を獰猛《どうもう》な先端で抉《えぐ》られる快感に身を震わせながら、きつく明夜の手を握りしめた。

「ゆっくり腰を動かしてごらん。俺の肉棒を味わうんだ」

「あぁ……はぁ……」

ずっぷりと胎内に挿入された熱杭を、ゆっくり腰を蠢《うごめ》かせ、媚肉で舐《ねぶ》る。

腰を上下に振ると、ジュプジュプと水音を上げて楔《くさび》が抽挿された。

「あっ、あ、きもちい……あ、あぁん、はぁ……」

自ら剛直を咥《くわ》えて蜜洞を撫《な》で上げるという、淫蕩《いんとう》な遊戯に溺れる。

蜜口を根元で舐《ねぶ》られ、子宮口は切っ先で鋭く穿《うが》たれる。ずぶ濡れの媚肉は極太の幹で幾度も擦《こす》り上げられた。

グチュグチュという淫靡《いんび》な水音に鼓膜まで犯される。逞《たくま》しい腰が何度も突き上げて、ふたりの織り成す悦楽が、ともに高みへ駆け上がっていく。額《ひたい》に汗を滲《にじ》ませた明夜は艶《つや》めいた笑みを浮かべて、淫らに腰を揺らめかせる私を見上げた。

「このまま一緒に、いくよ」

「あん、あっ、はぁ、あ……明夜と、いく……あ、あぁん、あぁ――……っ」

ぐりっと最奥を抉《えぐ》られ、頂点に達した快感が体の中心を突き抜ける。

子宮口にぴたりとくちづけた雄芯が爆《は》ぜて、濃厚な子種が注ぎ込まれた。

全身を甘い痺れに震わせながら、愛しい夫の精を受けとめる。

やがて弛緩した体は頽《くずお》れた。強靱《きょうじん》な胸板に倒れ込むと、きつく抱きしめられる。

「最高だった。愛してるよ」

「私も……愛してる」

優しく髪を撫《な》で、その手が耳と顎《あご》のラインをくすぐる。顔を上げると、明夜の唇が近づく。

甘いキスを交わし、身も心も幸福感に満たされる。

満天の星の下で、私たちは深く体を重ねて愛し合った。

挙式の旅行から、ひと月が経った頃——

妊娠検査薬を手にした私は、窓部分に映る青いラインを目にして胸を震わせる。

月経が訪れないので、もしやと思ったが、やはり妊娠していたのだ。

お手洗いを出てリビングへ戻ると、明夜は晴人とともに、結婚式で撮影した写真を眺めていた。

緊張した顔つきの私を見て、明夜は表情を引きしめる。

「……澪。どうだった？」

顔を綻ばせて、子を身籠《みご》もったことを夫に報告する。

「できちゃったみたい」

「そうか、できたか！」

ぱっと表情を輝かせた明夜に、頷き返す。

夫婦が愛し合って、子どもを授かる。そして、その喜びを分かち合う。至上の幸福を得られた私の心が温まった。

明夜は嬉しそうに晴人を抱き上げる。

「晴人、おまえの妹か弟が生まれるぞ」

「だあ」

パパに笑いかけられた晴人は、満面の笑みを見せる。

ソファに腰を下ろした私は、そっとお腹に手を添えた。私のお腹には、ふたりが愛し合った証が宿っている。

晴人を膝にのせて私に寄り添った明夜が、肩を抱く。

「体を大事にしないといけないから、家事と育児は俺に任せてくれ。……野球チームを作れるくらい子どもが欲しいな」

「ふふ。そんなに子だくさんになれるかしら」

「なれるさ。俺はずっと、きみを愛し続けるからね」

頬にくちづけた明夜の唇の感触に、愛しさが湧く。

愛する家族に包まれて、私は幸福を噛みしめた。

書き下ろし番外編

星空の下の甘い淫戯

「わあ……なんて綺麗なの……」

テラスへ出た私――天王寺澪は、感嘆の声を漏らす。

南国の夜空には大粒の星々が輝いていた。インフィニティプールに仄《ほの》かな明かりが映り、幻想的に水面が揺らめいている。

プールの向こうには雄大な海が見えた。もう夜なので暗闇に溶け込んでいるけれど、チェックインしたときに見た景色は、どこまでも続く海原が印象的だった。

ぬるい夜風を浴びながら、楽しかった今日を振り返る。

夫の明夜と、ふたりの子どもたちとともに、私たち家族は南国のリゾートへやってきた。

二歳の晴人と、六か月のつむぎは、まだ小さいけれど、飛行機に乗っているときはおとなしくしていてくれた。

だけどホテルのキッズプールではしゃぎすぎて、今はもうぐっすりベッドで眠っている。

夏休みを家族で楽しく過ごせる幸せを噛みしめる。

すると、ふわりと逞《たくま》しい腕が私の体を包み込んだ。

「あ……明夜」

「お疲れ様。子どもたちはようやく寝たな」

明夜は、チュッと首の後ろにくちづける。いつもこういったスキンシップを試みてくるので、夫の愛情が深くて少々困るという嬉しい悩みを抱えていた。

私たちは一夜を過ごした翌朝に婚姻届を提出したことから結婚生活が始まった。当初はいくつもの困難が立ち塞がり、離婚の危機もあったけれど、明夜の一途な愛で乗り越えることができた。

今ではふたりの子どもを授かり、幸せな日々を過ごしている。

くすぐったさに身を捩《よじ》ると、いっそう腕の中に閉じ込められた。明夜の熱い体温が服を通して伝わり、心地よさに安堵する。

「そうね。ふたりともプールで大はしゃぎだったもの。明夜はずっと子どもたちを見ていてくれたでしょう？　あなたこそ、お疲れ様」

イケメンエリートの明夜は父親になっても、その魅力が衰えない。端麗な顔立ちに滲《にじ》む雄々しさを感じて、結婚して三年が経った今でも、どきどきと胸が弾《はず》んでしまうくらい、ときめいてしまう。

しかも家事や育児を一緒にしてくれて、私にも子どもたちにも愛情を注いでくれる最高の旦那様だ。

私の首の後ろを、チュウ……ッと吸い上げた明夜は、淡い痕《あと》をつける。仄《ほの》かな快感と彼の独占欲を感じ、甘い声が漏れる。

「あっ……ん」

「そりゃあ、プールで遊んで疲れたら、ぐっすり眠れるだろうしね。これからは俺が澪を独占できる時間だ」

どうやら私を独り占めするために子どもたちを遊ばせたらしいとわかり、頬を引きつらせる。

ちょっとだけ執着が深くてヤンデレな明夜は、愛が重すぎるところもある。そんなところも含めて彼のすべてを愛しているけれど、今日はどんな淫らなセックスをされるのだろうと思うと、期待と恐れが入り混じる。

そんな私の怯《おび》えを感じ取ったかのように、明夜はするりと腕を解《ほど》いた。

「プールに入ろうか。月明かりの下のナイトプールも気持ちよさそうだ」

「そ、そうね。夜なら日焼けの心配もないしね」

ヴィラのテラスにあるプライベートプールは、大人ふたりが泳いでも充分な広さだ。

目の前は海というロケーションのため、ほかの誰からも見られない仕様になっている。

水着はすでに室内に干してある。取りに行こうと踵《きびす》を返しかけた私の腕を、明夜が引いた。

「おっと。逃がさないよ」

「水着を取りに行くだけよ」

「まだ乾いてないいんじゃないか？　それに物音で子どもたちが起きても困るしね」

「そうだけど……」

戸惑っていると、密着した明夜の大きな手が、太股を撫《な》で上げる。

ワンピースの裾が捲《まく》られて、素肌を這《は》い上がる熱い感触にどきんとする。

甘やかな愛撫を施しながら、明夜はチュッと唇にキスをした。

「裸で泳がないか？　きっと解放感があって気持ちいいよ」

「うん。いいかも……」

裸になってプールで泳ぐなんて初めてだけれど、せっかくだから体験してみたい。

頷くと、ワンピースの後ろのリボンがするりと解《ほど》かれる。

ホルターネックタイプのワンピースは、さらりと滑り落ちた。

私が身に纏《まと》っているものは、ショーツと薬指の結婚指輪だけになる。

さらに明夜は身を屈め、ショーツを脱がそうと手をかける。

悪戯《いたずら》を仕掛けるのが好きな明夜だから、脱がせるだけでは済まない気がして、素早くショーツを脱いだ私は身を翻《ひるがえ》した。

「明夜も早く来て！」

「あっ、こら」

足先からプールに入ると、温かな水に体が包まれる。日中の陽射しで温まったため、水温は冷たすぎず、ちょうどよかった。

素早くシャツを脱ぎ捨てて全裸になった明夜が、水に浸かっていた。

私たちは月明かりの下で、ゆったりと水を掻いて魚のように泳ぐ。

空を見上げると満天の星。静かな夜は水音しか聞こえない。ライトアップされたナイトプールは幻想的に輝いている。

まるで夢のような空間に酔いしれる。

泳ぎ疲れた私はプールの縁に掴まり、ひと息ついた。

インフィニティプールの際は、溢れた水を受けるための広い側溝が下方に設けられているので、真下が海という仕様に作られてはいない。だけど視線を上げると、海とつながっているように見えるロマンティックな風景になる。

海を眺めていると、華麗なクロールを見せていた明夜が隣に並んだ。

彼は自然に、私の肩に腕を回す。

「やっと捕まえたよ。俺のお姫様」

「ふふ。明夜ったら、私をいつまでもお姫様扱いするんだから」

「当然だよ。年を取っても、ずっときみは俺のお姫様だ」

雄々しい唇が、チュッと頬にキスをする。

そのまま彼の強靱な腕に搦《から》め捕られ、ふたりは裸で抱き合う。

濃密なキスを交わし、舌を絡める。敏感な粘膜を擦《こす》り合わせると、瞬く間に体の芯に官能の火が点《とも》る。

キスを解《ほど》いた明夜が、情欲の籠《こ》もった双眸《そうぼう》を向ける。

「抱きたい。ここでいいか？」

直截《ちょくせつ》な台詞《せりふ》に、かぁっと顔が熱くなる。求められると、いつでも心の芯が甘く震えた。

「うん……。でも、どうやって……？」

「澪はここに掴まって、海を眺めているんだ。俺が全部やるから任せてくれ」

淫靡《いんび》な時間の始まりに胸が躍る。

私は言われた通り、縁に手をかけて海のほうを向いた。

すると背後に回った明夜が、後ろから手を伸ばす。

水に揺れている両の膨らみを大きな手に覆われ、ゆったりと円を描くように揉《も》み込まれた。

淫らな愛撫に反応して、すぐに紅い尖《とが》りが勃《た》ち上がる。つんとした乳首がてのひらに当たり、さらに快感を煽《あお》り立てた。

「んっ……ん……ぁん……」

「もっと声を出していいよ。啼《な》いてくれると俺も嬉しい」

「そ、そんなに出ないから。感じてるわけじゃないし」

恥ずかしくて、そんなことを言ってしまう。

いくら誰もいないとはいえ、屋外で大きな喘ぎ声を出すなんてできないという理性が働く。

だけど背後の明夜が、ぐっと体を寄せて密着させてきた。

私の耳元に妖しさを含んだ美声が吹き込まれる。

「ふうん。感じてないんだ？」

「う、うん。まだ……」

「じゃあ今から、たっぷり感じて喘いでもらおうかな。あんあん言わせるぞ」

「そんなこと……言わないから」

どうやら私の軽率な発言が、明夜の情欲に火を点けてしまったらしい。

彼の仕掛ける甘い罠に翻弄《ほんろう》されるのは心地よくて、つい身を委ねてしまう。抱かれるとわけがわからなくなるほど感じてしまうのは、よくあることだった。

今夜も激しくされるのかな……。どうしよう……

旦那様の重い愛情に困ってしまうけれど、それだけ愛されているのだと思うと嬉しい。

だけど声を出すのが恥ずかしいのには変わりないので、私は唇を引き結んだ。

ゆるゆると乳房を揉《も》まれるのを心地よく感じていると、きゅっと両の尖《とが》りを抓《つね》られる。

「ひぁっ……あぅん！」

甘い刺激が胸から下腹へと走り抜けた。

びくんと肩が跳ね上がり、背がしなる。

屋外というシチュエーションのためか、それとも我慢しているからなおさらなのか、いつも以上に感じた気がする。

男の指先は執拗《しつよう》に乳首を捏《こ》ね回した。

こりこりと絶妙な力加減で弄《いじ》られ、じんわりと下腹が疼《うず》いていく。

「んっ、ん、んく……っ」

「乳首だけでいく？」

「やぁ……」

「それじゃあ、こっちもだな」

片手が下腹を滑り下り、秘所を探る。感じやすい花芯を指の腹で撫《な》でられると、凄絶な快感が込み上げた。

「あっ、あ……だめ、両方は……あぁっ……」

「これ、気持ちいいだろう？」

巧みに乳首と愛芽の両方を捏《こ》ねられて、濃密な愛撫に溺れた体は瞬く間に絶頂へと駆け上がっていく。

ぶるぶると体が震え、水面に淫らな波紋が描かれた。

快感に背を反らせると、視界には大粒の星々が映る。

もっとというように突き出された乳首が押し潰されたかと思うと、きゅうっと摘ままれる。

「あっ、あぅ、んっ、んぁ――……っ……」

パシャパシャと水音を鳴らしながら、快楽を極めた。

達しているのに明夜の愛撫はやまず、花芯と乳首を弄《いじ》り続ける。

頂点に到達した体は、がくがくと震え、蜜洞から愛液を滲《にじ》ませた。

まだなにも咥《くわ》えていない蜜壺が切なく疼《うず》いている。

体が捩《よじ》られるかと思うほどの強烈な疼《うず》きには、とても耐えられなかった。

「はぁ……あ……明夜が、欲しいの……」

「俺も挿れたいけど、ここをほぐしてからだな」

ようやく秘所から手を離した明夜が、私の腰を持ち上げる。

浮力で軽々と浮き上がった尻は、水面に覗いた。

「きゃ……」

「しっかり掴まっていて」

太股に手を滑らせ、大きく脚を割り開かれる。

こんな体勢は初めてだけれど、ぷかりとプールに浮いている状態なので、つらくはない。

どうするのだろうと思っていると、ぬるりと秘所に生温かいものが触れる。

「あっ……んん……」

獰猛《どうもう》な舌が、ぬるぬると花襞を舐めほぐす。

見えないので余計に官能が煽《あお》られた。

明夜の舌は淫らに蠢《うごめ》き、ぬくっと蜜口に挿し入れられる。

壺口をねっぷりと舐《ねぶ》られて、甘い愉悦が体中に注がれた。とろとろと零れ落ちる愛蜜が、彼の舌を濡らしていく。

「あぁ……あん……きもちい……はぁ……」

先ほどまでは固く引き結んでいたはずの私の口元は、すっかり綻んでいた。

明夜の愛撫に感じすぎて、羞恥は儚《はかな》く溶けてしまう。

そうして彼の望み通りに甘い喘ぎ声を上げるのが、夫婦のセックスにとって最高のエッセンスになっていた。

「すごく濡れてるよ。感じてるね」

「うん……感じる……だって、明夜の舌が、気持ちよくて……あぁ……」

クチュクチュと卑猥な音色がプールサイドに響き渡る。

濃密な愛撫に身も心も蕩《とろ》けていく。淫らに体を跳ねさせるたびに、プールの水がざばりと溢れた。

心地いいのに、いっそう奥が切なく疼《うず》いてしまう。

「そろそろ俺も我慢の限界だ」

切迫した声を漏らした明夜が腰から手を離す。

ゆっくりと下半身を沈ませた私は、足を着いた。

抱き寄せられて振り向くと、硬い雄芯が下腹に押し当てられる。

「明夜……私も、あなたのを……」

そっと水中の楔《くさび》に手を添えて、ゆっくり扱き上げる。

すると明夜は、感じ入ったように天を仰いだ。

「うっ……きみの手で扱かれたら暴発しそうだ。もう挿れさせてくれ。きみの中で達したい」

「私も、明夜に奥まで入ってほしい」

彼の極太の楔《くさび》を体内に抱き込みたい。ひとつになるのは愛情が昇華する最高の形だった。

逞《たくま》しい肩に両手を置くと、両脚を抱え上げられる。

水中なのでふわりと浮いて、脚を広げて抱きつく格好になる。

「俺の奥さんは淫らになったね。そんなきみもすごく可愛いよ」

明夜の双眸《そうぼう》が蕩《とろ》けたそのとき、蜜口に硬い切っ先が宛てがわれる。

ぐちっと亀頭が壺口に挿し入れられる。綻んだ蜜口は美味そうに先端を咥《くわ》え込んだ。

甘い刺激に陶然としていると、ずぶずぶと獰猛《どうもう》な幹が沈められていく。

「あっ、あっ、あぅ……っ」

ずん、と子宮口に接吻《せっぷん》された衝撃を感じる。

甘い芯に脳天まで貫かれて、極上の快感に身を浸した。

ぐっぐっと逞《たくま》しい腰を突き上げられると、極太の肉棒が濡れた媚肉を擦《こす》り上げる。

力強い律動が送り込まれるたびに、チャプチャプと水音が鳴り響く。

「あ、あん、はぁ、い、いくっ……、あっ、あぁん……明夜……いっちゃう……」

「一緒にいこう。中で出すよ」

「んっ、うん、出して……、あっ、あんん……」

甘い喘ぎ声と水音がプールサイドに撒《ま》き散らされる。

ずくずくと硬い先端で幾度も奥の口を抉《えぐ》られ、凄絶な喜悦《きえつ》の波に攫《さら》われる。

「あっ、あぅ、あぁん、んぁ——……っ……」

「っく……」

ふたりで頂点を極めるのは、至上の幸福だった。

瞼《まぶた》の裏を星々が散り、ふわりと浮き上がった体は天高く飛翔する。

ぴたりと子宮口にくちづけた雄芯が爆《は》ぜ、濃厚な白濁がしっとりと奥を濡らした。

きつく私の体を抱きしめた明夜に、唇を塞がれる。

その熱い唇の感触で、たゆたう意識が引き戻された。

ぼんやりして瞼《まぶた》を開けると、真摯《しんし》な双眸《そうぼう》とぶつかる。

「愛してるよ」

「私も……愛してる」

愛を伝えた明夜はもう一度、私にキスをした。

大好きな人と愛し合うのは、心の奥底まで満たされた。

波紋を描く水面に、満月が映し出されている。

私たちはいつまでも甘いくちづけを交わして、愛を囁《ささや》き合っていた。

EB エタニティ文庫

俺の、愛しい籠の鳥——

ETERNITY Rouge

エタニティ文庫・黒

悪辣な義兄の執愛
～愛に溺れる籠の鳥～

沖田弥子《おきたやこ》　　装丁イラスト／森原八鹿

文庫本／定価：704 円（10% 税込）

ストーカーにつきまとわれ勤め先は突然倒産と、災難続きの悠愛《ゆあ》は、三年ぶりに美貌の義兄・龍我《りゅうが》と再会。過保護な彼に現状を知られた彼女は、同居させられたうえ、軟禁されてしまう。外へ出たいと訴えると、交換条件として要求されたのは頬へのキス、ハグ……行為は淫らにエスカレートして!?

※エタニティブックスは大人の女性のための恋愛小説レーベルです。ロゴマークの色で性描写の有無を判断することができます（赤・一定以上の性描写あり、ロゼ・性描写あり、白・性描写なし）。

詳しくは公式サイトにてご確認ください。
https://eternity.alphapolis.co.jp/

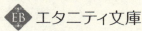

本書は、2022年3月当社より単行本として刊行されたものに、書き下ろしを加えて文庫化したものです。


この作品に対する皆様のご意見・ご感想をお待ちしております。

おハガキ・お手紙は以下の宛先にお送りください。

【宛先】

〒150-6019 東京都渋谷区恵比寿4-20-3 恵比寿ｶﾞｰﾃﾞﾝﾌﾟﾚｲｽﾀﾜｰ 19F
（株）アルファポリス　書籍感想係

メールフォームでのご意見・ご感想は右のＱＲコードから、
あるいは以下のワードで検索をかけてください。

アルファポリス　書籍の感想　検索

ご感想はこちらから

エタニティ文庫

ヤンデレエリートの執愛婚《しゅうあいこん》で懐妊《かいにん》させられます

沖田弥子《おきたやこ》

2024年12月15日初版発行

文庫編集－熊澤菜々子・大木 瞳
編集長－倉持真理
発行者－梶本雄介
発行所－株式会社アルファポリス
〒150-6019 東京都渋谷区恵比寿4-20-3 恵比寿ｶﾞｰﾃﾞﾝﾌﾟﾚｲｽﾀﾜｰ19F
TEL 03-6277-1601（営業）　03-6277-1602（編集）
URL https://www.alphapolis.co.jp/
発売元－株式会社星雲社（共同出版社・流通責任出版社）
〒112-0005 東京都文京区水道1-3-30
TEL 03-3868-3275
装丁イラスト－御子柴トミィ
装丁デザイン－AFTERGLOW
（レーベルフォーマットデザイン－hive&co.,ltd.）
印刷－中央精版印刷株式会社

価格はカバーに表示されてあります。

落丁乱丁の場合はアルファポリスまでご連絡ください。

送料は小社負担でお取り替えします。


ISBN978-4-434-34969-0 C0193